NADIE
SE
ACORDARÁ
DE
ELLA

NADIE
SE
ACORDARÁ
DE
ELLA

KAT ROSENFIELD

Editado por HarperCollins Ibérica, S. A.
Avenida de Burgos, 8B - Planta 18
28036 Madrid

Nadie se acordará de ella
Título original: No One Will Miss Her
© 2021, Kat Rosenfield
© 2022, para esta edición HarperCollins Ibérica, S. A.
Publicado por HarperCollins Publishers LLC, New York, U.S.A.
© De la traducción del inglés, Carlos Ramos Malavé

Diseño de cubierta: Elsie Lyons
Imágenes de cubierta: © Elena Tregnaghi/Arcangel Images; © Wilqkuku/Shutterstock

ISBN: 978-84-9139-815-8
Depósito legal: M-18285-2022

*Para Noah,
a quien le pareció una buena idea*

PRÓLOGO

Me llamo Lizzie Ouellette, y, si estás leyendo esto, es que ya estoy muerta.

Sí, muerta. En el otro barrio, en el más allá. Un ángel recién llegado a los brazos de Jesús, si crees en esa clase de cosas. Un montón de comida para los gusanos, si no crees. Yo no sé si creo.

No sé por qué me sorprende.

Es que no quiero morir; o no quería, supongo, y menos de esa forma. Un instante estás aquí y al siguiente ya no estás. Desapareces. Borrada de un plumazo. De golpe, sin un quejido.

Pero, al igual que muchas otras cosas que no quería, sucedió de todos modos.

Lo curioso es que algunas personas dirán que me lo tenía merecido. Quizá no con esas mismas palabras, quizá no de forma tan directa. Pero dales tiempo. Solo hay que esperar. Un día de estos, quizá dentro de un mes o dos, alguien lo dejará caer. En Strangler's, por ejemplo, en esa hora mágica impregnada de alcohol antes de que el luminoso de neón de Budweiser se apague esa noche y enciendan esos fluorescentes mortecinos para que el camarero pueda ver el desastre que ha montado la clientela, para que pueda fregar el suelo pegajoso. Uno de los viejos parroquianos apurará el culo de su quinta o séptima o decimoséptima cerveza, se pondrá de pie tambaleándose, se subirá los pantalones holgados hasta ese punto justo por debajo de la tripa y dirá: «No es propio de mí hablar mal de los muertos, pero a la mierda, ¡al diablo con ella!».

Y luego eructará y se irá arrastrándose al baño a echar una meada que salpicará por todas partes menos en la taza. Y sin apenas mirar el lavabo al volver a salir, aunque tenga las manos llenas de polvo y mugre después de todo el día. El viejo con manchas en los pantalones, mugre debajo de las uñas y un mapa topográfico de capilares reventados que recorren su nariz hinchada, quizá con una esposa que le espera en casa con un moratón amarillento alrededor del ojo, de la última vez que le pegó…, en fin, el hombre es un buen samaritano, por supuesto. El héroe del pueblo. El alma de Copper Falls.

¿Y Lizzie Ouellette, la chica que comenzó su vida en una chatarrería y la terminó menos de tres décadas después en una caja de pino? Yo soy la basura que este pueblo debería haber sacado hace años.

Así son las cosas en este lugar. Así han sido siempre.

Y así será como hablen de mí cuando haya pasado el tiempo suficiente. Cuando sepan que mi cadáver ya está frío bajo tierra, o reducido a cenizas esparcidas por el viento. Da igual la muerte terrible y trágica que haya podido tener, porque las viejas costumbres…, esas no mueren nunca. La gente no se cansa de lanzar puñetazos, sobre todo cuando se trata de su objetivo favorito, e incluso aunque el objetivo en cuestión ya ni siquiera se mueva.

Pero esa parte, en fin, vendrá más tarde.

Ahora mismo la gente se mostrará un poquito más amable. Un poquito más respetuosa. Y un poquito más cautelosa, porque la muerte ha llegado a Copper Falls, y con la muerte llegan los forasteros. De nada serviría decir la verdad, y menos cuando no sabes quién podría estar escuchando. Así que darán una palmada, sacudirán la cabeza y dirán cosas como: «Esa pobre chica tuvo problemas desde el día en que nació», y en su voz se apreciará una compasión auténtica. Como si hubiese dependido de mí. Como si hubiese convocado yo los problemas ya desde el vientre de mi madre para que estuvieran allí, esperándome al salir disparada, como una red pegajosa que se me enganchó y ya nunca me soltó.

Como si las mismas personas que ahora chasquean la lengua y suspiran por mi vida llena de problemas no pudieran haberme ahorrado gran parte de ese sufrimiento, si se hubieran parado solo un momento a pensar y a rezar por su chica de la chatarrería.

Pero pueden decir lo que les venga en gana. Yo sé la verdad y, por una vez, no tengo motivos para no contarla. Ya no. No desde donde me encuentro, a dos metros bajo tierra, por fin en paz. No fui ninguna santa en vida, pero la muerte consigue volverte sincera. Así que aquí va mi mensaje desde ultratumba, el mensaje que quiero que recuerdes. Porque será importante. Porque no quiero mentir.

Todos pensaban que me lo tenía merecido.

Todos pensaban que estaría mejor muerta.

Y la verdad, de la que me di cuenta en ese último instante terrible antes de que se disparase la escopeta, es la siguiente.

Tenían razón.

PRIMERA PARTE

CAPÍTULO 1

EL LAGO

Poco antes de las diez de la mañana del lunes, el humo del incendio de la chatarrería de Old Ladd Road comenzó a moverse hacia el este. La chatarrería llevaba para entonces varias horas ardiendo. Imparable, definido por esa asquerosa columna negra y ondulada que se veía a kilómetros de distancia; pero ahora la columna era una pantalla, impulsada por el viento creciente. Las puntas sinuosas de sus dedos venenosos avanzaban por la carretera y serpenteaban entre los árboles, en dirección al lago y a la orilla, y fue entonces cuando el *sheriff* Dennis Ryan envió a su ayudante, Myles Johnson, para que empezara a desalojar las casas que había allí. Aunque esperaba encontrarlas vacías, claro. El Día del Trabajo había pasado hacía un mes y, con él, la temporada turística. Ahora las noches eran más largas y más frías, impregnadas con la promesa de una helada. Aquel último fin de semana, pudieron verse bucólicas columnas de humo de leña ascendiendo sobre las casas, cuando los lugareños que se alojaban allí encendieron sus chimeneas para protegerse del frío nocturno.

El lago estaba tranquilo. No había motores atronadores ni griterío de niños. Nada salvo el murmullo del viento, el chapoteo musical del agua por debajo de los muelles de madera y un somorgujo solitario cantando a lo lejos. El ayudante del *sheriff* llamó esa mañana a seis casas, seis casas vacías y cerradas con llave, con los caminos de la entrada despejados, hasta que el discurso que se había preparado sobre la orden de evacuación se le olvidó por falta de uso. Solo quedaban dos casas cuando llegó al número trece y puso los ojos en blanco al ver el apellido pintado con espray en el buzón. Por un momento incluso se planteó pasar de largo, pensando para sus adentros que si el incendio de la chatarrería de Earl Ouellette era un buen comienzo, que su hija se muriera asfixiada por las cenizas sería un final excelente. Solo por un instante, claro; se lo repetiría a sí mismo más tarde, mientras apuraba el día con una botella de Jameson, bebiendo mucho para aliviar el recuerdo de las cosas terribles que había visto. Una fracción de segundo. Solo un breve pitido en su radar mental, en serio, nada que pudiera tenerse en cuenta, por el amor de Dios. Lo que le ocurrió a Lizzie había sucedido horas antes de que él supiera incluso que iba a acercarse por el camino de la orilla, lo que significaba que no podía ser culpa suya, por mucho que una vocecilla culpable en un rincón de su mente no parase de sugerirle lo contrario. Para cuando llamó a la puerta, ella ya estaba muerta.

Además, sí que llamó. De verdad. Estaba orgulloso de su trabajo, de la placa que llevaba. Pasar por alto la casa de los Ouellette fue solo un impulso arrogante, un viejo rencor que le recordó que seguía allí; pero no se dejaría llevar por él. Y además, contemplando el buzón, se dio cuenta de que también tenía que pensar en Dwayne, el marido de Lizzie. Quizá Lizzie no estuviera sola en la casa, o quizá ni siquiera estuviera allí. A veces la pareja tenía inquilinos en momentos extraños. Y no eran pocas las veces. Si había alguien capaz de desobedecer la norma y dejar que los inquilinos se quedaran pasada la temporada con tal de ganar unos cuantos pavos más al año, ese alguien era Lizzie Ouellette. Era bien probable que se tratara de personas de ciudad con un buen abogado que estuvieran inhalando un montón de humo tóxico, y entonces todos estarían en la mierda.

De modo que aparcó en el camino vacío de la entrada del número trece de Lakeside Drive y, al bajarse del coche, pisó el manto grueso de agujas de pino, que desprendieron su aroma bajo sus pies.

Llamó a la puerta con las palabras «fuego», «peligro» y «evacuación» de nuevo en mente, y entonces dio un paso atrás abruptamente cuando la puerta se abrió hacia dentro con el primer golpe. Sin llave, sin candado.

Alquilar la casa a forasteros, fuera de temporada, era algo típico de Lizzie Ouellette.

Dejar su puerta abierta, en cambio, no lo era.

Johnson cruzó el umbral con la mano en la cadera, acariciando con el pulgar el seguro de la pistola. Más tarde, contaría a los muchachos en Strangler's que supo que algo iba mal nada más entrar, haciendo que pareciera como si tuviera una especie de sexto sentido, cuando en realidad cualquiera de ellos lo habría sabido. El aire de la casa olía raro, tampoco era una peste que tirase para atrás, pero sí se percibía cierto olor rancio que indicaba que algo estaba empezando a pudrirse. Y eso no era todo. Había sangre: un rastro de sangre, goterones gruesos y circulares sobre el suelo de madera de pino, a escasos centímetros de sus pies. Las gotas, de un rojo oscuro y todavía brillante, bordeaban la esquina de la estufa de leña de hierro fundido, salpicaban la encimera de la cocina y terminaban con un manchurrón en el borde del fregadero de acero inoxidable.

Se acercó hacia allá, fascinado.

Ese fue su primer error.

Debería haberse detenido. Debería haberse parado a pensar que un reguero de sangre que terminaba en el fregadero de la cocina debía de tener un origen que merecería la pena explorar antes de investigar cualquier otra cosa. Que había visto más que suficiente para saber que algo iba mal y que debería llamar a la central y esperar a que le dijeran cómo proceder. Que, por amor de Dios, no debería tocar nada.

Pero Myles Johnson siempre había tenido un lado curioso, de esos que hacen que la cautela ocupe un segundo plano. Durante casi toda su vida, aquello había sido algo bueno. Dieciocho años atrás, siendo un chico recién llegado al pueblo, enseguida se había ganado el respeto de sus compañeros al poner a prueba la vieja cuerda para columpiarse que colgaba en el bosque al norte del lago Copperbrook, sujetándose con fuerza y saltando al vacío sin dudar, mientras el resto de los chicos contenía la respiración para ver si la cuerda se partía. Fue él quien se arrastró por el entrepiso de debajo de la casa para investigar a una familia de zarigüeyas que se había instalado allí, fue él quien se acercó al viejo trabajador de la oficina de correos y le preguntó por qué le faltaba un ojo. Myles Johnson aceptaba cualquier reto, exploraba cualquier lugar oscuro y, hasta aquella mañana, la vida nunca le había dado motivos para no hacerlo. El joven agente que se hallaba en la casa del lago aquella mañana no era solo un hombre aventurero e inquisitivo, sino aún optimista, animado por la certeza inconsciente de que no le sucedería nada malo simplemente porque nunca le había sucedido.

Y las gotas pringosas de sangre y aquel manchurrón siniestro en el borde del fregadero representaban un misterio demasiado tentador para ignorarlo. Avanzó, bordeando la sangre del suelo, con la mirada fija en el estropicio del fregadero, porque era un estropicio, desde luego, y el manchurrón era lo de menos. Al acercarse se dio cuenta: no era solo sangre, sino carne, una salpicadura de trocitos y cartílagos. Había algo rosa y húmedo que asomaba por el agujero oscuro del triturador de basuras, y un olor que recordaba a la trastienda de una carnicería. Y, cuando Johnson se acercó para mirarlo, con la mano estirada para tocarlo, sintió un vuelco en el estómago a modo de advertencia y escuchó un susurro que le era desconocido, una voz nueva que le decía: «Quizá no deberías».

Pero lo hizo.

Ese fue su segundo error. El que después le costaría explicarle a todo el mundo, desde el *sheriff* hasta el equipo forense, pasando por su propia esposa, que se pasaría semanas sin permitirle tocarla por mucho que se hubiera lavado las manos; el error que ni siquiera él mismo lograba entender. ¿Cómo podía explicarlo? Explicar que incluso en esos últimos segundos, cuando se disponía a extraer esa cosa del fregadero, lo hacía siguiendo el instinto de explorador que siempre le había ayudado. Que solo sentía curiosidad y que seguía convencido de que no sucedería nada malo.

Al fin y al cabo, nunca le había sucedido.

Aquella cosa rosada y blandengue del fregadero brillaba. En el dormitorio situado en el otro extremo de la casa, una nube de moscas se agitó por un instante, alterada por una fuerza invisible, y después volvió a posarse para seguir con sus asuntos; sobre una manta húmeda y manchada de rojo que cubría algo que había tirado en el suelo y que no se movía. En el aire, el sutil aroma de la descomposición se volvió un poco más acre. Y poco antes de las once de la mañana del lunes, cuando el humo de la chatarrería en llamas comenzaba a colarse entre las casas de la ensenada del extremo oeste del lago Copperbrook, el ayudante Myles Johnson metió dos dedos en el agujero del triturador de basuras y extrajo lo que quedaba de la nariz de Lizzie Ouellette.

CAPÍTULO 2

EL LAGO

Los bosques que rodeaban el lago Copperbrook habían sido en otro tiempo hogar de una empresa de explotación forestal, que cerró de forma abrupta treinta años atrás al entrar en bancarrota. Lo único que quedaba eran los armazones derrumbados de los viejos cobertizos, la extraña sierra olvidada, oxidada y engullida por las moreras y los densos manojos de balsamina. El bosque iba ganando terreno a los claros donde derribaban y apilaban los troncos, dejando porciones irregulares de terreno llenas de maleza y pimpollos, situadas al final de los caminos de tierra llenos de surcos que llevaban hacia ninguna parte.

Ian Bird no era de por allí. En dos ocasiones se metió por el camino equivocado y echó pestes al llegar a un punto muerto, hasta que al fin encontró el desvío hacia la carretera de la orilla. Aparcó junto al buzón marcado con el número trece, justo detrás de una furgoneta propiedad del equipo forense. Al igual que a él, la policía estatal había convocado a los técnicos; lo antes posible, aunque en privado se quejaban de que seguramente ya fuese demasiado tarde para impedir que la policía local pisoteara el lugar, contaminando la escena del crimen y metiendo sus manos sin guantes en sitios donde no tenían que meterlas.

Como el triturador de basuras, por amor de Dios. Bird soltó un gruñido al pensar en ello. Era de los peores errores que se pueden cometer, pero era imposible no sentirse mal por el pobre gilipollas que lo había hecho. Y sin guantes, nada menos.

Aquella naricilla cortada del fregadero, como una piedra preciosa, había salido por radio cuando Bird aún estaba de camino, lo que significaba que algún metomentodo con un escáner probablemente ya habría hecho llegar la noticia hasta el límite del condado. Tampoco es que importara mucho. En un lugar como aquel, con un caso como ese, los detalles siempre se filtraban. Bird no había estado nunca en Copper Falls, pero había pasado tiempo en muchos pueblos como ese y sabía cómo iba el asunto. Los policías de ciudad tenían que enfrentarse a una prensa voraz para no revelar información; sin embargo, allí en las afueras, te enfrentabas a algo mucho más primario. La gente que vivía en sitios como aquel parecía conectada a los asuntos de los demás de manera casi celular, compartiendo secretos mediante una especie de consciencia colectiva, lanzándolos de una sinapsis a otra, como zánganos conectados a una misma colmena. Y cuanto más jugosas eran las noticias más rápido circulaban. Aquella historia habría recorrido toda la carretera de la orilla y el pueblo entero de un extremo al otro antes de que Bird se equivocase de camino la primera vez.

Aunque tal vez aquello fuese algo bueno. Cuanto más lejos llegaran los grotescos detalles sobre el asesinato de Lizzie Ouellette, más difícil le resultaría al marido esconderse. Incluso los amigos y familiares se lo pensarían dos veces antes de dar cobijo a un tipo que le había rebanado la nariz a su esposa..., si es que lo había hecho él, claro. Todavía era pronto y había que explorar todas las posibilidades, pero aquello tenía toda la pinta de una disputa doméstica, algo personal y horripilante. Era casi como las piezas que faltan en un rompecabezas: no había indicios de que hubieran forzado la puerta, no faltaban objetos de valor. Y, por supuesto, estaba el tema de la cara mutilada de la mujer. Bird había presenciado una atrocidad semejante solo en una ocasión, pero aquella vez eran dos los cuerpos: asesinato y suicidio, marido y mujer uno junto al otro. El hombre la había atacado con un hacha y había reservado la bala para sí mismo. Fue un final más limpio del que merecía y supuso un buen lío para el equipo de investigación. Se habían pasado semanas interrogando a amigos, familiares y vecinos, tratando de encontrarle el porqué al asunto. Lo único que decía la gente era que parecían felices, o al menos lo suficientemente felices.

Bird se preguntaba si Lizzie Ouellette y Dwayne Cleaves parecían también lo suficientemente felices.

Con un poco de suerte, atraparían a Cleaves a tiempo para preguntárselo.

Bird apuró los posos del café, dejó su taza sobre la guantera y salió del coche. El viento había cambiado, impulsando el humo de la chatarrería en llamas en dirección norte a través del lago, pero en el aire aún quedaba una ligera peste acre. Se tomó su tiempo mientras recorría el camino de la entrada, fijándose en la escena: la casa ubicada entre los pinos, visible al doblar la última curva. Más allá resplandecía el lago, con las aguas agitadas por el viento. Por encima del crujido de los árboles se oía el golpear de las olas en la parte inferior de un muelle. El sonido llegaba hasta allí. En una noche tranquila, tal vez podría oírse un grito desde el otro lado del lago, si acaso hubiese alguien que lo escuchara. Pero la noche anterior todos los lugares cercanos habían estado desocupados. Sin testigos. Lo que significaba que el asesino tenía mucha suerte o era de la zona.

Bird tenía claro por cuál de las dos opciones apostaría.

Myles Johnson se encontraba frente a la puerta y su rostro lucía un tono ligeramente verdoso. Se echó a un lado al ver la identificación de Bird y señaló hacia el pasillo, donde había media docena de personas arremolinadas alrededor de la puerta del dormitorio. Bird reconoció a los policías locales gracias a sus miradas de fastidio; estaban hasta el cuello y aun así no les hacía gracia ver a un forastero entre ellos.

Los restos de Lizzie Ouellette estaban tendidos en el suelo junto a la cama. Uno de los técnicos se echó a un lado cuando Bird se asomó por la puerta, dejándole ver el cadáver por un instante. La elevación de una cadera enfundada en un bikini rojo y tirante sobre el hueso, un hombro desnudo donde la camiseta se le había retorcido y el pelo apelmazado por la sangre. Mucha sangre; vio las salpicaduras sobre su piel desnuda y, debajo, una mancha que iba haciéndose más grande sobre la alfombra. Había moscas revoloteando, pero no gusanos. Todavía no. No llevaba mucho tiempo allí.

Bird echó un vistazo a la zona que rodeaba la cama y se fijó en la colcha arrebujada en el suelo. Más sangre. La colcha estaba manchada, pero no empapada.

—Estaba debajo de la colcha —dijo una voz, y Bird se volvió y vio al joven ayudante que le había permitido el acceso a la vivienda de pie en el pasillo detrás de él, con unos hombros anchos que casi rozaban cada pared de aquel espacio angosto.

Retorcía un paño de cocina con ambas manos, apretándolo con tanta fuerza que tenía los nudillos blancos.

El tipo de la nariz.

—¿Es usted entonces quien ha encontrado el cuerpo?

—Sí. Bueno, no lo sabía cuando moví la colcha; pensé que estaría, ya sabe, viva o…

—Viva —repitió Bird—. ¿Después de haber encontrado su nariz en el fregadero? ¿Sigue allí?

Johnson negó con la cabeza mientras una técnica salía del dormitorio y señalaba con la cabeza en dirección al pasillo.

—Se le cayó —comentó—. La hemos metido en una bolsa. No parece gran cosa.

Bird se volvió de nuevo hacia Johnson.

—De acuerdo, agente. No pasa nada. Dígame lo que vio.

—Seguí el rastro de sangre —respondió Johnson con una mueca de repulsión—. Había un reguero desde la cocina, después de encontrar la… ya sabe. Y vi entonces la colcha, con más sangre. Me di cuenta de que había alguien debajo. La aparté. Y la vi. Eso es todo. No intenté… Es decir, nada más verla, supe que estaba muerta.

—Así que él la tapó antes de marcharse —comentó Bird con un gesto afirmativo.

—¿Él? ¿Se refiere a…? —Johnson negó con firmeza, agarrando con fuerza el paño de cocina—. Ni hablar. Dwayne no haría una…

Bird entornó los ojos al oír el nombre de pila del marido.

—¿Sí? ¿Dónde está Dwayne entonces? ¿Ha probado a escribirle un mensaje? ¿Le ha respondido?

Bird experimentó una breve satisfacción al ver que Johnson se ponía rojo. El comentario sobre el mensaje había sido solo una suposición, pero era evidente que había acertado. Johnson y el marido de la fallecida no solo se conocían de pasada; eran amigos.

El *sheriff* Ryan había permanecido apoyado contra la pared durante toda la conversación, pero ahora se acercó y le puso una mano a Johnson en el hombro.

—Oiga, este es un pueblo pequeño. Todos conocemos a Dwayne, algunos de nosotros desde hace mucho tiempo. Pero nadie está intentando entrometerse en sus asuntos. Aquí todos queremos lo mismo y mis hombres le prestarán toda la ayuda que necesite. Ya hemos enviado un coche a la casa que tienen Lizzie y él en el pueblo. No hay nadie en casa. El Toyota de Lizzie está aparcado detrás, y tenían otro vehículo, una camioneta; esa no está, así que lo más probable es que la tenga Dwayne, allí donde esté. Hemos publicado por radio la descripción. Si está en carretera, tarde o temprano lo pararán.

Bird asintió en respuesta.

—Así que vivían en el pueblo, y entonces ¿este sitio qué es? ¿Una casa de vacaciones?

—Earl, el padre de Lizzie, es el dueño de esta casa. O lo era. Creo que Lizzie se hizo cargo de ella, la adecentó y empezó a alquilarla. A gente de fuera, sobre todo. —El *sheriff* hizo una pausa, cambió el peso de un pie al otro y frunció el ceño—. Eso no sentó muy bien a algunos de los demás propietarios.

—¿A qué se refiere?

—Somos una comunidad muy unida. A casi todos los que tienen casas en Copperbrook les gusta hacerlo todo por el boca a boca, ¿sabe? Familiares, amigos de los familiares. Gente con contacto con la comunidad. La chica de Ouellette anunciaba esta casa en una página web, de modo que cualquiera podía alquilarla. Como ya le digo, eso no sentaba muy bien. Tuvimos algunos problemas, algunos vecinos se cabrearon.

Bird enarcó las cejas y ladeó la cabeza en dirección al dormitorio, a la sangre, al cuerpo.

—¿Hasta qué punto se cabrearon?

El *sheriff* captó el tono y se puso rígido.

—No es lo que está pensando. Me refiero a que algunos de los tipos que alquilaban este sitio, bueno, pues no sabemos quiénes eran o en qué andaban metidos. Le sugiero que investigue eso.

Se produjo un largo silencio mientras ambos se miraban. Bird fue el primero en apartar la mirada y miró su teléfono. Cuando volvió a hablar, utilizó un tono más suave.

—Investigaré cualquier cosa que sea relevante, *sheriff*. Ha mencionado al padre de la víctima. ¿Vive en el pueblo?

—En la chatarrería. Tiene allí una caravana, o la tenía. Dudo que haya sobrevivido al incendio. Dios, no me puedo ni imaginar… —El *sheriff* negó con la cabeza y Myles Johnson se quedó mirándose las manos, sin parar de retorcer el paño de cocina.

Bird pensó que no tardaría en partirlo por la mitad.

—El incendio —repitió—. ¿Es el sitio del padre? Menuda coincidencia.

—Por eso estaba yo aquí. Se levantó viento y vine a pedir a los residentes que evacuaran el lugar —explicó Johnson—. Pero la puerta…

—Bird. —Un técnico forense asomó la cabeza por la puerta del dormitorio y le hizo un gesto con un dedo enguantado.

Bird asintió y le hizo el mismo gesto a Johnson.

—Vamos a echarle un vistazo. Ve contándome los detalles.

Segundos más tarde, estaba de pie junto al cadáver, leyendo en voz alta las notas preliminares garabateadas que alguien le había entregado para que las revisara.

—Elizabeth Ouellette, veintiocho años… —Desvió la mirada

del cuaderno al cuerpo y frunció el ceño. El nombre estaba escrito con una letra bien clara, pero el rostro era irreconocible. La mujer estaba tendida de costado, con los ojos medio cerrados bajo los mechones de pelo rojizo empapados de sangre. Eran la única parte que todavía se parecía a lo que había sido; todo lo que había más abajo estaba despedazado, la clase de herida a la que algunos de los chicos del barracón se referían como «pastel de cerezas». La nariz mutilada era lo de menos. Quien fuera que hubiera matado a Lizzie Ouellette le había puesto el cañón de algo grande debajo de la barbilla —tal vez una escopeta, la que estaba registrada a nombre de Dwayne Cleaves y había desaparecido del hogar que compartía con este— antes de apretar el gatillo. La bala le había destrozado la mandíbula, arrasando con los dientes y rompiéndole el cráneo antes de salir por la parte trasera de la cabeza. Una única muela resplandecía en mitad de aquella carnicería, tan blanca e intacta.

Bird se estremeció, apartó la mirada y se fijó en el resto de la habitación. Había una salpicadura en la pared, trozos de hueso y sesos, pero aun así a él le llamó la atención el aspecto de la estancia. Alguien —suponía que la mujer que yacía muerta a escasa distancia— se había esmerado mucho con la decoración. Había una alfombra oriental deshilachada pero elegante en el suelo, a los pies de la cama, de una tonalidad azul claro que hacía juego con las cortinas que enmarcaban el ventanal y con la colcha, ahora manchada de sangre, que había cubierto el cuerpo. Había dos bonitas lámparas de noche, de latón o algo así, situadas en sendas mesillas. Sobre la cómoda, una pila de libros antiguos colocados con elegancia. Las casas del lago solían convertirse en un almacén de muebles desparejados, viejos trofeos de caza, cojines horteras con frases como HE SALIDO A PESCAR bordadas; su propia familia había alquilado en una ocasión una casa cerca de la frontera que parecía tener una cabeza de ciervo colgada en todas las superficies verticales. Pero aquella casa parecía sacada de una revista. Tendría que localizar en qué página web la tenía anunciada Ouellette, pero ya entonces pudo imaginarse lo acogedora que debía de parecerle a la gente de ciudad que buscaba hacer una escapadita al monte.

Se dio la vuelta y se inclinó sobre el cuerpo. «Pastel de cerezas», pensó de nuevo. En un bolso que había sobre la cómoda habían encontrado la cartera, las tarjetas de crédito y el carné de conducir de la mujer, pero la cara planteaba un problema. Y una incógnita. Levantó la mirada para echar otro vistazo a la habitación, pasando de los técnicos al *sheriff* y a Johnson, que ahora hablaba en susurros con otros dos hombres más jóvenes que también debían de ser policías locales.

—¿Quién se ha encargado de la identificación? —preguntó Bird y, en aquel momento, la energía de la estancia experimentó un cambio súbito y sutil. Una quietud cargada de incomodidad, con miradas rápidas de unos a otros. El silencio se prolongó más de la cuenta, de modo que se incorporó molesto—. ¿Johnson? ¿*Sheriff*? ¿Quién se ha encargado de la identificación? —repitió.

—Ha sido una especie de… trabajo en equipo —respondió un hombre rubio a quien Bird no conocía.

Johnson miró al suelo y se mordió el labio.

—Un trabajo en equipo —repitió Bird, y se produjo otro silencio, y otra vez miradas, hasta que Johnson dio un paso al frente, extendió un dedo y señaló el cuerpo.

—Está ahí —dijo.

Bird siguió la dirección del dedo y lo vio. En un primer vistazo lo había pasado por alto, entre toda la sangre y las moscas negras y gordas que revoloteaban alrededor. La fallecida tenía la camiseta levantada hasta el cuello y en la cara interna de un pecho pálido lucía una mancha oscura del tamaño de una mosca, pero sólida. Y estática. Las moscas revoloteaban formando una nube, pero aquella mancha permanecía quieta. Entornó los párpados.

—¿Es un lunar?

—Sí, señor —confirmó Johnson—. Es una marca distintiva. Se trata de Lizzie Ouellette, no cabe duda.

Bird parpadeó y frunció el ceño; no le gustaba la sensación de haber pasado algo por alto, y mucho menos el cambio de energía que percibió en la habitación.

—Está seguro de ello —dijo, y se fijó en que Johnson no era el único que decía que sí con la cabeza. Miró a los demás hombres—. ¿Están seguros todos? ¿Hasta ese punto conocen los pechos de Elizabeth Ouellette?

Johnson tosió y se puso rojo.

—Todo el mundo los conoce, señor.

—¿Y eso?

La pregunta quedó suspendida en el aire y entonces Bird se dio cuenta: los hombres estaban intentando no reírse. La risa nerviosa era un instinto, incluso en momentos como aquel. Se dio cuenta de que casi temblaban por el esfuerzo que suponía aquella contención.

«Nadie quiere decirlo», pensó.

Pero, curiosamente, alguien lo hizo. El poli rubio, con la boca un poco torcida —aunque sin llegar a ser una sonrisa; nadie podría acusarle de sonreír—, miró a Bird a los ojos y respondió.

—A usted qué le parece.

No era una pregunta.

Bird suspiró y se puso a trabajar.

CAPÍTULO 3

LA CIUDAD

Eran casi las diez de la mañana y la luz del sol entraba por los ventanales orientados al sur cuando la pareja de aquella casa multimillonaria de Pearl Street por fin empezó a desperezarse. Ella se despertó primero, y de golpe, cosa que era inusual. Desde siempre a Adrienne Richards le costaba trabajo despertarse, se resistía a abandonar el sueño con una serie de patadas y gruñidos. Pero ahora la mujer que yacía acurrucada en esa cama inmensa se despertó con un solo parpadeo. Ojos cerrados. Ojos abiertos. Como Julieta al despertar en su tumba, solo que con sábanas de algodón egipcio de altísima calidad en lugar de una losa de mármol.

«Recuerdo bien dónde debería estar».

«Y aquí estoy».

«¿Dónde está mi Romeo?».

Podría haberse dado la vuelta para verlo, pero no le hacía falta; lo sentía junto a ella, oía la respiración acompasada y lenta que significaba que tardaría al menos otra hora en despertarse, a no ser que lo zarandeara. Era una de las muchas cosas que sabía por instinto después de casi diez años de matrimonio. Conocía el sonido y el ritmo de su respiración mejor que los suyos propios.

Tendría que zarandearlo, claro. En algún momento. No podían pasarse todo el día durmiendo. Había cosas que hacer.

«Recuerdo bien dónde debería estar».

Así era.

Lo recordaba todo.

Había habido mucha sangre.

Pero se quedó tumbada despierta sin moverse durante varios segundos, satisfecha deslizando la mirada por el dormitorio. No era difícil quedarse quieta; el gato, un macho grande y gris de ojos verdes y piel sedosa, se había acomodado en el recodo de su cuerpo durante la noche y lo notaba caliente y ronroneante contra ella, y la almohada sobre la que tenía apoyada la mejilla estaba suave y limpia. La habitación estaba pintada de un precioso azul oscuro —Adrienne había pasado por una fase de colorterapia y se suponía que aquel tono promovía el bienestar, el sueño profundo y el buen sexo— y tenía las cortinas echadas, de modo que incluso en aquel momento, en aquella última hora antes de que la mañana diese paso al mediodía, las sombras envolvían como el terciopelo los rincones y los huecos, extendiéndose por debajo de los muebles. El vestido que había llevado la noche anterior yacía en el suelo como una tortita, donde se lo había desabrochado y quitado —un error estúpido, porque probablemente habría que llevarlo al tinte—, pero por lo demás la habitación estaba perfecta. Sencilla. De revista. Los toques personales se reducían a una estantería cercana: una figurita de latón de una bailarina de *ballet*, unos pendientes de zafiro sobre un platito y una fotografía enmarcada de los recién casados, el señor y la señora Richards el día de su boda. Un recuerdo de tiempos más felices. Adrienne aparecía rubia, delgada y sonriente con su vestido de seda blanco; Ethan era alto, de hombros anchos, y ya lucía un corte de pelo rapado que disimulaba sus entradas. Él tenía treinta y cuatro años cuando se casaron, doce más que ella; era su segundo matrimonio, para ella el primero.

Aunque le parecía que esas cosas no se notaban solo con mirar la foto. Ambos parecían inmensamente felices, emocionados por la novedad. Unos recién casados al inicio de su aventura en común, para toda la vida.

Los envidiaba. La joven pareja de la fotografía no tenía ni idea de lo que les esperaba. Un horror inimaginable, solo que a ella no le hacía falta imaginarlo. Había sucedido y, en las pocas horas que había dormido, se había quedado grabado en su recuerdo con todo detalle. La noche anterior… suponía que habría estado conmocionada, y él también, durante el largo camino de vuelta a casa. Ambos sentados en silencio mientras todo desaparecía por el espejo retrovisor: el pueblo; el lago; la casa y todo lo que había dentro.

Los cuerpos.

La sangre.

Había habido mucha sangre.

Pero, a medida que iban recorriendo los kilómetros en la oscuridad y los acontecimientos de la noche quedaban atrás, fue fácil sentir que había sido todo una especie de mal sueño. Incluso la mundana llegada a casa había parecido algo irreal. Aparcó el Mercedes en el callejón de detrás de la vivienda, y entonces solo podía pensar en que ya casi estaban en casa. Había llevado las llaves apretadas hasta la puerta, con los nudillos blancos por la fuerza y los labios comprimidos en una fina línea, con su marido de pie junto a ella. Debieron de hablar en algún momento, aunque solo fuera para acordar que sería mejor dejar la conversación para la mañana siguiente, pero ella solo recordaba el silencio. Ambos moviéndose con cuidado por el pasillo a oscuras, hasta llegar al dormitorio, sin ni siquiera molestarse en buscar el interruptor de la luz. Ella se había quitado los zapatos, se había desabrochado el vestido y, tras dejarlo caer al suelo, se había metido en la cama. Lo último que recordaba era contemplar la oscuridad y pensar que jamás se quedaría dormida, que no podría.

Pero sí pudo.

No podía seguir allí tumbada sin moverse.

El gato le dedicó una mirada de reproche cuando cambió de postura y saltó al suelo sin hacer ruido cuando ella salió de debajo de la colcha. A su lado, su marido se agitó. Ella se detuvo.

—¿Estás despierto? —susurró. Con suavidad. Solo para ver.

Los párpados de él se agitaron, pero siguieron cerrados.

Lo dejó durmiendo y salió de la habitación, cubriéndose los

pechos desnudos con los brazos mientras seguía al gato por el pasillo hacia la cocina. Se estremeció con la luz del sol que entraba por los ventanales. La casa tenía unas preciosas vistas del vecindario, pero, Dios, había mucha luz. Todo ese cristal, kilómetros de ventanas, con las fachadas de piedra de las casas de enfrente reflejando la luz. Era cegador. Sobre las calles estrechas, el cielo se extendía azul y sin una sola nube.

El gato le pasó entre las piernas desnudas, maullando. Hambriento. Tendría que cancelar la visita del cuidador.

—Venga, colega —le dijo con suavidad—. Vamos a buscarte algo de desayunar.

Estaba bebiendo café junto a la encimera, envuelta en un jersey mientras escribía en un portátil, cuando su marido apareció al final del pasillo. Lo había oído levantarse de la cama hacía veinte minutos, pero la puerta había permanecido cerrada; se produjo un breve silencio seguido del sonido del agua. Al principio se quedó perpleja. Salir de la cama y directo a la ducha, como si fuese una mañana como otra cualquiera. Como si no tuviesen que mantener una conversación urgente. Pero luego la sorpresa dio paso al alivio. En esas circunstancias, un hombre podía hacer cosas peores que ceñirse a su rutina. Significaba que estaba haciéndose cargo de la situación.

Se detuvo en el mismo lugar donde lo había hecho ella, contemplando la vista a través de la pared de ventanales. Llevaba una vieja sudadera de la universidad y se había afeitado. Tenía trocitos de papel higiénico pegados a la cara; uno de ellos se soltó y acabó posándose en el cuello deshilachado de la sudadera. Ella se aclaró la garganta. Era el momento de ir al grano.

—Hola.

Él se volvió despacio al oír su voz. Tenía los ojos rojos, supuso que por la falta de sueño. Eso esperaba. No creía que hubiese estado llorando. Se quedó mirándolo, pero tenía una expresión indescifrable.

—Venga. He hecho café.

Señaló con un dedo el armario que había junto al fregadero. Él lo abrió como si estuviera aturdido, sacó una taza y se sentó junto a ella.

—La he cagado. Me he cortado —dijo. Su voz sonaba áspera—. Me va a estar sangrando todo el día.

—No pasa nada —respondió ella—. De todas formas te vas a quedar en casa hoy. Sin que nadie te vea. No sé cuánto tiempo tenemos. He concertado algunas citas y me marcho en menos de una hora para ver si nos da tiempo a organizar algunas cosas. ¿De acuerdo?

—¿Qué ocurre? —le preguntó él dejando la taza.

—La han encontrado.

Se quedó pálido.

—¿Y a él?

Ella negó con la cabeza y se inclinó hacia delante para leer en voz alta.

—«Pedimos la colaboración ciudadana para localizar al marido de Ouellette, Dwayne Cleaves —dijo—. Cualquiera que tenga alguna información», bla, bla, bla. Hay un número de teléfono. Eso es todo.

—Mierda. ¿Cómo? ¿Cómo es posible que hayan…?

—El incendio de la chatarrería —repuso ella con voz queda—. Esta mañana se ha levantado viento. Han debido de ir allí para evacuar la zona. Pero no pasará nada…

Él no estaba escuchándola. Negó con la cabeza y golpeó la encimera con la palma de la mano abierta.

—Mierda. Mierda, mierda, mierda. Maldita sea, ¿por qué tuviste que…?

La miró, se fijó en su expresión y decidió no terminar la frase.

—No pasará nada. ¿Lo entiendes? No pasará nada. No pasa nada. Se han hecho la idea adecuada. Dwayne Cleaves mató a su esposa y ahora se ha dado a la fuga.

Se produjo un silencio largo.

—Acabarán por encontrarlo —dijo él al fin.

—Con el tiempo —convino ella con un gesto afirmativo—. Es probable. Pero quién sabe cuándo será eso. Ya viste lo que hice. Podría pasar mucho tiempo.

—¿Y entonces qué hacemos?

—¿Nosotros? Nada. Tú te quedas aquí, escondido. Yo voy a por el dinero y luego elaboraremos un plan. Un plan de verdad. Hemos tenido suerte, pero quiero ser lista, aunque eso suponga tomarnos unos días. No pasa nada. No tenemos por qué correr, porque nadie nos persigue.

La odiaba en aquel momento. Percibía el odio brotar del cuerpo de él, notaba la tensión en su mandíbula mientras apretaba los dientes. Nunca le había gustado cuando ella adoptaba ese tono que dejaba demasiado claro que pensaba que era la lista de los dos. «Vaya, pues es lo que hay», pensó. Sí que era lista. Siempre lo había sido y siempre lo había sabido, aunque las personas como su marido pudieran no querer darse cuenta. Y, si tenía que cabrearlo para recordarle todo lo que estaba en juego y quién estaba al mando…, bueno, pues prefería su rabia ofendida a otras alternativas. Esa mirada atormentada de ojos rojos que había mostrado al salir del dormitorio y quedarse mirando por los ventanales como si no supiera dónde estaba o quién era…, no, a ella no le gustaba en absoluto. Si no podía controlar los nervios, estarían los dos jodidos.

—¿Y si viene la policía? —preguntó al fin.

—¿Y por qué iba a pasar eso?

Él se encogió de hombros y bajó la mirada.

—No sé. ¿Y el Mercedes? La gente se acordará de haberlo visto, si es que lo han visto. Una matrícula de otro estado, fuera de temporada, un puñetero coche de lujo que destaca entre los demás. Sobre todo después de la estupidez del mercado del año pasado. Tú y el puto yogur. Se acordarán, sí, y vendrán a hacer preguntas y…

—Entonces les diré lo que necesitan saber —le interrumpió ella con actitud desafiante—. Se lo diré. Mírame. Mírame. —Y la miró. Durante varios segundos se quedó sosteniéndole la mirada. Ella puso la mano encima de la suya y habló con una convicción feroz—. Estamos a punto de terminar con esto. Tú solo deja que yo me encargue de todo.

Por fin asintió con la cabeza. La creía; lo notaba en su cara. Pero esa mirada perdida… seguía ahí. Suspiró.

—Dilo. No podemos permitirnos jugar a este juego, ahora no. Di lo que sea que no me has dicho.

Él se quedó mirando su taza de café. Apenas lo había probado y ahora ya estaba frío.

—Es que… —Dejó la frase a medias y estiró los hombros—. Lo averiguarán. Sabrán lo que hicimos.

Ella negó con furia.

—No lo sabrán.

Él suspiró y dio vueltas a la alianza que llevaba en el dedo. Un gesto familiar de nerviosismo. Al verle hacer eso le dio un vuelco el corazón, pero tenía que ser firme.

—Escúchame —le dijo—. Lizzie y Dwayne están muertos. Se acabó. No hay nada que podamos hacer. Pero nosotros estamos vivos. Tenemos un futuro. Y nos tenemos el uno al otro, ¿verdad? Tienes que confiar en mí.

Él dejó caer los hombros, ella también, pero con alivio. Estaba cediendo, como hacía siempre, como ella sabía que haría. Pero seguía con esa mirada atormentada y, cuando volvió a hablar, casi le dieron ganas de gritar.

—No puedo parar de pensar en… —empezó a decirle y ella se inclinó hacia delante y lo agarró por los hombros, incapaz de soportarlo.

—No lo hagas.

Pero no podía evitarlo. No podía contenerse. Las palabras le salieron en un susurro y el aire del apartamento quedó impregnado de terror.

—En cómo me miraba ella.

CAPÍTULO 4

LIZZIE

Que conste que nunca me follé a ese tío.

Ya sabes a cuál me refiero. A ese que, de pie frente al cadáver ensangrentado y mutilado de una mujer asesinada, no pudo evitar fanfarronear con sus colegas del pueblo diciendo que todos le habían visto ya las tetas. Tienen auténtica clase los chicos de Copper Falls. En serio. Sobre todo esa frase. Una combinación tan perfecta de vulgaridad y recato que hasta se hizo un poco famosa. Alguien que estaba allí se lo contó a alguien que no estaba —«No te vas a creer lo que le dijo Rines a ese policía»— y, sin tardar mucho, la gente ya la repetía como un eslogan prácticamente en todo el condado. La recuerdas, ¿verdad?

«Y a usted qué le parece».

Hay que joderse, santo Dios.

Seguro que pensabas que estaba de broma. O que exageraba, que estaba equivocada o siendo algo dramática. No pasa nada; ya lo he oído antes. «Se lo está inventando. Solo busca llamar la atención. Todo el mundo sabe que la chica de Ouellette es una bolsa de basura mentirosa». Las que dicen esas cosas son, claro está, personas que van a la iglesia. Buenos samaritanos de la clase obrera de Nueva Inglaterra. Cuesta creer en ese tipo de crueldad tan casual a no ser que la hayas visto con tus propios ojos.

Pero ahora ya lo has visto. Ahora lo sabes. ¡Ven a visitar Copper Falls! Donde el aire es puro, la cerveza es barata y los polis locales llaman putón a una chica en la escena de su jodido asesinato.

El tipo se llama Adam Rines. El rubio de la sonrisilla torcida, el señor «Y a usted qué le parece». Y, pese a que quiere que todos los demás lo crean, nunca me acosté con él. Nunca me acosté con ninguno de ellos, salvo con Dwayne, y eso fue distinto y más adelante. Mucho más adelante. Para entonces habían pasado ya cinco años desde aquel día de principios de verano, la humedad de las tablillas mohosas de la cabaña de caza entre mis omóplatos, las burlas de seis chicos feos resonando en mis oídos.

«Y a usted qué le parece», y unos cojones.

Yo te diré lo que pasó. O a lo mejor te lo puedes imaginar. Solo hace falta un poco de imaginación. Por ejemplo: imagina que tienes trece años. Pesas cuarenta y dos kilos y todavía no eres una mujer, pero tampoco eres ya una niña. Imagina tu cuerpo, los brazos larguiruchos, las piernas torcidas y las rodillas muy juntas, que nunca logras colocar de manera adecuada, y el pelo de un tono rojizo, siempre sucio y lacio, con las puntas desiguales porque te lo has cortado tú misma con unas tijeras romas. Imagina tu ignorancia: una madre que murió hace mucho tiempo y un padre que no sabe, que no se da cuenta de que su hija de trece años ya tiene edad para necesitar sujetador, una caja de compresas y una charla sobre lo que significa todo aquello. No se da cuenta de que estás creciendo.

Pero los demás sí se dan cuenta. Ven lo que le está sucediendo a tu cuerpo. Lo ven antes incluso que tú misma.

Imagínatelo.

Me alcanzaron cuando volvía a casa en bici el último día de clase, ocho kilómetros polvorientos, la mochila tan cargada que tenía que bajarme de la bici y subir a pie cada vez que llegaba a una colina. Eran media docena. Algunos eran mayores y todos ellos más grandes. Dejé la bici tirada en la carretera, con la rueda delantera dando vueltas. Salí corriendo hacia el bosque por delante de ellos y traté de desaparecer entre los árboles, pero me atraparon. Claro que me atraparon. Después me consideré afortunada de que lo único que hicieran fuese levantarme la camiseta por encima de la cabeza.

Había tenido ese lunar desde siempre. Era imposible no verlo, pronunciado como era y tan oscuro en contraste con mi piel. Sabía que era feo —incluso entonces, me cuidaba de no dejar que las otras chicas lo vieran cuando me cambiaba a toda velocidad en el vestuario después de la clase de gimnasia—, pero aquel día no pude hacer nada por ocultarlo, acorralada como estaba contra el cobertizo ruinoso, a cien metros del camino, en mitad del bosque, con los brazos estirados formando una T y un chico agarrándome con fuerza de cada uno de los hombros. Ni siquiera podía verlos a través del dobladillo de la camiseta, apretado contra mi cara, húmedo por el sudor y las babas. No llevaba nada debajo, y uno de ellos me pinchó con un dedo la imperfección oscura que tenía debajo del pecho, con tanta fuerza que me dejó un moratón, y al hacerlo soltó un sonido de repulsión.

Todos lo vieron. Y los que no lo vieron, como Adam Rines, lo oyeron igualmente. Era toda una leyenda local, mi lunar, que crecía cada vez que alguien volvía a contar la historia, como la carpa gigante y prehistórica que se suponía que vivía en lo más profundo del lago Copperbrook. Aún recuerdo aquella primera vez con Dwayne, cuando me quité el vestido y me quedé ahí, desnuda, como él quería, dejando que me mirase, que contemplase aquel lunar oscuro y dijese: «Pensaba que sería más grande». Y yo contesté: «Le dijo ella a él», porque me pareció una respuesta ingeniosa, pero Dwayne no se rio.

Dwayne nunca se reía de mis chistes. A algunas personas les parecía graciosa, pero no a Dwayne Cleaves. Mi marido era como muchos otros hombres. Siempre alardeaba de que le encantaba la comedia, pero en realidad no tenía sentido del humor. Hasta los chistes más tontos se le escapaban, y los pocos que le gustaban eran siempre a costa de otra persona. Le chiflaban, y lo digo en serio, le chiflaban los programas radiofónicos en los que gastaban bromas telefónicas, cuando los locutores ponían nervioso a alguien con una historia falsa, que estiraban conforme la persona se ponía más y más nerviosa, y solo confesaban la verdad cuando el pobre desgraciado perdía los estribos por completo. Dios, qué pena me daban esos tipos. Quizá no debería ir por ahí dando consejos matrimoniales dadas las circunstancias, pero, si tu hombre se parece un poco a eso, no te cases con él. Porque es un idiota y probablemente mala persona además.

Claro está, yo no fui tan lista como para seguir mi propio consejo. Tampoco es que tuviera opciones. No es que los chicos llamaran a la puerta de la caravana de mi padre para salir conmigo u ofrecerme un anillo de diamantes. Dwayne nunca habría admitido que no estaríamos juntos de no haber sido por lo que sucedió aquel verano después de la graduación, y se le notaba la vergüenza; esa humillación absoluta y siniestra que resulta tan potente que todos los demás sienten vergüenza ajena. Se palpaba en el aire el día que nos casamos. La gente se miraba los pies con cara de incomodidad cuando dijo «Sí, quiero», como si se hubiese cagado en los pantalones delante de todos. En eso consiste ser un Ouellette en Copper Falls: ya solo el hecho de estar a tu lado resulta vergonzoso. Como esas tristes doncellas de la India. Intocables.

Aunque, claro, ser intocable no significa que no se te puedan follar, razón por la que esta historia tan retorcida acaba como acaba.

La policía tampoco querrá saber nada del asunto. Los hombres que vengan a buscar pruebas y a hacer preguntas solo se llevarán una parte de la verdad, o mentiras descaradas de gente como Adam Rines, y yo tampoco dejé un diario en el que pudiera contarlo todo. Quizá debería haberlo hecho. Quizá entonces la gente me escucharía por fin, como nunca me escuchó en vida. Quizá incluso lo entenderían.

No empezaría por el principio. Ni siquiera recuerdo el principio. Hay quien asegura tener recuerdos muy antiguos y vívidos de sus vidas a los dos, tres o cinco años. Para mí está todo borroso. En parte se debe a que nunca cambió nada: la caravana, la chatarrería y el bosque. Mi padre dormido en un butacón mugriento delante de la vieja tele con las antenas de cuernos. El olor agrio de la cerveza derramada la noche anterior. Día tras día, semana tras semana, año tras año, siempre lo mismo. La única manera de saber si un recuerdo es de antes o después es que a veces de fondo aparece mi madre. Ya no recuerdo su cara, pero está su forma. Melena pelirroja que había empezado a volverse castaña. Y su voz, áspera y oscura como los cigarrillos que fumaba a todas horas, aunque tampoco recuerdo haberla visto nunca hacerlo. Quizá nunca fumaba delante de mí. O quizá se me ha olvidado sin más. Sí que recuerdo que mi padre hizo un agujero en la pared de la caravana de un puñetazo la noche que mi madre se salió de la carretera del condado entre Copper Falls y Greenville; iba tan deprisa que saltó por encima del quitamiedos y se precipitó contra los matorrales. Murió del golpe. Iba conduciendo demasiado deprisa. Colocada, además. Mi padre nunca me contó esa parte, pero todos los chicos del colegio lo sabían y estaban en esa edad propicia para hacer que doliera. Fue un gran día en la escuela Falls Central cuando alguien de la clase de quinto curso de la señorita Lightbody se dio cuenta de que mi nombre de pila, «Elizabeth», rima con *crystal meth*, o metanfetamina.

Recuerdo a los dos policías estatales de pie en los escalones de fuera, uno detrás del otro, con sus gorras contra el pecho. Seguramente les enseñen eso en la academia, a no dar nunca una mala noticia a alguien con la gorra puesta. Me pregunto si el *sheriff* Ryan se quitará la suya cuando le diga a mi padre que he muerto.

A lo mejor no quiero contar esta parte después de todo.

Y no quiero que pienses que mi vida fue toda mala. No lo fue. Mi padre sí que me quería, que es más de lo que pueden decir algunas personas. Me dio todo lo que pudo y los errores que cometió fueron por ignorancia, no por maldad. Incluso cuando estaba borracho, cosa que ocurría muy a menudo, jamás me levantó la mano ni me dijo una sola palabra cruel. Muchas personas me hicieron daño a lo largo de mi vida —joder, si me casé con un hombre que casi no hizo otra cosa—, pero mi padre no fue una de ellas. ¿La casa del lago? ¿Esa en la que he muerto? Pues se la compró barata a Teddy Reardon el año después del accidente de mi madre. La compró por mí, para remodelarla y alquilarla y poder así permitirse la educación universitaria que pensaba que algún día podría yo desear.

Lo consideraba una posibilidad. Que yo pudiera llegar a ser algo, sin importar lo que los demás dijeran de nosotros.

Y cuando todo se torció y acabé con Dwayne, mi padre me dio las llaves de la casa y lo consideró un regalo de bodas, y nadie habría sabido lo decepcionado que estaba salvo por el hecho de que no era capaz de mirarme a los ojos.

CAPÍTULO 5

EL LAGO

Lo primero que pensó Bird mientras revisaba el historial de la página de Facebook de Lizzie Ouellette fue que no le gustaba que le hiciesen fotos. Algunas chicas estaban obsesionadas con sus propias caras; su última novia había sido una de esas, sus redes sociales eran un sinfín de autorretratos, saturados con esos filtros con brillos que le hacían parecer una especie de muñeca de dibujos animados. Fuera lo que fuera esa clase de chicas, Lizzie era justo lo contrario. Su foto de perfil había sido actualizada por última vez tres años atrás, una imagen granulosa hecha desde lejos en la que aparecía mirando hacia el sol. Tenía una mano levantada para protegerse los ojos, una lata de cerveza Coors Light en la otra y el rostro ensombrecido; era imposible saber qué aspecto tenía más allá de lo básico: piel clara, delgada, pelirroja. Bird siguió pasando fotos. En las siguientes ni siquiera aparecía ella; una era de una puesta de sol sobre el lago, otra una imagen borrosa de algo marrón y peludo —¿un conejo?, ¿un gato?— acurrucado sobre una porción de hierba. En algún momento, había intentado hacerse una foto en primer plano con la cámara del ordenador y sus rasgos aparecían tan desenfocados que lo único que se veía eran los ojos, las fosas nasales y la línea delgada de su boca. Pero por fin la encontró. Una foto de diez años atrás, primer plano, mirando a la cámara por encima del hombro con los ojos muy abiertos y los labios entreabiertos, como si la hubieran pillado desprevenida. Llevaba un vestido amarillo sin tirantes y una corona de flores en la cabeza, con el pelo recogido en una serie de bucles elaborados y las mejillas sonrosadas y carnosas. Diez años atrás… Bird echó los cálculos. Tendría entonces dieciocho años. Una cría, de camino al baile de fin de curso.

Se quedó mirando la fotografía varios segundos más hasta que se dio cuenta: las flores, el maquillaje, el vestido. Había pensado que era el baile de fin de curso, pero no lo era.

Era el día de su boda.

La última vez que Lizzie Ouellette había accedido a dejarse fotografiar; o la última vez que alguien se había preocupado por ella lo suficiente como para enfocarla con una cámara de fotos, y cuanto más investigaba Bird su historial, más convencido estaba de que se trataba de la segunda opción. Los perfiles de Facebook solo contaban una parte de la vida de la persona, pero aquella en particular transmitía una atmósfera de soledad. Algunas personas no publicaban muchas cosas en Internet porque valoraban su intimidad. Pero, en el caso de Lizzie, parecía más bien como si le diera igual, porque a nadie le importaría.

Ahora sí les importaba, desde luego. En las últimas dos horas, el perfil de Lizzie Ouellette se había llenado de comentarios. Parecían entradas macabras de un anuario: *No me lo puedo creer. DEP Lizzie. Lizzie nunca estuvimos unidas pero sé que te lo estarás pasando bien en el cielo, sigue siendo así de dulce.* Bird anotó meticulosamente sus nombres, aunque ya estaba convencido de que ninguno de ellos le sería de ayuda. Aquella gente no conocía a la chica, no pasaba tiempo con ella. Salvo una excepción, una tal Jennifer Wellstood, nunca le habían dado un *me gusta* a una sola de sus fotografías y ni siquiera le habían felicitado el cumpleaños. Sin duda no tendrían ni idea de lo que había andado haciendo en los últimos días de su vida, cosa que le correspondía a él descubrir y estaba resultando casi imposible. Ese momento en la casa, tan solo unas pocas horas antes —las risitas nerviosas apenas contenidas por aquel lunar que tenía la mujer en el pecho—, había sido la punta de un fenómeno que recorría todo el pueblo. Por algún motivo, todos los habitantes de Copper Falls sabían quién era Lizzie Ouellette, pero nadie se había relacionado con ella.

Ni siquiera su propio padre estaba seguro de dónde había estado aquel último fin de semana, de lo que había hecho, de por qué habría acabado en el lago en lugar de en la casa que tenía con Dwayne en el pueblo. El de Earl Ouellette había sido su primer interrogatorio, llevado a cabo en un rincón de la comisaría, donde los técnicos de emergencias le habían dejado poco después del amanecer debido al incendio. Earl tenía cubiertos de grasa y hollín el rostro de barba incipiente y las manos nudosas; mientras hablaba, no paraba de frotarse un nudillo ennegrecido con el pulgar. Bird se preguntó si estaría traumatizado. Era razonable que lo estuviera. Era algo insoportable para cualquier hombre: perder su sustento y a su familia en una misma mañana. Lizzie había sido su única hija. Ahora Earl Ouellette estaba solo en el mundo. Y aun así…

—No sé en qué puedo ayudarle. No teníamos mucho contacto —dijo Earl. Miraba fijamente al frente, con los ojos inyectados en sangre y vidriosos por el humo, o por el dolor, o por ambas cosas.

—¿Ni siquiera aunque viviera tan cerca? —le preguntó Bird.

Earl se rio.

—Aquí todo está cerca. El pueblo entero tiene menos de dos kilómetros de un extremo al otro. Lizzie no se prodigaba mucho. Siempre fue así, incluso cuando vivíamos bajo el mismo techo.

—¿En la chatarrería? —Bird había pasado por delante de camino a la comisaría, solo para ver los restos calcinados de la caravana que había sido el hogar de la infancia de su víctima—. Debió de ser difícil. En un espacio tan pequeño. Aun siendo solo dos.

—Tenía su propia habitación. Yo intentaba… —Earl hizo una pausa tan larga que Bird pensó que había terminado la frase. Yo intentaba. Pero el anciano tosió, se sacó un pañuelo de tela del bolsillo y escupió en él un lapo de moco marrón—. Intentaba darle espacio —concluyó.

Earl pasaba el pulgar una y otra vez por encima de la mancha de hollín. Intentaba limpiarla.

—¿Han averiguado cómo se inició el incendio? —Bird se quedó mirándolo y Earl se encogió de hombros—. Yo no lo sé. Podría ser cualquier cosa.

—Supongo que tenía seguro. —Intentó hablar de modo desenfadado, pero el hombre tensó los hombros de igual manera.

—Pues sí.

Bird no insistió; el incendio era una extraña coincidencia, pero no le correspondía a él investigarlo. Y de todos modos Earl Ouellette se había pasado casi toda la noche anterior dormido al volante de su camioneta en el aparcamiento de Strangler's, como según parece tenía por costumbre cada semana. Media docena de personas lo había visto —u oído sus ronquidos—, lo que significaba que Earl quedaba descartado como sospechoso tanto del incendio como del asesinato. Ambos hombres guardaron silencio durante varios segundos. Bird estaba sopesando su siguiente pregunta cuando de pronto Earl Ouellette se volvió y se quedó mirándolo fijamente. Los ojos del anciano eran de un inquietante azul, como unos vaqueros viejos y desgastados hasta casi perder el color con el paso de los años.

—Me han preguntado a qué dentista iba —dijo.

—A qué dentista —repitió Bird, y luego sacudió la cabeza al darse cuenta. Mierda—. Ah, sí. Para llevar a cabo la identificación. ¿No le dijeron que…?

Earl mantuvo la mirada firme, confusa pero igualmente penetrante.

«Maldita sea», pensó Bird.

—La policía identificó a su hija en la escena del crimen por una marca distintiva en… en la caja torácica superior. —Observó que el hombre entornaba los ojos azules y fruncía el ceño—. Lo siento, señor Ouellette, no hay una manera fácil de decir esto. A su hija le dispararon. Tenía el rostro bastante dañado.

Algunos hombres se habrían derrumbado en aquel momento. Bird agradeció que Earl Ouellette no fuera uno de ellos. En lugar de eso, el anciano sacó un cigarrillo de un paquete arrugado y lo encendió, ignorando los letreros de No Fumar y a la recepcionista de pelo gris que se volvió hacia él con mirada reprobadora al oler el tabaco.

—Sería de gran ayuda contar con un historial médico —le dijo Bird—. Cualquier historial. Dental o… ¿Sabe a qué médico iba su hija?

—La verdad es que no. Fue a ver al doctor Chadbourne por ese asunto hace diez años. —Hizo una pausa—. Habrá oído hablar de ello.

Así era. Hizo un gesto afirmativo con la cabeza y Earl lo imitó.

—Pero Chadbourne falleció. Hará quizá cuatro años. Nadie le ha sustituido, así que casi todos van a la clínica que hay en Hunstville, si es que van a alguna parte.

Bird garabateó una nota para sí mismo mientras Earl daba una larga calada al cigarrillo. Ahora miraba al vacío y apretaba la mandíbula. Se aclaró la garganta.

—Ha dicho usted una marca distintiva.

—Un lunar —confirmó Bird asintiendo con la cabeza—. Supongo que…

Earl lo interrumpió con un gesto cortante de cabeza.

—Lo tenía desde que era niña. Dijeron que podían quitárselo con láser, pero nunca tuve dinero suficiente.

—Lo comprendo. Señor, sé que es un momento difícil, pero, como miembro de la familia…, lo que quiero decir es que, si le mostráramos una fotografía de la marca, ¿usted la reconocería?

Earl asintió de nuevo y la respuesta le salió mezclada con una nube de humo:

—Pues sí.

Diez minutos más tarde, Bird apagó el motor del coche patrulla, miró por el espejo retrovisor y se pasó una mano por el pelo. Lo tenía más desgreñado de lo que le hubiera gustado, a años luz de los rapados que solía hacerse en su primera época en el cuerpo, pero cuanto más largo lo tenía más se le notaban las primeras canas en las sienes, así que había dejado las tijeras y había empezado a dejárselo crecer. Le hacía parecer un poco mayor, un poco más serio. No era mal asunto para un policía, y menos en días como aquel. Aunque, si de verdad quería cortárselo, suponía que estaba en el lugar indicado.

El edificio que tenía delante era una caravana, con un toldo de lona colocado sobre la puerta y pintura personalizada. De un morado brillante, el mismo tono que el letrero escrito a mano situado junto a la carretera. Para seguir con la tradición de los pueblos pequeños, el nombre de la peluquería era un juego de palabras espantoso: Pela 2. La pintura era reciente y estaba bien cuidada. El aparcamiento, cuarteado y lleno de baches, no lo estaba tanto, lo cual cuadraba bastante con lo que Bird había oído y observado sobre Copper Falls en general: la gente hacía lo que podía, y los visitantes veraniegos eran de utilidad, pero ni siquiera el flujo anual de turistas podía librar al pueblo de una muerte prolongada por desatención. Las carreteras levantadas, los escaparates rotos y cubiertos de polvo, las granjas victorianas vacías en las lindes de los campos sin arar, con las paredes combadas bajo el peso repetido de las nevadas invernales. Los cuerpos de los ciervos atropellados se quedaban pudriéndose junto a la autopista del condado, porque ya no había presupuesto para pagar el sueldo mínimo al tipo que antes pasaba con su camioneta y los retiraba con una pala.

Todos los años, la población de Copper Falls disminuía un poquito más porque la gente se rendía, perdía la esperanza y huía al sur en busca de una vida más fácil; o no lo hacía y simplemente se moría en el sitio. Bird había echado un vistazo a las cifras. Incluso antes de que Lizzie Ouellette apareciera con la cara reventada en la casa junto al lago Copperbrook, la esperanza de vida en aquel condado rural estaba muy por debajo de la media, por las razones habituales. Accidentes. Suicidios. Opioides.

Se bajó del coche y subió los escalones de debajo del toldo; las bisagras de la puerta chirriaron cuando la empujó. La chatarrería seguía ardiendo y el aire todavía conservaba un ligero olor acre, incluso allí, a las afueras del pueblo. Los aromas del interior de la caravana —champú, agua oxigenada, un olor químico que recordaba vagamente al pomelo— resultaban agradables en comparación.

Solo había una persona dentro, una morena de mandíbula marcada con un teléfono en la mano. Levantó la mirada hacia él y después volvió a fijarse en la pantalla.

—¿Jennifer Wellstood? —preguntó Bird, aunque ya sabía la respuesta.

La morena dijo que sí con la cabeza.

—El *sheriff* me dijo que se pasaría. ¿Cuánto va a durar esto? Va a venir un cliente.

—¿Cuándo?

—¿En una hora? —supuso encogiéndose de hombros.

—Me parece bien. Solo serán unas preguntas. Me llamo…

—Sí, ya lo sé. —Suspiró mirando al teléfono y lo dejó a un lado—. No sé si puedo serle de mucha ayuda. Apenas conocía a Lizzie.

—Es curioso, porque todos dicen que era su amiga más cercana en el pueblo —comentó Bird.

—Si eso es cierto, me parece triste —contestó la mujer mirándose los pies. Luego sacudió la cabeza—. Joder. Seguro que es cierto.

Lo que había que entender, según Jennifer, era que Lizzie no lo ponía fácil. Sí, la gente la trataba mal. A su padre también. Earl Ouellette había llegado al pueblo de joven para trabajar en el aserradero, se había casado con una chica de la zona y se había hecho cargo de la chatarrería del padre de ella en cuestión de unos diez años, lo cual hacía que no fuese muy de fiar, según decían algunos de los retrógrados del pueblo. Daba igual que aquello hubiese sucedido cuarenta años atrás, año arriba año abajo; daba igual el tiempo que te quedaras allí, ni lo profundas que fueran tus raíces, porque nunca sería suficiente para impresionar a las familias que llevaban allí cinco generaciones. Y en cuanto a tus hijos…

—¿Ha oído alguna vez ese dicho popular? «Que un gato dé a

luz dentro de un horno no significa que los gatitos salgan como galletas» —dijo Jennifer con una sonrisa irónica.

—Sí —repuso Bird con gesto afirmativo—. Lo había oído.

—Entonces ya sabe cómo era. Daba igual que Lizzie hubiera nacido aquí. No dejaba de ser una forastera, según dice la gente a la que le importan esas cosas.

Y, según le contó Jennifer, Lizzie era un buen chivo expiatorio. No solo por su padre, o por la chatarrería donde vivían, o por el hecho de que a veces Earl Ouellette cazara ardillas para preparar estofado de carne, algo que a lo mejor era normal en el lugar de donde venía, pero que la gente de por allí veía con malos ojos, y ni siquiera tenía el detalle de mostrarse avergonzado. Era la propia Lizzie. A Earl le satisfacía la desaprobación del pueblo, pero Lizzie se rebelaba. Y eso se prolongó hasta que la gente solo recordaba el desprecio, hasta que todos la odiaron… mucho, mucho más incluso de lo que habían odiado jamás a su padre. Era como un río profundo y oscuro que circulaba entre ella y todos los demás. Un río insalvable.

—Pero ustedes eran amigas —le recordó Bird.

—En realidad no lo éramos —repuso Jennifer encogiéndose de hombros—. Pero no había mal rollo entre nosotras. Si la veía, le decía hola y ella me decía hola. No siempre me llevé bien con Lizzie, pero supongo que…, digamos que sentía lástima por ella. Dwyane siempre iba a todas partes sin ella, barbacoas o lo que fuera, como si siguiéramos en el instituto y los otros tíos le tocaran los cojones si aparecía con ella. Quiero decir que estaban casados. Era una mierda. Así que a veces yo la invitaba.

Bird pensó en la foto de Lizzie mirando al sol con una lata de cerveza. ¿Habría sido cosa de Jennifer? ¿Una invitación por pena a la fiesta de alguien?

—¿Cuándo la vio por última vez? —le preguntó.

—Es difícil saberlo. Me la encontré en Hannaford hace ya algún tiempo. A principios de verano, quizá. No hablamos mucho. Estaba bastante ocupada, con el trabajo y luego con la casa. La del lago. ¿La ha visto? —Bird asintió; ella también, con una ligera sonrisa—. La dejó bonita. Se le daban bien esas cosas. Me alegré por ella.

—He oído que no todos se alegraron.

—La gente es ridícula —comentó Jennifer negando con la cabeza—. No, en serio, es pura envidia. Nadie quiere alquilarle la casa rebajada a Charlie, el primo segundo de su esposa. Lo que todos quieren es hacer lo que hizo Lizzie, decirle al primo Charlie que se vaya a tomar por culo y anunciarla en Airbnb, traer a gente de ciudad con pasta en el bolsillo para alquilar. Esa pareja, no recuerdo cómo se llamaban, pero estaban forrados. El año pasado le alquilaron la casa a Lizzie todo un mes, y luego este verano otra vez. Una vez la mujer se presentó aquí con su enorme SUV negro y me preguntó si podía teñirle el pelo.

—¿Y lo hizo?

—Qué va, habría tenido que hacer un pedido especial —respondió—. Tenía un pelo único.

—¿Único?

—Con un tratamiento especial. ¿Sabe lo que es el *balayage*?

—¿Bala… qué?

—Da lo mismo —respondió ella poniendo los ojos en blanco—. El caso es que supongo que empezó siendo de un tono rosa dorado, pero el agua de aquí se lo estaba estropeando; entre el lago y el sol se le estaba poniendo un tono metalizado. Sinceramente, le quedaba fatal. Le dije que lo mejor que podía hacer era devolverle su color natural.

—¿Y qué tal le sentó eso?

Jennifer resopló. Bird se rio sin poder evitarlo.

—El caso es que esa fue la última vez que la vi. Una pena. Probablemente habría podido cobrarle el triple.

Bird echó una ojeada al establecimiento. Al igual que Lizzie, Jennifer tenía buen ojo para la decoración; los productos alineados ordenadamente a lo largo de la pared, una maceta con una planta que ofrecía algo de verde. No estaba mal para lo que era, pero no dejaba de ser una peluquería en una caravana.

—¿Y Lizzie? ¿Alguna vez le cortó el pelo?

—Pues la verdad es que una vez. Para su boda.

—He visto una foto. Estaba muy guapa.

—¿Lizzie? —preguntó Jennifer entre risas—. ¿Guapa? Debía de ser una foto muy buena. Pero el pelo le quedó bien. Por entonces todavía estaba estudiando en la academia; no era más que una cría. Pero sí, solo fue esa vez. No viene aquí… —se detuvo y se corrigió—: Me refiero a que no venía aquí. A Lizzie no le gustaba cortarse el pelo. Ni la charla insustancial.

—Así que no le confesó nada —dijo Bird.

—A mí no. Y creo que a nadie. A Dwayne, quizá.

—Hábleme de Dwayne.

—No sé dónde está, si es eso lo que quiere saber —respondió encogiéndose de hombros—. Supongo que cree que lo hizo él, ¿verdad?

Bird no parpadeó.

—¿Qué me dice de Lizzie y de él? Según parece, los conocía a ambos. ¿Cómo acabaron juntos?

—Tenían dieciocho años, agente —dijo Jennifer con un resoplido—. Supongo que ya se lo imagina.

—Así que se quedó embarazada —comentó Bird.

Ya lo sabía, por supuesto. Fue una de las primeras cosas que descubrió sobre Lizzie Ouellette cuando empezó a hacer preguntas, lo primero que la gente parecía creer que necesitaba saber sobre ella.

—Así es —confirmó Jennifer—. Supongo que perdió el bebé. Pero se quedó con el tío.

—Parece pensar que Lizzie se salió con la suya.

—Mire —dijo Jennifer con un suspiro—, yo iba dos años por detrás de Lizzie y de ellos en el colegio. No me juntaba con esos chavales. Pero creo que no tendría más de cuatro años la primera vez que alguien me dijo que los Ouellette eran basura y que debía mantenerme alejada de ellos. Decían que Lizzie tenía herpes y que, si te acercabas demasiado, te contagiabas. Ni siquiera sabíamos lo que era un herpes, pero ya sabe cómo son los críos.

51

—A mí eso me parece algo más que cosas de críos —comentó Bird.

—Desde luego la cosa pasó a mayores en torno a la boda. La gente estaba enfadada por lo que le había hecho a Dwayne.

—¿Lo que le había… hecho? —Bird trató de mantener una expresión neutra, pero Jennifer captó su tono y sonrió con ironía.

—Bueno, ya sabe. Le arruinó la vida. —Puso los ojos en blanco—. Como si se hubiera quedado preñada por su cuenta, ¿no?

—¿Eso era lo que sentía Dwayne?

Jennifer cambió el peso de un pie al otro. De pronto parecía estar incómoda.

—No lo sé. A todo el mundo le sorprendió que siguieran juntos después. Él apenas hablaba de ello. Creo que se sentía atrapado después de casarse, con o sin bebé.

—¿Alguno de ellos tuvo aventuras con otras personas?

—Pues eso no lo sé —contestó Jennifer con rapidez. Pero al hacerlo desvió la mirada hacia un lado.

Bird ya volvería sobre ese asunto si fuese necesario. Por el momento, terminó con sus preguntas y le dio las gracias a Jennifer Wellstood por su tiempo.

Estaba ya dando la vuelta con el coche para salir del aparcamiento cuando la puerta de la caravana morada se abrió de golpe. Detuvo el coche y bajó la ventanilla del copiloto cuando Jennifer se acercó. Tenía los brazos cruzados con fuerza por debajo del pecho, rodeándose con ellos, y miró a un lado y al otro de la carretera desierta antes de doblarse por la cintura para asomarse por la ventanilla.

—Señorita Wellstood —dijo Bird.

—Mire —le dijo ella—, no quiero causar problemas.

—¿Problemas a quién? —le preguntó él y, de nuevo, Jennifer pareció molesta.

Bien. A veces había que dar a la gente un empujoncito en la dirección correcta, o para que al menos no se preocupara en exceso por dañar la reputación del tipo que le había destrozado la cabeza a su esposa con una escopeta.

—Hace un tiempo —prosiguió Jennifer inclinándose más hacia dentro—, fui a casa de Lizzie y Dwayne a dejar unas cosas. Sería justo después de las fiestas. Había venido toda la familia de mi marido a pasar la Navidad y ella me prestó su bandeja grande para el horno. Me abrió la puerta con los ojos morados.

Bird arqueó las cejas y le mantuvo la mirada, a la espera, convencido de que había algo más.

—Intentaba evitar que yo lo viese con claridad —añadió ella tras morderse el labio—. No hice preguntas. No quería saber nada. —Después cambió el peso de lado y, por segunda vez, desvió la mirada. Culpable—. Supongo que debería haberle preguntado.

Bird se inclinó hacia la ventanilla.

—¿Cree que Dwayne la maltrataba? —le preguntó, pero Jennifer se puso rígida, se incorporó y retrocedió mirando hacia la carretera.

Se aproximaba un coche por el oeste. Aminoró la marcha al pasar por delante y pudo verse la cara del conductor tras el cristal. Observando. Jennifer saludó con la mano. Una mano le devolvió el gesto. Cuando el coche se perdió de vista, ella dio un paso atrás y volvió a cruzarse de brazos.

—Yo a usted no le he dicho nada.

CAPÍTULO 6

LIZZIE

Mi marido era muchas cosas. Un guaperas en el instituto. Un abusón de mierda. Un atleta que podría haberlo sido de manera profesional, si hubiera querido. Un yonqui. Un imbécil. Y sí, era un asesino. Al final se convirtió en un asesino, pero ya llegaremos a esa parte. Pienso contártelo todo. Pero no basta solo con decir la verdad; te estoy contando una historia y quiero hacerlo de manera correcta. Has de saber cómo empezó todo para entender el final.

Mi marido podía ser un auténtico cabrón.

Pero no era un maltratador.

Ni siquiera en los peores momentos, cuando se ponía hecho una furia, o se emborrachaba o se drogaba, o ambas cosas. En esos momentos me daba cuenta de que le habría gustado pegarme. Pero no lo hacía, y creo que es porque sabía que, si lo hacía, yo le devolvería el golpe. Y le dolería. Sabía cuáles eran sus puntos débiles.

Nunca se habría arriesgado a algo así. Pese a sus habilidades legendarias en el campo del béisbol, pese a ese brazo supersónico que podría haberle convertido en una estrella, mi marido nunca fue un hombre que disfrutara con un desafío. El príncipe azul de mi siniestro cuento de hadas prefería que sus batallas fuesen injustas, que su oponente no tuviera ventaja y que el resultado estuviera garantizado. En el instituto era el chico alto que ponía la zancadilla en un pasillo abarrotado solo para ver a un enclenque de algún curso inferior pegarse un trastazo. Era la clase de hombre que disfrutaba de un modo extraño y grotesco siguiendo a una araña por toda la casa, permitiendo que casi alcanzara la libertad antes de atizarle con un zapato o con una revista enrollada y convertirla en una mancha en el suelo. O el maldito exterminador eléctrico…, le encantaba. Lo veía como si fuera una película, allí sentado, cerveza en mano, mientras los mosquitos y las moscas emergían del bosque al anochecer, atraídos por el brillo azul hipnótico de la lámpara eléctrica de nuestro jardín. Si cerrabas los ojos, oías el momento en que chocaban con ella: ¡Bzzt! ¡Bzzt!

Dwayne soltaba una risotada idiota cada vez que uno de esos bichos se incineraba, ese sonido de buah-ja-jaa que le salía de lo más profundo de la garganta, y después se apuraba la cerveza, tiraba la lata al jardín y decía: «Estos bichos son tontos».

Ese era mi hombre: medio borracho un martes, disfrutando de su superioridad frente a algo que ni siquiera tiene sistema nervioso central. Meterse con alguien de su tamaño habría requerido un tipo de integridad que él no tenía.

Pero los hombres de Copper Falls eran así. No todos, tal vez ni siquiera la mayoría, pero sí los suficientes. Los suficientes para convertirlo en tendencia. Los suficientes para que, si eras uno de ellos, pudieras mirar a tu alrededor y dar por hecho que tu manera de ser era la correcta. Probablemente tu propio padre fuese igual; sería él el primero en enseñarte que se experimentaba una sensación de poder al despachurrar arañas y moscas, al acabar con una vida tan pequeña que apenas significaba nada. Lo aprendías enseguida, cuando aún eras un niño.

Y luego te pasabas el resto de la vida buscando pequeñas cosas que despachurrar.

Sucedió el verano que yo tenía once años, lo suficientemente joven aún para sentir que el lugar donde vivíamos tenía algo de mágico. Nuestra caravana estaba situada al final de la parcela, muy cerca de la carretera, y las montañas de chatarra que se alzaban tras ella me parecían las ruinas de una ciudad antigua. Era como la frontera con otro mundo, y me gustaba fingir que así era, y que nosotros éramos sus guardianes, mi padre y yo; centinelas en la frontera, encargados de proteger los secretos ancestrales frente a intrusos y saqueadores. Los pasillos serpenteantes de arena compacta se perdían entre pilas de chatarra, muebles astillados y juguetes rotos. Había una hilera de coches reventados que delimitaban la propiedad por la zona oeste, apilados como bloques de construcciones alargados, tan viejos que llevaban allí no solo desde antes de que yo naciera, sino antes incluso de que mi padre se hiciera cargo del lugar. Mi padre los odiaba; le preocupaba que algún día pudieran venirse abajo y me advertía que nunca se me ocurriera trepar por ellos, pero no se podía hacer nada al respecto. La máquina que se había utilizado para levantarlos y apilarlos se había vendido hacía tiempo para saldar una deuda, así que los coches se habían quedado allí, oxidándose lentamente. Yo me abría paso hasta donde terminaba esa línea, donde se acababan las montañas de basura y comenzaba el bosque, un caminillo estrecho de hierba amarillenta que se colaba entre los árboles, más allá del parachoques de un Camaro destrozado. Aquella era la parte más antigua de la propiedad, de una época muy anterior, antes de que se convirtiera en un almacén de cosas no deseadas. A unos cien metros de allí, entre los árboles, se ubicaba mi lugar favorito: un claro donde estaban los armazones oxidados de tres viejas camionetas mirándose unas a otras, hundidas en la tierra hasta la altura del hueco de las ruedas. Nadie sabía a quién habían pertenecído ni cómo habían acabado allí, con los morros juntos, como si se hubieran parado en mitad de una conversación, pero a mí me encantaba la forma que tenían: los capós curvos, los guardabarros cromados y pesados, los enormes agujeros negros donde antes iban los faros. Ahora formaban parte del paisaje. Los animales habían anidado en los asientos a lo largo de los años; las vides se habían enredado alrededor de los chasis. En medio de una de las camionetas crecía un roble, se alzaba del asiento del conductor, atravesaba el techo y se abría para formar en lo alto una copa verde y frondosa.

A mí me parecía precioso. E incluso las partes feas, esa hilera de coches apilados o los montones de chatarra estropeada, me parecían algo emocionante, peligroso y un poco misterioso. Todavía no había entendido que debía sentirme avergonzada; avergonzada de la caravana o de las montañas de chatarra de detrás, de nuestros muebles baratos, de que mi padre rescatara juguetes o libros de las cajas de basura que la gente dejaba en la chatarrería, los limpiara y me los diera como regalos de Navidad o de cumpleaños, envueltos con un lazo en lo alto. Yo no sabía que eran basura.

No sabía que nosotros éramos basura.

Eso tengo que agradecérselo a mi padre. Aunque solo sea eso. Durante mucho tiempo fui capaz de imaginar que éramos los guardianes de un lugar extraño y mágico, y ahora me doy cuenta de que era gracias a él, de que se propuso mantener alejada la maldad del mundo para que no interfiriera en mis sueños. Incluso cuando las cosas se ponían difíciles, cuando el invierno había durado un mes más de lo habitual y el coche se estropeaba y él tenía que gastarse el dinero de la comida en una transmisión nueva, nunca me dejaba notar que estábamos desesperados. Aún recuerdo cuando se metía en el bosque al amanecer y regresaba con tres ardillas gordas colgadas del hombro, sonreía y me decía: «Yo me sé de una chica suertuda que esta noche va a cenar el estofado de muslos de pollo especial de mi yaya». Sonaba tan convincente cuando decía «especial» y «suertuda» que yo daba palmas de alegría. Llegaría el día en que me daría cuenta de que no éramos suertudos, sino pobres, y de que nuestras alternativas eran comer carne de ardilla o no comer nada de carne. Pero en aquella primera época, cortarle las patas a mi cena con unas tijeras de latón ensangrentadas, quitarles la piel como me había enseñado mi padre y como le había enseñado a él el suyo me parecía toda una aventura. Él me protegió de la verdad de quienes éramos todo el tiempo que pudo.

Pero no pudo hacerlo eternamente.

* * *

Aquel verano pasé mucho tiempo sola, a solas con las montañas de chatarra y los gatos de la chatarrería. Siempre habíamos tenido algunos deambulando por ahí, bichos feroces y desaliñados a los que apenas lograba ver salvo por el rabillo del ojo, un destello fugaz de color gris que corría a toda velocidad entre las montañas de chatarra y se escondía en el bosque. Pero aquel invierno había habido una camada de gatitos; los oía maullar en algún lugar cercano a la caravana y, un día, vi a un gato atigrado desaparecer por un pasillo entre la basura con un ratón muerto colgándole de las fauces. Llegado el mes de junio, al gato atigrado no se le había vuelto a ver el pelo, pero los gatitos seguían allí, convertidos en tres adolescentes curiosos y desgarbados que se sentaban en lo alto de las montañas de chatarra y me observaban siempre que recorría la chatarrería. Mi padre se me quedó mirando largo rato el día que le dije que quería comida para gatos del supermercado.

—Esos gatos saben cazar solos —me dijo—. Por eso no los ahuyentamos, porque mantienen la parcela libre de alimañas.

—Pero quiero caerles bien —le respondió, y debí de parecer realmente patética, porque le vi morderse los carrillos para no reírse y, la próxima vez que fue a la compra, volvió con una bolsa de pienso barato y una advertencia: nada de gatos en la caravana.

Si quería una mascota, me dijo, me conseguiría un perro.

Yo no quería un perro. No es que no me gustaran, claro. Siempre me gustaron los animales, en general me gustaban más que las personas. Pero los perros eran demasiado. Las babas, el ruido, el deseo desesperado de complacer. La lealtad de un perro está sobrevalorada; la obtienes a cambio de nada. Podrías darle una patada a un perro cada día y aun así volvería, suplicando, buscando amor. Los gatos, en cambio, son diferentes. Tienes que ganártelos. Ni siquiera los gatitos de la chatarrería, que aún no habían aprendido a desconfiar de la gente, aceptaban comida de mi mano de inmediato. Pasaron días hasta que dejaron de huir de mí, más de una semana hasta que me gané su confianza. Incluso aunque aceptaran trozos de comida de mis dedos, solo uno de ellos llegó a bajar la guardia lo suficiente para acurrucarse en mi regazo y ronronear. Era el más pequeño de la camada, con la cara blanca y marcas grises que le cubrían la cabeza y las orejas como si fuera un gorro, y unas patas delanteras graciosas que se doblaban hacia dentro como si fueran codos humanos; lo que algunos llaman un «gato revirado». La primera vez que salió de las montañas de chatarra, me reí al verlo, dando saltos hacia delante y sentándose sobre las patas traseras como un canguro, evaluando la situación. No parecía saber que estaba roto o, si lo sabía, le daba igual. Lo quise de inmediato. Lo llamé Harapos.

Mi padre no lo entendía, ni compartía mi apego por las cosas rotas. La primera vez que vio a Harapos salir de entre la chatarra, frunció el ceño.

—Ay, Dios, niña. No puede cazar con esas patas torcidas —me dijo—. No pasará del invierno. Lo mejor sería sacrificarlo antes de que se muera de hambre.

—No se morirá de hambre si le doy de comer —respondí con rabia y los puños apretados.

Estaba dispuesta a pelear, pero mi padre volvió a dirigirme esa mirada sombría y se alejó, frustrado y triste. Aquel verano, más que ningún otro, no tenía tiempo de batallar con una niña testaruda sobre los hechos más tristes y brutales de la vida. Había acordado con Teddy Reardon comprarle la casa del lago —por entonces estaba a punto de derrumbarse, tenía cien años de antigüedad y apenas se había usado en los últimos veinticinco— y me dejaba cuidando de la chatarrería casi todas las tardes mientras él trabajaba para repararla. Me tomé el trabajo muy en serio durante unos tres días, que fue lo que tardé en darme cuenta de que todos en el pueblo sabían lo que se proponía mi padre y nadie iba a venir buscando chatarra o piezas de coche cuando él no estuviera allí.

A mí me daba igual. Estaba acostumbrada a pasar muchas horas sola, jugando a elaborados juegos inventados basados en cosas que había leído en los libros. Me imaginaba como una pirata o una princesa, fingía que los montones de chatarra eran murallas que rodeaban una tierra extraña y misteriosa de la que yo intentaba escapar o que trataba de saquear, dependiendo del día. Se me daba bien fingir y prefería hacerlo sola; los demás niños siempre estropeaban los juegos, se salían del personaje o incumplían las normas, echando así a perder la fantasía. Pero yo sola era capaz de prolongar una única historia durante horas e incluso días, retomándola donde la había dejado en cuanto el coche de mi padre desaparecía carretera abajo.

El tiempo aquel día no presagiaba nada bueno. Había amanecido nublado y triste, con el cielo cubierto de nubes bajas. Mi padre las había contemplado, mascullando; todavía estaba reparando el tejado de la casa del lago y no le hacía ninguna gracia la idea de que la obra se viese interrumpida por lo que parecía ser una tormenta inevitable. Para mí, en cambio, los nubarrones formaban parte de la historia de aquel día: decidí que una bruja se había instalado en el bosque y había echado una maldición que poco a poco iba extendiéndose por el cielo como una oscura enfermedad. Yo tendría que abrirme paso hasta su guarida y combatir su magia negra con la mía propia. Llené un tarro de cristal con los ingredientes para elaborar un hechizo inverso: flores de trébol, un trozo de cinta, uno de mis dientes de leche de una caja donde guardaba chismes diversos. (El ratoncito Pérez había dejado de venir a nuestra caravana conforme empeoraba el problema de mi padre con la bebida, aunque yo no establecería la relación hasta años después; entre tanto, los dientes no reclamados resultaban útiles en momentos como aquel). Cuando Harapos salió de entre la chatarra, lo tomé en brazos y lo sumé al juego: decidí que todos los demás gatos de la chatarrería eran siervos de la bruja, pero aquel había cambiado su lealtad después de que ella lo maldijese con unas patas torcidas.

No los oí llegar; no sé cuánto tiempo llevaban allí, observándome. Yo me movía despacio y con cautela entre la chatarra, de camino hacia aquel lugar mágico donde estaban las tres camionetas oxidadas: si existía algún lugar donde realizar magia, tenía que ser aquel. Absorta en el juego, cargando con Harapos, que dormitaba satisfecho contra mi hombro, me sorprendió descubrir que no estaba sola. Otros tres chavales, dos chicos y una chica, me miraban desde un extremo de la hilera de coches, cortándome el camino de hierba amarillenta en dirección al bosque. Los conocía a los tres, claro, del colegio y del pueblo. Dos de ellos, una chica y un chico de pelo rubio oscuro, eran Brianne y Billy Carter, de doce y trece años, los hijos de nuestros vecinos más cercanos del otro lado del bosque que lindaba con la parte trasera de la chatarrería. A veces habíamos jugado juntos, cuando mi madre aún estaba viva para facilitar esas cosas, pero aquella amistad desapareció con ella; ahora solo aparecían para tirar piedras a los coches y mi padre les había dicho en más de una ocasión que no se colaran en nuestra propiedad. Era evidente que no le habían hecho caso.

El otro chico, DJ, era más joven —el año anterior se sentaba una fila por detrás de mí en la clase de quinto de la señorita Lightbody—, pero era alto para su edad, de modo que Billy y él eran casi de la misma altura. A juzgar por sus sonrisas de superioridad, supuse que debían de llevar ya un buen rato observándome.

—Oh, Dios mío, es asqueroso —dijo Brianne en voz alta, y su hermano sonrió.

—Ya te lo había dicho —contestó Billy—. Le da besos y todo.

—Dios mío —repitió Brianne, y dejó escapar algo a medias entre una risita y un grito.

Tardé un momento en darme cuenta de que estaban hablando del gato, que seguía dormitando en mis brazos ajeno a todo, con las patitas delanteras dobladas bajo la barbilla. Tardé más en entender el significado de la frase «Ya te lo había dicho», en darme cuenta de que aquella no era la primera vez que Billy Carter se había colado en nuestra propiedad para observarme mientras yo jugaba con Harapos. Ya había estado allí antes, quizá en más de una ocasión, quizá escondido entre los árboles del bosque para que no pudiera verlo; o quizá había estado tan absorta en mis estúpidos juegos que nunca me había dado cuenta de que no estaba sola. Ahora había vuelto y había traído público.

Billy y su hermana se rieron con desdén cuando apreté a Harapos contra mi pecho, pero fue DJ quien dio un paso al frente.

—No deberías tocar a ese gato —me dijo—. Mi padre dice que los gatos como ese tienen enfermedades. Se la contagiará a los demás gatos y enseguida estarán todos tan mal como él. Ni siquiera debería estar vivo.

Me mordí el labio inferior, incapaz de dar voz a mis pensamientos. Se me había quedado la boca seca y la cabeza me daba vueltas, como si me acabase de despertar abruptamente de un sueño muy real, y sentía un cosquilleo por todo el cuerpo provocado por aquella intrusión sin previo aviso. Quería decirles a todos que se fueran. Odiaba a Brianne y a Billy, que habían atravesado el bosque y se habían colado en nuestra propiedad pese a saber que no les estaba permitido, pese a que estuvieran advertidos. Mi padre les había dicho que la próxima vez que se colaran allí iba a llamar a sus padres, o quizá incluso a la policía, y sin embargo allí estaban, convencidos de que podían campar a sus anchas por nuestro terreno sin ninguna consecuencia. Pero era DJ el que me ponía más nerviosa, porque no paraba de dar pasitos cortos hacia mí y porque miraba a Harapos con una mezcla de desprecio y fascinación. Y por cómo su boca roja y húmeda pronunció las palabras «Ni siquiera debería estar vivo».

Debería haber salido corriendo. Podría haberlo hecho. Conocía la chatarrería mejor que nadie y además era rápida; podría haber regresado entre las montañas de chatarra hasta la caravana y haberme encerrado allí, con Harapos, protegidos ambos tras la puerta cerrada. Podríamos haber esperado allí hasta que los intrusos se aburrieran y se fueran. Aunque mi padre me dijera que nada de gatos en casa, habría entendido que no me quedaba otro remedio, que romper las normas era la única manera de evitar que sucediera la cosa terrible que sucedió.

Pero fui demasiado lenta. Demasiado estúpida. Demasiado inocente para entender que vivíamos en un mundo en el que a algunas personas les gustaba pisotear cosas pequeñas; en el que luego te decían que lo que habían hecho había sido por piedad. Recordé entonces lo que había dicho mi padre, el significado real de aquello que yo me había negado a escuchar.

«Deberías sacrificarlo antes de que se muera de hambre».

DJ, el chico de la boca roja, también era rápido. Y, al contrario que yo, tenía un plan: después sabría que había ido allí con los Carter solo por esa razón, para hacer aquello que le habían enseñado que era necesario. Me arrebató a Harapos antes de que pudiera darme cuenta de lo que pasaba. Tenía al gato entre mis brazos y, un segundo después, ya no lo tenía, y Harapos colgaba de las axilas sujeto entre las manos de DJ, que lo agarraba con fuerza mientras el animal se retorcía. Intenté correr hacia él.

—¡No! —grité.

—Tiene que ser rápido. Que no se acerque —dijo DJ con un rictus severo que de pronto le hizo parecer mayor, como un hombre adulto con una misión que cumplir.

Las nubes grises del cielo habían empezado a apelmazarse y a oscurecerse, y en un rincón de mi cabeza, en esa parte de mi mente que era capaz de mantenerme ocupada durante horas con cualquier historia inventada, una vocecilla susurró: «Ya es demasiado tarde. La maldición se está extendiendo». Brianne y Billy obedecieron al instante, corrieron hacia mí, me sujetaron de los brazos y me arrastraron hacia atrás mientras DJ se llevaba al gato, y yo gritaba porque por fin, aunque demasiado tarde, había entendido lo que estaba a punto de pasar. Lo que iba a hacer. Agarró a Harapos de otra forma, lanzándolo por el aire para sujetarlo después por las patas traseras. Una gota de lluvia solitaria se estrelló contra mi mejilla mientras trataba de zafarme de las manos que me sujetaban con fuerza. DJ se detuvo frente a la pila de coches aplastados, tan alto, tan fuerte, tan implacable. Le vi cambiar el peso de un pie al otro, como un jugador de béisbol, pivotando sobre su rodilla, con los codos flexionados y el cuerpo cargado de energía mientras Harapos se agitaba impotente sostenido por sus patas traseras; y entonces, en el fondo de mi cabeza, habló otra voz, una que se parecía a la mía propia, pero mayor, más cansada, más fría.

«No mires».

Cerré los ojos con fuerza.

Se oyó un chillido que se vio interrumpido de pronto por un terrible golpe.

Las manos que me sujetaban los brazos me soltaron.

La lluvia comenzó a caer con más fuerza, empapándome la camiseta sobre la piel.

—Eh —dijo DJ junto a mí—. Eh, mira…, no ha sufrido.

No respondí.

La lluvia seguía cayendo.

Me quedé sentada en el barro, temblando, con los ojos cerrados, hasta estar segura de que me había quedado sola.

Mi padre llegó a casa poco después y me encontró sentada en las escaleras plegables, bajo la lluvia. Estaba empapada hasta los huesos y sostenía en brazos el cuerpo inerte de Harapos. Tenía la camiseta cubierta de sangre y pelo apelmazado.

—Lizzie —me dijo—. Dios, pero qué…

Levanté la mirada y le dije:

—No pasa nada, no lo he metido en casa porque dijiste que… dijiste que… —Y entonces me puse a llorar y mi padre me tomó en brazos, a mí y al pobre y difunto Harapos, y me llevó dentro, donde al fin dejé de llorar y le conté lo que había ocurrido.

Recuerdo su mirada mientras me escuchaba, cuando se levantó, agarró las llaves y se fue con el coche hacia casa de los Carter: era la misma mirada que había visto a DJ hacía una hora, la expresión decidida de un hombre que tiene que hacer algo desagradable pero necesario. Me dijo que volvería en diez minutos, pero tardó mucho más, casi una hora, y no sé lo que dijo, pero Billy y Brianne no volvieron a poner un pie en nuestra propiedad aquel verano; y, cuando llegó septiembre, se fueron para siempre, su familia se mudó al sur del estado y no se volvió a saber nada de ellos.

Lo de DJ era otra historia, una historia más delicada. Su padre era el predicador de la iglesia de la colina del pueblo, y su apellido familiar era de los más antiguos del pueblo, incluso aparecía grabado en el monumento de los fundadores que había en la plaza. Mi padre, que había crecido lejos de Copper Falls y no compartía sangre con nadie del pueblo salvo conmigo, tenía que andarse con cuidado; eso fue lo que me dijo mientras cavábamos una tumba para el pobre y dulce Harapos en el claro de detrás de la chatarrería y yo depositaba un ramo de flores de trébol y violetas sobre la tierra recién removida. Me hizo contarle la historia una vez más, y luego una tercera, escuchando con atención mientras yo repetía la secuencia de acontecimientos. La aparición de los muchachos en la linde de la chatarrería. Que yo llevaba a Harapos en brazos y me lo quitaron. Que DJ le dio la vuelta y lo dejó colgando boca abajo. El golpe terrible del hueso recubierto de pelo al estrellarse contra el guardabarros de un Camaro aplastado. La sensación de la lluvia mojándome la camiseta, el pelo, y yo sentada en el barro con los ojos cerrados; y después lo que vi al abrirlos por fin. Me preguntó, con suavidad pero muy serio, si estaba segura de que había sido DJ el que lo había hecho. Que si seguro que había sido él. Que si lo sabía incluso con los ojos cerrados. Y, con la misma seriedad, le dije que sí con la cabeza. Sí, estaba segura.

A la mañana siguiente, mi padre se afeitó la barba, se peinó, se puso una camisa limpia y se fue al pueblo en coche. Estuvo fuera largo rato; el sol del mediodía estaba ya muy alto cuando al fin regresó. No venía solo. Mientras yo observaba la escena desde los escalones plegables, un segundo coche, más nuevo, más bonito y más limpio que la vieja camioneta de mi padre, apareció detrás. Al volante iba el predicador. En el asiento del copiloto vi una figura más pequeña.

—Estaré dentro —dijo mi padre, después miró por encima del hombro hacia DJ, que se bajó del coche de su padre y se quedó con las manos metidas en los bolsillos—. Este chico tiene algo que decirte. ¿No es así?

—Sí, señor —respondió DJ.

Le vi acercarse y me quedé con los brazos cruzados. Pensaba que me darían náuseas solo con verlo, al recordar lo que había hecho, pero no fue así; en su lugar, sentí curiosidad. El chico que caminaba hacia mí no se parecía a la persona que me había arrebatado a Harapos. Ya no tenía esa expresión de adulto. Parecía joven, inseguro, infeliz. Se detuvo a pocos pasos de distancia, cambiando el peso de un pie al otro.

—Mi padre dice que te debo una disculpa —dijo al fin. No levantó la mirada—. Dice que, incluso aunque sea justo por principios hacer que un gato como ese deje de sufrir, no debería haberlo hecho. Porque, eh… porque… —lanzó una mirada rápida hacia la figura sentada al volante del coche—, porque no era asunto mío, eso dice mi padre. Así que me ha traído aquí para decírtelo.

—¿Para decirle qué? —preguntó mi padre, y DJ y yo dimos un respingo, sobresaltados; estaba de pie en el umbral de la puerta de la caravana, solo se veía su silueta al otro lado de la mosquitera metálica, y me sentí agradecida de que se hubiera quedado allí cerca.

—Lo siento —dijo DJ.

Yo no sabía que iba a hablar hasta que las palabras ya me habían salido de la boca.

—¿De verdad? —le pregunté y, por primera vez, el muchacho levantó la cabeza y me miró.

—Sí —respondió, con voz tan baja que solo yo pude oírlo—. Desearía no haberlo hecho. Lo deseé al instante.

Claro está, no había vuelta atrás. Lo sintiera o no, Harapos estaba muerto, igual que lo estaba la parte de mí que creía en los cuentos de hadas, en los hechizos mágicos y en proteger las cosas rotas de un mundo que deseaba hacerles daño. Después de aquello dejé de jugar en las montañas de chatarra. Nunca volví a dar de comer a los gatos de la chatarrería. No me contaba a mí misma historias bonitas sobre nuestro lugar en el mundo. Cuando salía por la puerta, sabía quién y qué era: una chica que vivía en el centro de una montaña de basura.

Y ahora todo eso ha desaparecido, igual que yo. Estoy segura de que se ve el humo del incendio a kilómetros de distancia. Si entornas los ojos, a lo mejor puedes ver mi alma flotando hacia el cielo, elevándose en una columna de humo negro y apestoso. Me pregunto dónde estará mi padre, si por fin se irá. Debería. Con el negocio reducido a cenizas y su hija muerta, no queda nada que le ate a Copper Falls.

Pero espera un momento: la historia no ha terminado. Casi me olvido la mejor parte.

Porque, después de aquella disculpa forzada y esa súbita expresión de arrepentimiento, DJ asintió, se dio la vuelta y regresó con los hombros caídos hasta donde aguardaba su padre con el motor del coche todavía encendido. El hombre al volante bajó la ventanilla y de dentro salió una nube de humo de tabaco.

—¿Ya has terminado, Dwayne Jeffrey? —preguntó el predicador.

—Sí, señor —repuso el muchacho.

Porque aquel muchacho, el que mató a mi gato…, en fin, lector, me casé con él.

CAPÍTULO 7

LA CIUDAD

—¿Adrienne Richards?

Llevaba tanto tiempo esperando y escuchando con atención a que dijeran ese nombre que se levantó del asiento al oír la primera sílaba. El sofá de cuero donde había estado sentada crujió cuando se puso en pie.

—Sí.

La mujer que había dicho el nombre de Adrienne era joven e iba impecablemente vestida, desde las suelas rojas características de sus zapatos Louboutin hasta las gafas enormes y a la moda. Sonrió de un modo ensayado, estirando los labios, sin mostrar los dientes, con auténtica profesionalidad; si la pinta informal de su clienta, con deportivas y *leggings*, le pareció fuera de lugar, por lo menos no dio muestras de ello.

—Por aquí, por favor, señora Richards.

—Gracias.

Los Louboutin se alejaron y ella los siguió, obligándose a caminar con suavidad, a actuar con normalidad. A fingir que aquel era un día como cualquier otro. Una mujer normal y corriente en una reunión; cuestión de negocios, nada del otro mundo.

No fue fácil. Ya había tenido un susto esa mañana, a solo pocas manzanas de la peluquería donde había pedido cita con el primer estilista disponible para cortarse el pelo y darse reflejos. Había escogido de forma intencionada un lugar situado al otro extremo de la ciudad, lejos del piso, pero también del despacho de Ethan y de cualquiera de sus lugares habituales, en parte para evitar la posibilidad de encontrarse con alguien que pudiera conocerlos. Hasta el momento había funcionado a la perfección. Nadie se había fijado en ella y el joven que le había cortado el pelo le había dado justo lo que le había pedido: un corte por encima de los hombros, ondulado con reflejos de un rosa dorado, igual a la foto que Adrienne había guardado en Pinterest con la etiqueta «pelinspiración».

Cuando alguien le tocó con un dedo en el hombro mientras estaba parada en mitad de la acera buscando sus llaves, estuvo a punto de soltar un grito. Se dio la vuelta y se encontró cara a cara con una rubia de expresión tímida que lucía el mismo estilo inspirado en Lululemon que también abundaba en el armario de Adrienne, como un uniforme que permitía a los miembros de la clase ociosa femenina de la ciudad reconocerse entre sí. Cuando se fijó un poco más en ella, se dio cuenta de que de hecho llevaban los mismos *leggings*, solo que con cortes ligeramente diferentes.

—¡Casi no te reconozco! —le dijo la rubia, y por un momento sintió auténtico pánico: «Joder. ¿Quién eres?». La cara de la mujer le resultaba familiar, pero solo porque todo el mundo de Adrienne estaba lleno de mujeres como esa, genéricamente guapas, con las cejas gruesas y aristocráticas y un rostro esculpido a base de cosméticos e inyectables, igual que lo estaban sus cuerpos gracias a las clases de *fitness*. Entonces la rubia volvió a hablar y el pánico disminuyó—. He tardado un poco en recordar tu nombre… Adrienne, ¿verdad?

Le devolvió la sonrisa y adoptó al instante un tono de disculpa.

—¡Sí! Claro, ¡hola! Lo siento, qué vergüenza, pero he olvidado…

—Soy Anna —le dijo la rubia riéndose—. De SoulCycle, de la clase de los sábados por la mañana. Me pasa lo mismo. Es horrible cuando me encuentro con alguien del estudio en la vida real. Es como estar en un contexto diferente. He estado a punto de pasar de largo, pero luego me he fijado en tu bolsa… —Se interrumpió para señalar la bolsa del gimnasio de Adrienne, que de hecho resultaba inconfundible: no solo por el estampado, chillón y colorido, sino por el logo bordado en un lateral, una manera evidente de declarar que la bolsa habría costado por lo menos dos mil dólares. Anna detuvo la mirada un instante, con envidia, sobre la etiqueta y después volvió a mirarla a los ojos—. Bueno, el caso es que quería saludarte. ¡Me encanta como llevas el pelo! ¿Te has hecho algo?

—Más o menos —respondió. Deseaba terminar cuanto antes aquella conversación, pero se veía que Anna era de las que disfrutaban con la charla insustancial; mostrarse cortante no sería buena idea. Sonrió de un modo que esperaba pudiera parecer autocrítico y se inclinó hacia ella—. Para serte totalmente sincera, ya llevaba antes este color. Fue la gran tendencia del otoño pasado, pero es que no me canso de él. —Hizo una pausa y se permitió soltar una risita nerviosa—. ¿Tan horrible es pensar que me sienta realmente bien?

—Oh, Dios mío, no, para nada —le dijo Anna, con tanta franqueza que le costó esfuerzo no echarse a reír—. ¡Seguro que consigues que vuelva a ponerse de moda! Deberías subirlo a las redes. ¿Has ido a *spinning* últimamente? Creo que no te vi este fin de semana, pero…, ah, espera, ¿no tenías unas vacaciones planeadas?

Volvió a entrarle el pánico. Para ser alguien que aseguraba tener mala memoria, Anna parecía estar muy al corriente de los detalles de la agenda de viajes de la familia Richards. «Maldita sea, Adrienne», pensó. Siempre había hablado demasiado.

—Creo que he perdido un poco la rutina —dijo con un tono amable. Volvió a sonreír con gesto autocrítico. Aun así, temía que fuese la típica respuesta críptica que pudiera despertar el interés de Anna.

Pero a Anna no le interesaba. Había dejado de escuchar, quizá ni siquiera había prestado atención al principio de la respuesta a su propia pregunta. En su lugar, estaba mirando su teléfono mientras escribía a toda velocidad.

—¿Anna?

—Ay, maldita sea —dijo Anna—. Adrienne, lo siento, tengo que apagar un fuego, pero a lo mejor nos vemos…, bueno…

—Claro —respondió ella, y Anna pareció aliviada por poder centrar su atención en el supuesto fuego o tal vez por no tener que comprometerse explícitamente a asistir a una clase de SoulCycle con Adrienne, a la que apenas conocía y seguramente ni siquiera le caía bien.

El caso es que eso había sido todo. Le había lanzado un beso al aire a Anna, que se había despedido con un movimiento cursi de los dedos de la mano, y el encuentro había finalizado sin levantar sospechas. Después había regresado al centro y se había pasado todo el trayecto en una especie de estado de fuga, aterrorizada pero también emocionada por aquel encuentro fortuito. No estaba preparada para ello, había estado temiendo que llegara el momento inevitable en el que Anna se diera cuenta de que algo iba mal, muy mal. A medio camino de su destino, se había visto embargada por otra oleada de pánico y había tenido que detenerse para mirarse en el espejo retrovisor, aterrorizada de pronto ante la posibilidad de haber pasado por alto algún detalle, de haber estado charlando con Anna la de SoulCycle con una mancha de sangre ajena en mitad de la cara.

Pero, claro, allí no había nada. Y Anna no se había dado cuenta de nada. Por mucha marca que le hubieran dejado los horrores de la noche anterior, por mucho que aquella mañana se hubiera despertado con la sensación de ser una persona diferente y de que todo el mundo se daría cuenta, ahora había quedado claro que podía seguir siendo normal, o al menos parecerlo. Aquella certeza le produjo cierto mareo.

«Podría librarme de esto».

Todo lo que había hecho desde la noche anterior se basaba en la suposición de que aquello fuera cierto, pero hasta aquel momento no se lo había creído de verdad. Aunque algunas personas se apresurarían a señalar que aquella no era la primera vez que Adrienne Richards salía impune de un asesinato, en el sentido más literal de la palabra, pero eso había sido diferente. Por entonces Adrienne era joven, tonta e imprudente, y la muerte de ese hombre había sido un accidente. Era muy distinto, todo hay que decirlo, a ponerle una escopeta a alguien debajo de la barbilla y mirarla a los ojos antes de apretar el gatillo.

Había habido tanta sangre.

Se estremeció y sacudió con fuerza la cabeza, tratando de borrar el recuerdo, o al menos difuminarlo.

Y aun así, ese otro pensamiento seguía presente en su cabeza, imposible de ignorar.

«Podría librarme de esto».

Había solo un pequeño problema: pensaba en singular, no en plural. Ahora veía las cosas con claridad, y eso incluía el hecho ineludible de que su marido iba a suponer un problema. Todo había sucedido tan deprisa que no había tenido tiempo de pararse a pensar en los inconvenientes de escogerlo como cómplice; y tampoco era que tuviera elección, no cuando él la había escogido primero. Todo aquel asunto era culpa de él, y sin embargo allí estaba ella, arreglando el desastre. Y no era la primera vez. La esposa servicial al rescate. En otra época había deseado interpretar ese papel, pero con el tiempo el «deseo» había dejado de existir. Todo matrimonio tiene sus rutinas bien repetidas. Aquella era la suya. Así funcionaban las cosas entre ellos. Las salpicaduras de sangre todavía estaban húmedas y calientes en sus mejillas cuando se volvió hacia él y le dijo que todo saldría bien, que ella se encargaría de todo. Y lo decía en serio.

Pero pensó que aquella sería la última vez.

La mujer de los Louboutin la condujo por un pasillo y a través de otra puerta, pero el sonido de sus tacones de pronto le llegaba amortiguado; el suelo de mármol había dado paso a una tarima reluciente cubierta por una alfombra oriental en sutiles tonos rojos y ocre. Junto a la puerta había un letrero dorado en el que se leía

Richard Politano, y debajo: Clientes Privados. Atravesaron una sala de espera —vacía salvo por la alfombra y algunos muebles elegantes y lujosos— y después una segunda puerta, donde su acompañante se aclaró la garganta y dijo «Adrienne Richards» como si fuera una sirvienta en una novela de Jane Austen que anunciaba la llegada de una mujer de la nobleza en el salón principal. En la estancia había un enorme escritorio de caoba y, sentado tras él, un hombre menudo que se puso en pie al oír el nombre de Adrienne.

—Señora Richards —dijo, con la misma sonrisa ensayada de la mujer de los Louboutin. Le tendió la mano y, por debajo de la manga de la chaqueta hecha a medida, asomó un centímetro exacto del puño de la camisa—. Me alegro de verla. Hacía una eternidad.

—Llámeme Adrienne, por favor —respondió ella con su sonrisa correspondiente—. Y sí, hacía una eternidad. Estaba intentando recordar cuándo estuve aquí por última vez.

Oyó un suave clic a su espalda y, al darse la vuelta, descubrió que la pesada puerta a través de la que había entrado ahora estaba cerrada. La mujer de los Louboutin se había marchado y les había dejado intimidad. De pronto entendió el sentido de aquel vestíbulo superfluo, una habitación vacía en un edificio donde el metro cuadrado estaba por las nubes: era un símbolo, una barrera de cien mil dólares entre tú, el «cliente privado», y el negocio vulgar y corriente que se llevaba a cabo en el resto de la empresa. Allí eras especial. Allí estabas a salvo.

—Adrienne entonces —dijo Richard Politano—. Y tú puedes llamarme Rick, por supuesto. En cuanto a tu última visita, ¿no vinisteis los dos juntos? Ethan y tú. Creo que solo fue esa vez. Hace bastante tiempo, durante aquella…, bueno, esa situación desagradable.

—Eso es —confirmó ella con gesto afirmativo.

—Bueno, entonces hoy nos reunimos en mejores circunstancias. Toma asiento —le sugirió, deslizando la mano hacia un lado para señalar un par de sillones situados a ambos lados de una mesita baja—. ¿Puedo ofrecerte un café? ¿Una copa de vino? Siento haberte hecho esperar. He tenido que mover algunas cosas para hacerte un hueco, pero, por supuesto, siempre es un placer sacar tiempo para ti, y para Ethan. ¿Cómo está?

—Ethan está bien… —Se detuvo, apretó los labios y cambió de postura sobre su asiento; advirtió con placer que Rick se inclinaba hacia delante en su sillón, ansioso por escuchar todo aquello que ella había dejado sin decir. Decidió que no tenía sentido andarse por las ramas—. Pero, como puedes ver, Ethan no está aquí.

Era una declaración diseñada para provocar una respuesta, y no se sintió decepcionada: en el segundo escaso que Rick Politano tardó en contener su reacción, ella vio una serie de emociones reflejadas en su rostro. Interés, sorpresa, intriga, emoción. «Bien», pensó. Le dedicó una sonrisa tentativa y pícara.

—Rick. Voy a serte franca. Puedo serlo, ¿verdad? Siempre me has parecido un hombre que se toma muy en serio las confesiones.

—Desde luego —respondió él y, en esa ocasión, no se molestó en disimular su interés. No modificó el tono de voz, pero sí la sonrisa; su labio superior se elevó un milímetro y, en ese instante, la expresión de Rick Politano dejó de ser amistosa y profesional para convertirse en zorruna.

—Te lo pregunto porque necesito un consejero. Alguien en quien poder confiar —le dijo.

—No sé si te entiendo —repuso Rick, ladeando la cabeza de un modo que sugería que la entendía a la perfección.

Se inclinó hacia delante, sin dejar de mirarlo a los ojos, y dijo:

—No quiero ser una de esas mujeres que se dejan arrollar por la vida. Una de esas mujeres que permiten que el marido lo gestione todo, dando por hecho que está protegida y a salvo, para que después lleguen las vacas flacas y descubra que en realidad no tiene nada.

—Entiendo —respondió Rick—. ¿Hay algo que debería saber? Utilizando tus mismas palabras, Adrienne, ¿han llegado las vacas flacas?

—No —le dijo ella—. No lo sé. Todavía no. Quizá no lleguen.

Pero, si ocurre algo, si se avecina algo, quiero estar preparada. Quiero saber dónde me encuentro. Y desde… la situación desagradable, siento que me falta esa información. Ethan no me cuenta gran cosa. Siento que… que no tengo el control. Y eso es horrible.

Rick Politano tenía unas cejas negras y pobladas bajo su mata de pelo blanco y, cuando ella terminó de hablar, frunció el entrecejo con gesto de desaprobación.

—Me sorprende oír eso —comentó—. Un hombre que le oculta información a su mujer está dejando escapar a un aliado muy valioso, sobre todo, y perdona que te lo diga, si se trata de una mujer tan ambiciosa e inteligente como tú. Siempre pensé que Ethan lo entendía, pero…, bueno, quién lo iba a decir. A lo mejor no quería preocuparte.

—A lo mejor —convino ella—. Pero aquí estoy, preocupada.

—Bueno, eso no podemos tolerarlo —dijo Rick con una sonrisa—. Deja que te asegure que hemos tenido en cuenta cualquier posible hipótesis. Es algo meticuloso, pero no es complicado. Estaré encantado de explicártelo.

—Sí —respondió ella—. Adelante, por favor.

CAPÍTULO 8

LIZZIE

Todavía hay muchas cosas que no te he contado. Sobre la vida que llevaba con Dwayne y la vida que creamos juntos. El bebé, tan pequeño y tan inerte, el poco tiempo que tuve para verlo antes de que se lo llevaran. El accidente de Dwayne y la adicción posterior. Cómo las cosas se envenenaron y se infectaron a lo largo de los años, cómo nuestra felicidad se fue pudriendo por dentro, hasta que todo terminó con un bang, literalmente.

Pero ya habrá tiempo de sobra para todo eso.

Es hora de que te hable de Adrienne Richards.

Adrienne Richards no era la clase de persona que frecuentaba Copper Falls, y Copper Falls no era la clase de pueblo que le habría resultado atractivo. El pueblo en sí mismo no era bonito, con todas esas casas ruinosas y las tiendas tapiadas, con polvo que se acumulaba en los escaparates que bordeaban nuestra pequeña calle principal. Algunos de los pueblos de más al sur tenían preciosas hileras de tiendecitas para la gente del verano y hacían suficiente negocio en esa temporada para mantenerse el resto del año; nosotros solo teníamos una, la heladería, regentada por una mujer de gesto agrio llamada Maggie cuyo antebrazo derecho siempre fue más grande que el izquierdo por pasarse años manejando la pala del helado. Además de Strangler's —y que Dios se apiadara del forastero que intentara poner un pie en ese antro—, no había nada que pudiera atraer a los turistas salvo el lago en sí, que era precioso, pero estaba lejos. A veinticuatro kilómetros a las afueras del pueblo, por una serie de carreteras de grava serpenteantes que costaba recorrer en el mejor de los casos, peligrosas de noche y muy alejadas de la antena de telefonía móvil más cercana, lo cual ahuyentaba a mucha gente. Los que sí que se acercaban solían acudir los fines de semana, una semana a lo sumo, y la única pregunta que parecían hacer siempre era si había wifi. (No había). Por esa razón, al principio pensé que el mensaje de Adrienne era una broma, algún imbécil del pueblo tratando de reírse de mí. Fue como de chiste lo mucho que se esforzó por dejar claro sin decirlo que Ethan y ella me ofrecían una oportunidad de no te menees. Ella quería alquilar un mes entero («el dinero no es problema»), quería confirmar que el lago y la casa estaban tan aislados como parecía en Google Earth, y quería confirmar que nuestro «personal» (al leer eso me reí) era discreto, porque su marido y ella se tomaban su intimidad muy en serio.

Más tarde entendí por qué había elegido Copper Falls, y mi casa, cuando cualquiera con esa cantidad de dinero pasaba las vacaciones en lugares caros, en los Hampton o en el Cabo: ella necesitaba estar donde no estuvieran los demás. Deseaba el anonimato de Copper Falls, donde nadie tenía la sofisticación o el interés suficientes para conocer su pasado. Deseaba escapar de su reputación, aunque solo fuera durante el verano.

Teníamos eso en común. Creo que por eso, al final, me escogió a mí también.

Para la mayoría de los habitantes de Copper Falls, Adrienne y Ethan eran molestos, pero poco interesantes, otra pareja rica que no era de por allí y de la que no podían fiarse, pero cuyo dinero aceptarían a regañadientes mientras insistieran en dejarse ver. Los detalles de sus vidas, y la extensión de su riqueza, eran irrelevantes; cuando la pobreza siempre ha estado en la puerta de al lado, en la casa de tu vecino si no en la tuya propia, la diferencia entre un millonario y un multimillonario no es más que una abstracción. Es como tratar de calcular la distancia de un viaje a Marte, en comparación con Júpiter. ¿Qué suponen otros cien años luz cuando lo que de verdad importa es que está fuera de tu alcance y nunca llegarás allí? Incluso cuando me di cuenta de que los Richards no eran la típica pareja de clase media alta, seguía sin poder hacerme una idea de lo que significaba tener tanto dinero.

Pero lo que el mundo sentía por ellos... eso sí que lo entendía. Cuando busqué el nombre de Adrienne en Internet, justo después de recibir el pago por adelantado de todo el mes, de pronto me quedó claro por qué para ella resultaba tan importante la «discreción». Su marido y ella tenían una fama muy negativa.

Ethan Richards era un delincuente. De los blandos, uno de esos tipos malos y elegantes de guante blanco que se aleja en un paracaídas dorado y aterriza con suavidad sobre un montón de dinero mientras la empresa que ha saqueado queda reducida a cenizas. Para entonces el escándalo ya era cosa del pasado, pero historias como esa siempre activan las mismas alarmas. Tratos turbios, pérdidas ocultas, hombres con un despacho gigantesco que caminan de puntillas por la línea que separa lo «inmoral» de lo «ilegal» para poder seguir llenándose los bolsillos y pisotear al tipo de a pie en su camino hacia la riqueza. Cuando por fin toda la mierda salió a la luz, cientos de personas perdieron su empleo y, más aún, perdieron los ahorros de toda su vida. El alcance de la situación era difícil de asimilar, pero el impacto fue directo. En algún lugar, la abuela de alguien se va a pasar la jubilación comiendo comida de gato en un apartamento sin calefacción por culpa de lo que hicieron Ethan Richards y sus amigos; y, de todos los hombres implicados, Ethan salió impune sin ni siquiera un tirón de orejas.

Aquella noche me quedé despierta durante horas leyendo todas las historias sobre su detención y su posterior puesta en libertad, y todas las columnas de opinión que salieron después, quejándose de que las leyes debían cambiar para que personas como Ethan Richards pagaran por sus delitos pasado el tiempo. Nunca se presentaron cargos, pero eso casi daba igual. En lo que concernía a la prensa y a la opinión pública, era culpable de todos los cargos, y Adrienne era su codemandada. Fue curioso aquello. La gente se enfadó con él, pero es que a ella la odiaban con todas sus fuerzas. Era comprensible: representaba la villana perfecta, la imagen deslumbrante del privilegio superficial, con esos proyectos para engordar su vanidad, con los patrocinios en Instagram y aquella vida de lujo que no se había ganado. Y luego estaba la insensibilidad; parecía ignorante o indiferente en lo relativo al caos que había provocado su marido, y algunos de los artículos incluso sugerían con malicia que quizá hubiera tenido también algo que ver, una lady Macbeth vestida a la última moda y con unos reflejos impecables que manejaba a su hombre entre bambalinas. Más tarde, cuando llegara a conocerla mejor, decidiría que era probable que en eso se equivocaran. Adrienne no era lo suficientemente ambiciosa o imaginativa para idear un escándalo financiero de miles de millones de dólares. Pero, cuanto más leía aquella noche, más admiraba a Adrienne Richards. El drama empresarial, todas esas noticias, la posibilidad de que pudieran condenar y encarcelar por fraude a su marido, dejándola a ella sin nada; muchas mujeres habrían perdido la cabeza, pero Adrienne no. Más que nada, todo aquello parecía aburrirle.

No podía contarle nada de aquello, claro. No lo habría hecho. Ya había decidido tratarlos como a cualquier otro huésped, salvo lo de ofrecerme a pasarme una vez por semana para limpiar un poco y cambiarles las sábanas, y eso solo porque iban a quedarse mucho tiempo. El día que llegaron les entregué las llaves, les solté el rollo de cinco minutos sobre nuestras atracciones locales y sobre los pormenores de la casa y los dejé solos.

Fue pura casualidad que me encontrara en el mercado pocas horas más tarde cuando entró Adrienne. Era digna de ver en aquel momento, caminando por los pasillos con sus alpargatas, dejando a su paso un aroma de perfume y a media docena de lugareños molestos. Al principio solo iba de una sección a otra, lanzando ruiditos de desaprobación por la selección de quesos, mirando las verduras con cara de decepción («¿Dónde está la col rizada?», murmuró), sin meter nada en su cesta mientras los demás la miraban y ponían los ojos en blanco. Yo tenía pensado escaquearme antes de que pudiera verme. Además, un par de viejos del pueblo habían empezado a mirarme con malos ojos, porque solo había una persona en el pueblo capaz de alquilar la casa a alguien que se notaba a la legua que no era de por allí. Uno le murmuró algo al otro en voz baja. Solo distinguí las palabras «la chica de Ouellette» y decidí que sería mejor no escuchar el resto.

Pero entonces Adrienne se acercó a la caja registradora y empezó a preguntarle a Eliza Higgins dónde estaba el yogur orgánico islandés, y Eliza no paraba de decirle «¿qué?» con ese tono odioso de falsa ignorancia, como si nunca hubiese oído hablar del yogur o de Islandia, y como si quizá ni siquiera hablara inglés, y entonces Adrienne repetía la pregunta cada vez más molesta y descubrí que yo también me estaba enfadando. Con las dos. A Adrienne me daban ganas de abofetearla, no solo porque parecía no darse cuenta de que le estaban tomando el pelo, sino porque debería haber sabido que era mejor no darle a Eliza la oportunidad, debería haberse dado cuenta de que no podía pedir cualquier cosa cara que se le antojara en un lugar como Copper Falls. De hecho, aquel acabó convirtiéndose en uno de sus grandes talentos: hacer que pareciera que la rara eras tú, la idiota más adorable del mundo, por no conocer la leche de alpaca ecológica, o las huevas de abejorro liofilizadas y mojadas en yogur, o el tratamiento vaginal de vapor, o cualquier otra mierda carísima que Gwyneth Paltrow hubiera recomendado aquella semana en su estúpido boletín digital. Pero así era Adrienne, y luego se las arreglaba para parecer sorprendida, con esa mirada perpleja de ojos muy abiertos como diciendo «¿A quién, a mí?», cuando todos en el pueblo la odiaban.

Pero, claro, también me odiaban a mí, lo cual nos situaba en el mismo equipo. ¿Habría hecho lo que hice de no haber sido por eso? ¿Las cosas habrían sido diferentes?

Porque lo que hice fue ir directa a la caja registradora y decir:

—Hay que joderse, Eliza. Quiere yogur de Islandia. Tampoco

es tan complicado. Dile que no tienes, porque no tienes, porque la gente de este pueblo todavía se escandaliza por aquella vez de hace tres años en la que empezaste a tener Oikos y tuvieron que aprender a pronunciar una puta palabra nueva. Y luego dile dónde están los Oikos, porque es lo más parecido a lo que quiere, para que pueda terminar sus compras y volver al lago. Además, su marido y ella van a estar aquí todo el mes. —Me di la vuelta para mirar a la pequeña multitud que se había arremolinado detrás de mí para cotillear—. Eso es, señoras y señores, todo el puto mes, y parte de agosto también, así que ya podéis empezar a haceros cruces y a echar pestes. —Y me giré de nuevo hacia Eliza para terminar—. Así que quizá seas tan amable de encargar una caja de esa cosa de Islandia. Si te queda algo cuando se marchen, yo misma te lo compraré. Está rico, ¿verdad?

Eliza se quedó mirándome boquiabierta, pero Adrienne intervino como si lleváramos años practicando aquel número.

—Oh, está delicioso —dijo—. Te cambiará la vida.

Veinte minutos más tarde, Adrienne pagó sus artículos y nos fuimos juntas caminando hacia el aparcamiento, dejando a Eliza Higgins con el ceño fruncido en su caja registradora. El sol arrancaba reflejos al cabello de Adrienne —por entonces era de un rubio sedoso, antes de que se lo tiñera de aquel color rosa dorado tan de moda que la luz del sol y el agua del lago acabaron por volver naranja—, que miró con cautela por encima del hombro antes de dejar escapar una carcajada ronca y conspiratoria.

—Ay, Dios mío —dijo—. Menuda aventura. No sé si podré volver a entrar ahí.

Su risa era contagiosa y yo no pude contenerme; me carcajeé.

—Puede que sea un poco incómodo —admití—. Si te supone un problema, dime lo que necesitas al final de la semana y yo te lo llevaré cuando vaya a limpiar la casa.

Adrienne enarcó una ceja y me miró de reojo.

—Creo que tú tampoco podrás volver a entrar ahí —me dijo.

—Bueno, están acostumbrados a mí. Conozco a Eliza de toda la vida.

—¿No se enfadará?

—Yo no he dicho eso —respondí entre risas—. Pero si nunca has contado con la simpatía de alguien, no tiene por qué preocuparte el hecho de perderla.

Seré sincera: no me sentía tan displicente como pudiera parecer. Llevábamos fuera de la tienda menos de un minuto, pero la noticia de lo que había hecho ya se habría extendido por todo el pueblo, otro episodio más en los anales de Lizzie Ouellette, la Zorra de la Bolsa de Basura. Seguramente se lo oiría comentar a Dwayne o a mi padre antes de que acabase el día, y a ninguno de ellos les parecería tan entretenido como se lo parecía a Adrienne.

Pero, en aquel momento, descubrí que me daba igual. Quería caerle bien, ser la clase de persona que le caía bien. Era tan «dorada». El hecho de que ni siquiera se inmutara ante la grosería de Eliza, el hecho de que caminara por el aparcamiento con la barbilla alta y las caderas oscilantes, como si flotase por una pasarela. Mientras caminaba a su lado, tratando de igualar mi paso al suyo, me permití albergar la esperanza de que la magia que parecía llevar por dentro se me pudiera contagiar, solo un poco. Y a lo mejor eran imaginaciones mías, pero algo en el tono de su voz y en el ángulo de su cabeza cuando hablaba me hizo pensar que habíamos cruzado una raya, que sí que le caía bien, que quizá incluso seríamos amigas.

Creo que esa fue la primera vez que me di cuenta: Adrienne Richards se sentía sola. En alguna revista de cotilleos había leído que sus amigas se habían esfumado después de lo sucedido. Esas revistas pueden estar llenas de mentiras, pero en ese caso era evidente que se trataba de la verdad. No tenían hijos ni familia, nadie que se mantuviera a su lado solo por llevar la misma sangre. Me imaginé lo que debía de ser eso para alguien como ella. Que el teléfono dejara de sonar, que las invitaciones dejaran de llegar. Que la gente empezara a cuchichear cuando entrabas en una habitación. Estudié sus perfiles en las redes sociales: antes parecían una fiesta constante, pero ahora en las fotos ya nunca aparecían otras personas. En la mayoría estaba solo Adrienne, su cara o sus uñas o su pelo; a veces aparecía la foto de un libro o de una taza de café sobre la misma mesa de superficie de cristal de su apartamento. Ethan y ella debían de haber pasado muchas noches allí, los dos solos, mirándose. Creo que sus vacaciones eran más bien una forma de interrumpir el aburrimiento de su exilio mutuo. Tampoco es que hicieran nada diferente durante el mes que pasaron en el lago, pero al menos había más espacio y un escenario diferente donde estar. A veces parecía que habían escapado al lago solo para escapar el uno del otro. Cuando visitaba la casa, algo que hacía cada dos días hacia finales de julio, casi nunca estaban juntos. Ella solía estar en el porche, normalmente con un libro de autoayuda en el regazo, siempre con una copa de vino que rellenaba hasta un nivel más fotogénico antes de pedirme que le sacara una foto. Él estaba dentro, echándose la siesta, o en el lago, montado en uno de los kayaks de Costco que yo había dejado allí para que los huéspedes pudieran dar una vuelta. No remaba, solo se dejaba llevar. Se alejaba de la orilla en la embarcación varios cientos de metros y se quedaba allí sentado, mirando al vacío, con el remo sobre el regazo. Yo le saludaba con la mano. O no me veía o simplemente no me devolvía el saludo. Y a veces ni siquiera estaba allí. La primera vez que sucedió, vi que el enorme Mercedes negro no estaba y pregunté dónde había ido.

—Ha vuelto a la ciudad —me dijo Adrienne.

—Qué pena —respondí con el ceño fruncido, porque no lo entendía—. ¿No podía quedarse?

—No, sí que podía. Pero no quería. —Bostezó. El sol estaba cada vez más bajo, muy dorado, y en el lago graznó un somorgujo.

Adrienne no reaccionó. Quizá estuviera borracha, o más que borracha. ¿Habría empezado ya por entonces a consumir? Me gusta pensar que me habría dado cuenta, pero la verdad es que se le daba bien ocultar cosas.

—Lo siento —le dije.

—Da lo mismo. —Bostezó de nuevo—. Oye, Lizzie, ¿me sacas una foto?

Se apoyó contra la barandilla, con el lago a su espalda y el vino en la mano, mientras yo utilizaba su teléfono para sacar una foto, y luego otra y otra, pues Adrienne era muy meticulosa con los ángulos. A mí no me importaba. Era preciosa y luego, en la intimidad de mi cuarto de baño, practicaba ladeando la cabeza y poniendo morritos como hacía ella, y me imaginaba que era igual de guapa. Igual de equilibrada, igual de «dichosa», que era la palabra que siempre usaba para describirse a sí misma y la vida que llevaba. Y, cuando me paraba a pensar en Ethan, no lograba entender por qué un hombre casado con una mujer así no aprovecharía cualquier oportunidad para estar con ella.

Me parecía muy extraño.

Ahora ya no me lo parece.

CAPÍTULO 9

EL LAGO

La casa donde vivían Lizzie y Dwayne en el pueblo era una vivienda pequeña y anodina de dos pisos en la parte delantera y un piso en la parte de atrás: revestimiento de vinilo gris en el exterior, vieja moqueta verde y paredes con paneles de madera en el interior. Bird, que medía un metro noventa, se agachó involuntariamente al pasar por la puerta de la entrada. El sol iba poniéndose por el oeste, impregnando el aire de última hora de la tarde con una luz dorada y un frescor ligero, pero dentro de la casa parecía que ya había anochecido. Los techos eran bajos y las habitaciones oscuras.

Bird no estaba solo: Myles Johnson se había reunido con él frente a la casa, todavía con la misma cara de susto de…, bueno, de un hombre que había empezado el día sacando una nariz mutilada del triturador de basuras. Bird frunció el ceño al fijarse en las manos de Johnson, enrojecidas e irritadas ya tras lavárselas compulsivamente. Empezarían a sangrarle antes de que acabara el día.

—¿Ha estado aquí antes? —le preguntó Bird.

Johnson miró a su alrededor, escudriñando la estancia de izquierda a derecha. Bird siguió el curso de su mirada. La puerta daba a un estudio que contenía un sofá de cuero falso muy desgastado, un sillón reclinable con estampado de cuadros y un par de mesitas esquineras desparejadas. Costaba creer que la misma mujer que se había tomado tantas molestias para decorar la casa del lago también viviese allí.

—Algunas veces —respondió Johnson—. En temporada de caza, por lo general. Recogía a Dwayne y nos íbamos a cazar. Pero nunca me quedaba mucho.

—¿Hay algo que parezca fuera de lugar?

—En mi opinión no —dijo Johnson con un gesto negativo de la cabeza—. Pero no estoy seguro.

Bird se dirigió hacia la cocina y Johnson lo siguió, agachándose al pasar por la puerta. La casa estaba ordenada, pero era claustrofóbica. Las habitaciones eran sofocantes y estaban sobrecargadas, con muebles excesivos y demasiado grandes. No era la escena de un crimen, al menos que se supiera; uno de los técnicos forenses se había pasado un momento y no había encontrado rastros de sangre ni nada sospechoso. La escopeta registrada a nombre de Dwayne era lo único que, en apariencia, faltaba. La ropa de Dwayne y de Lizzie seguía colgada en los armarios. El frigorífico estaba lleno. En el fregadero había un plato sucio, con algo amarillo —quizá yema de huevo— reseco por el borde. A Bird nada de aquello le parecía llamativo. A veces, con un caso como aquel, el hogar de la víctima tenía una atmósfera inquietante y cualquier arañazo en las molduras o cualquier mancha en la moqueta parecían cargados de significado, como presagios de una tragedia inminente. Más triste aún era cuando había señales de que la mujer lo había visto venir: una maleta hecha y guardada en un armario, un fajo de billetes escondido en un cajón, la dirección de un refugio o de un abogado matrimonial entre las páginas de un libro. En la vida de una mujer maltratada nunca habría un día más peligroso que el día en que intentara marcharse. En un caso devastador que recordaba, la maleta se encontraba junto a la puerta y la mujer a quien pertenecía yacía boca abajo a poca distancia. La había dejado caer cuando él le disparó.

Lizzie Ouellette no tenía una maleta, ni dinero escondido, ni un diario en el que detallara su plan de huida para escapar de años de maltratos. Tampoco Dwayne había dejado una confesión por escrito, o una nota de suicidio, o una búsqueda en Internet de viajes a Canadá o a México que pudiera delatarle. Pero Bird creía que la casa resultaría útil de igual modo, aunque solo fuera por lo que pudiera averiguar sobre las personas que habían vivido allí, revelando cosas sobre Dwayne y Lizzie que la gente de Copper Falls tal vez preferiría no decir. Jennifer Wellstood se había mostrado más abierta que la mayoría, pero incluso ella parecía respetar un acuerdo tácito entre los habitantes del pueblo para no contar demasiado. Aquella casa, en cambio, con esos muebles tan feos y desparejados, con la moqueta mugrienta y las estanterías sin libros ni recuerdos, con paredes en las que no colgaba una sola fotografía…, todo aquello contaba una historia. Es posible que ambos se acostaran allí juntos cada noche, pero el espacio que compartían no reflejaba una vida compartida, no hablaba de un «nosotros». El sofá de cuero falso tenía un largo surco en el centro, que era donde Dwayne debía de repantigarse habitualmente él solo. Había algunas latas de cerveza vacías sobre la mesa situada en el extremo más cercano a donde colocaría la cabeza, desde donde se veía mejor la televisión. Lizzie podría haber ocupado el sillón, claro, pero en comparación aquel mueble parecía muy poco usado y, justo delante, tirado en el suelo había un par de ajadas botas de trabajo con un cordón roto. Incluso con lo poco que Bird sabía de ella, no se imaginaba a Lizzie allí sentada.

Abandonó la cocina y se dirigió hacia la parte posterior de la vivienda, seguido muy de cerca por Johnson. Una puerta situada a la derecha daba al dormitorio: desordenado, con un aroma agrio que se desprendía de los montones de ropa sucia que había en el suelo. Bird se detuvo y miró al ayudante.

—¿Y qué me dice de esto? —preguntó—. ¿Observa alguna diferencia?

—No lo sé. Solo venía de vez en cuando y me largaba. No es que me invitaran a pasar al dormitorio —respondió Johnson mirándolo con desconcierto—. Pero me parece… ¿normal? Al menos para Dwayne. Es un poco cerdo. Debería ver su coche.

—¿Y Lizzie? ¿Esto le habría molestado? —preguntó Bird.

—Ya veo lo que está haciendo —dijo Johnson con muestras de incomodidad.

—¿Qué estoy haciendo?

—Quiere saber cómo era su relación, si discutían o lo que sea. Quiero decir que lo entiendo. Pero es que no lo sé, ¿sabe? A la gente de por aquí le gusta proteger su intimidad. Hasta mis padres solían irse al sótano cuando iban a discutir, porque era el único sitio donde podían gritarse sin que los vecinos los oyeran. Si Dwayne y Lizzie tenían problemas, yo nunca me di cuenta. Joder, si a ella apenas la veía. No solía acercarse a los amigos de Dwayne y a nosotros nos parecía bien.

—¿Y eso por qué?

Johnson parpadeó, perplejo, y Bird repitió la pregunta.

—He dicho que por qué. Su amigo estuvo casado con ella diez años. ¿Nunca quiso conocerla mejor? ¿O es que no le caía bien?

—Me refiero a que… —dijo Johnson, pero dejó la frase a medias—. Supongo que nunca me paré a pensar en el porqué. No había ninguna razón. Las cosas con Lizzie eran, en fin, ya sabe. Así eran las cosas.

Bird se dio la vuelta. Aquel día ya había oído esa frase varias veces: «Así eran las cosas». ¿Por qué el pueblo seguía empeñado en considerar a Earl Ouellette como alguien sospechoso aunque llevara décadas viviendo allí, aunque fuera dueño de un negocio, se hubiese casado con una mujer del pueblo y hubiera tenido una hija que se había criado con sus hijos? «Así son las cosas». ¿Qué convertía a Lizzie en una combinación única de saco de boxeo y paria, una chica a la que todos odiaban desde lejos sin pararse nunca a pensar en el porqué? «Así eran las cosas». Copper Falls era un lugar donde enseguida te asignaban un papel de forma permanente; cuando la gente decidía quién eras, nunca se te permitía ser otra persona. Tu etiqueta era la que era, para bien o para mal.

En el caso de Lizzie, había sido para mal. A Bird no le cabía duda, pese a darse de bruces con la tendencia de aquella comunidad a mantener la boca cerrada, combinada con el tabú más extendido de no hablar mal de los muertos. La gente hablaba con rodeos, permitiendo que las cosas desagradables se colaran entre líneas.

«Pobre Earl. Lizzie siempre fue difícil. Él intentaba mantenerla a raya. Quizá si hubiese estado más presente, pero…, bueno, ella se parecía a su madre. Que Dios la tenga en su gloria. A las dos. Billie siempre andaba también metida en líos. Siempre fue muy loca, como si tuviera algo que demostrar. Era poco mayor que Lizzie cuando Earl llegó al pueblo. Si el chico de los Cleaves hubiera tenido un poco más de cuidado, ya sabe a lo que me refiero, tal vez nada de esto hubiera ocurrido…».

Bird frunció el ceño y recorrió con la mirada el desordenado dormitorio. «El chico de los Cleaves». Ese era otro asunto: Dwayne Cleaves tenía treinta años y era el primer sospechoso del asesinato de su esposa, pero la gente no paraba de hablar de él como si se tratara de una especie de héroe del pueblo cuya vida se hubiese visto truncada injustamente. «Era tan prometedor, qué lástima. Iba a jugar al béisbol en primera división. O quizá era en segunda. ¿Una beca? Bueno, lo que sea. El caso es que era un muchacho con estrella. Podría haber llegado muy lejos. Renunció a todo eso. ¿Y por qué? Hay quien dice que ella ni siquiera llegó a estar nunca embarazada».

El silencio se prolongó durante demasiado tiempo y Myles Johnson se aclaró la garganta.

—Creo que tenían una habitación arriba, como un despacho —comentó—. ¿Ha subido ya?

—No, aún no. Muéstreme el camino.

Los hombres se chocaron al llegar a la parte posterior de la casa y darse la vuelta para subir por la estrecha escalera situada bajo el techo abuhardillado. Hacía más calor en el segundo piso, y había más luz. Bird llegó al rellano y asintió mientras echaba un vistazo: en aquella estancia se percibía cierta intención que recordaba a la decoración de la casa del lago. Sería entonces allí donde Lizzie pasaba su tiempo, mientras Dwayne se despatarraba con la cerveza y la televisión en la planta baja. Contra una pared había un sofá bajo y estrecho, y junto a él un soporte con una maceta y una planta. Al otro lado había una balda llena de libros, amarillentos y de bolsillo en su mayor parte, y frente al sofá un pequeño escritorio. Faltaba el portátil barato que normalmente se ubicaba encima y que se había llevado la policía esa misma mañana al visitar la casa. El dispositivo no estaba protegido con contraseña y ya había sido examinado, aunque no tenía nada de interés, o al menos no resultaba de utilidad. Lizzie lo utilizaba para gestionar el calendario de reservas de la casa del lago —en cualquier momento Bird recibiría en su bandeja de entrada una lista con los nombres de todos los que habían alquilado la casa ese verano— y para visitar algunas páginas web. Lo habitual, nada escandaloso: Facebook, Netflix, Pinterest. Había estado más activa en esa última, conservando pequeñas colecciones de *pins*, favoritos e imágenes; Bird nunca había oído hablar de esa página, pero quien fuera que hubiera revisado el portátil (suponía que una mujer) había denominado las colecciones «tableros de inspiración». Lizzie las almacenaba en media docena de categorías distintas con diversos encabezamientos: diseño de interiores, maquillaje, paisajes, estilo, manualidades, y un tablero bastante ecléctico llamado «sueños». Bird había examinado ese último esperando encontrar una especie de *collage* recargado de cuento de hadas: vestidos de Cenicienta, pendientes de diamantes, mansiones de millones de dólares, la Costa Azul. Pero la colección de «sueños» de Lizzie Ouellette era algo banal, si no directamente aburrido. Una cabaña de iluminación suave en mitad de un bosque nevado. Un martini en copa de cristal con gotas de condensación sobre una barra de madera oscura. Los pies de alguien enfundados en unas robustas botas de cuero. Unas uñas pintadas de rojo cereza. La silueta de una mujer de espaldas a la cámara frente a una puesta de sol anaranjada. Al recordar las imágenes, Bird sintió una mezcla de pena y fastidio. Uno pensaría que alguien que vivía en una casa tan pequeña, que llevaba una vida tan insulsa, se atrevería a soñar a lo grande.

Se volvió hacia Johnson.

—Ha dicho que no venía mucho por aquí. Supongo que nunca había subido aquí.

Johnson miró a su alrededor y se encogió de hombros.

—No. Es la primera vez que lo veo. Está… bien.

—Me recuerda a la casa del lago —comentó Bird, y el otro respondió con un gesto afirmativo.

—Sí. Así como… bien puesto. —Volvió a encogerse de hombros—. Me ha preguntado que por qué no venía con nosotros, ¿verdad? Pero es que tenía cosas como esta; tenía sus propios asuntos.

—Por lo que he oído, a lo mejor tuvo que buscarse cosas que hacer. ¿No es cierto? He oído que la gente criticaba a Dwayne por haberse casado con ella. He oído que a él lo invitaban a celebraciones, pero a ella no.

Johnson pareció avergonzado.

—No sé. Claro, a la gente le gustaba bromear. Tocarle los cojones. Pero no significaba nada. En el instituto, Dwayne podía irse con la chica que quisiera, y Lizzie era, digamos…, ya sabe, la chatarrería. Y ese padre tan raro. Y digamos que era un poco altiva, teniendo en cuenta… —Pero Bird cometió el error de inclinarse hacia delante, mostrándose demasiado interesado, y Johnson cerró la boca y empezó a frotarse de nuevo las manos con vehemencia. Después tomó aliento—. No quiero hablar mal de Lizzie —continuó—. Me siento fatal por lo que le ha ocurrido. Me siento fatal por todo. Y sé que cualquier cosa que diga usted la va a malinterpretar y tampoco quiero eso. Sigo creyendo que Dwayne no le haría daño. Lo único que intento decir es que estar con ella no era bueno para él. Fue como si, desde que se lio con ella, todo empezara a salirle mal.

—¿Se refiere a su carrera? —preguntó Bird probando otra táctica—. He oído que iba a jugar en primera división.

Johnson resopló un poco.

—Eh, no. En la universidad, como mucho. Pero se le daba bien, sí, y entonces no pudo hacerlo. Tuvo que conseguir un trabajo en el aserradero por lo del bebé, y luego no hubo bebé. Y luego tuvo el accidente. Ya se habrá enterado de eso.

Bird asintió. El accidente era un punto importante de la trama en la historia de Dwayne Cleaves, el héroe trágico; un incidente con un camión cargado de troncos y un amarre defectuoso. Dwayne había sufrido una lesión que le hizo perder tres dedos del pie derecho, y fue una suerte que no perdiera el pie entero. Otro punto de la trama, menos conocido pero más interesante, uno que Bird había dilucidado por sí solo, era que Dwayne había recibido una generosa indemnización del aserradero por las molestias —casi seis cifras por dedo— y había utilizado el dinero como anticipo para un negocio local. Quitanieves en invierno y poda en verano, incluido el equipamiento. El dueño original, un hombre llamado Doug Bwart, se trasladó por entonces a una comunidad de jubilados en Florida, pero cuando Bird habló con él por teléfono, el hombre todavía recordaba la transacción como si hubiera sido ayer. Lo más interesante de todo es que lo que mejor recordaba no era a Dwayne.

Era a Lizzie.

—Maldita sea, estuve a punto de regalárselo —había mascullado el hombre—. Dwayne era un buen tipo, pero esa esposa suya…, maldita muchacha. Me quería dejar seco. Llegó con un montón de papeles, parloteando que si las emisiones por aquí, que si el cumplimiento por allá. Le habría rebajado otros veinticinco mil solo para que se callara.

Eso fue antes de que Bird informara a Doug Bwart de que Lizzie Ouellette había muerto, en cuyo punto el hombre tartamudeó, dio marcha atrás y le aseguró que jamás habría hablado de manera tan descortés de haberlo sabido. Pero, al igual que la casa, con sus marcadas diferencias de personalidad entre la planta de arriba y la de abajo —e igual que Myles Johnson, que prácticamente acababa de decirle que a Dwayne le habría ido mucho mejor sin Lizzie—, la historia de Bwart resultó muy reveladora. Y complicada.

Sus pensamientos se vieron interrumpidos cuando Johnson se aclaró la garganta.

—Se está poniendo el sol —comentó—. ¿Ha visto lo que necesitaba ver?

—Sí. Y agradezco que haya venido —contestó Bird—. Resulta útil tener a alguien que conozca el pueblo.

Ambos volvieron a bajar las escaleras en silencio, salieron por la puerta principal y aspiraron profundamente el aire de la noche. El frescor resultaba reconfortante, el aroma del incendio de la chatarrería por fin empezaba a disiparse. La chatarrería en sí había quedado insalvable, el sustento de Earl Ouellette había quedado reducido a un montón de cenizas empapadas; y en un par de días podría esparcir sobre ellas las cenizas de su única hija. Una pérdida encima de otra. Una idea espantosa. Bird sacudió la cabeza y buscó las llaves en el bolsillo. Johnson se quedó de pie junto a él. Volvía a retorcerse las manos.

—¿Señor? —dijo el ayudante—. ¿De verdad cree que lo hizo Dwayne?

Bird se quedó mirando al horizonte.

—Creo que me gustaría preguntárselo a él —dijo al fin—. Buenas noches.

La casa fue haciéndose más pequeña por el espejo retrovisor mientras se alejaba, pero en su cabeza seguía recorriendo sus estancias: el oscuro cuarto de estar, el dormitorio desordenado, la breve escalera y el espacioso despacho. Tal vez la casa, donde ambos habían vivido juntos aunque de manera separada, fuese símbolo no de cooperación o de compromiso, sino de problemas que bullían hasta quizá acabar desbordándose. Y aun así, cuando Lizzie Ouellette se había quedado embarazada, Dwayne Cleaves había apechugado y se había casado con ella. Después, una tragedia, la lesión de Dwayne, se había convertido en oportunidad y Lizzie había intervenido para negociar…, y él se lo había permitido. Había confiado en ella. Cierto, eso había sido hacía años. Podían ocurrir muchas cosas; podían cambiar muchas cosas. Pero la verdad, esa que Bird no podía ignorar, era la siguiente: en dos de los momentos más difíciles de sus vidas, momentos que fácilmente podrían haberlos separado, Lizzie y Dwayne se habían acercado.

CAPÍTULO 10

LA CIUDAD

La bolsa del gimnasio le pesaba en el hombro mientras cruzaba el vestíbulo del banco del centro y atravesaba la entrada principal justo cuando el reloj daba las cinco. La acera estaba abarrotada de gente y pasó un brazo por encima de la bolsa, sujetándola contra su cadera, consciente de las catastróficas consecuencias si alguien intentase arrebatársela. Había abandonado el despacho de Rick horas antes, pero sus palabras de advertencia aún resonaban en sus oídos.

—No hay necesidad de precipitarnos con este proceso. ¿Y un cheque de caja por ese importe? Querida, eso no se hace. No solo es poco ortodoxo, sino que además es peligroso. Nunca podría recomendar a un cliente que corriera ese tipo de riesgo.

—Pero… —había protestado ella, y fue entonces cuando Rick se inclinó hacia delante y le puso una mano en la rodilla.

La caricia fue más paternal que lasciva, pero aun así le hizo guardar silencio, sobresaltada.

—Adrienne, ese dinero es tuyo —le había dicho—. Quiero dejar eso muy claro. Eres tú la que tiene el control y puedo distribuir los fondos como quieras. —Le sonrió, otra vez esa sonrisa zorruna. Astuta y hambrienta—. Pero es muy importante para mí que tus activos y tú recibáis un buen trato, y creo que tengo una solución que puede satisfacer tus preocupaciones inmediatas y también a largo plazo, sin hacer nada precipitado. De esta forma, tus intereses quedan protegidos por todos los frentes…, incluyendo las codiciosas manos de Hacienda.

Entonces ella había capitulado. No podía explicar muy bien que sus preocupaciones inmediatas eran mucho más inmediatas y mucho menos difusas de lo que le había hecho creer, y que Hacienda era la última de ellas. Que había dos personas muertas y que estaba viviendo de prestado.

Frunció el ceño mientras caminaba y aceleró para tratar de seguir el ritmo de la acelerada multitud, zánganos de oficina que corrían para tomar el tren de vuelta a casa. Nadie la miraba, pero aun así se sentía terriblemente insegura, expuesta. Después de todo había salido de allí con un cheque, si bien por una fracción de las cuentas que había esperado poder liquidar al completo. Pero una fracción era mucho dinero. Más del que jamás había tenido nunca junto. Rick tenía razón: Ethan había planificado cualquier situación hipotética, incluyendo su encarcelamiento o su muerte, aunque sin limitarse a ello, para asegurar que su esposa estuviese bien atendida. Le ocurriese lo que le ocurriese, Adrienne podía estar segura de seguir viviendo de la manera a la que estaba acostumbrada, como solía decirse. O al menos de una manera muy parecida.

—No quiero fisgonear —le había dicho Rick sin abandonar su sonrisa, sugiriendo que no había cosa que pudiera apetecerle más—. Pero tal vez deberíamos revisar y abordar la posible división de activos. Tendrías derecho a mucho más que esto si, por ejemplo, estuvieras anticipando un divorcio…

—Oh, no, no. No es nada de eso —le había respondido ella, deprisa y con una carcajada, como si la idea del divorcio fuera algo ridículo.

«Oh, no, Rick», se imaginó diciendo. «Es algo mucho peor. Dime, Rick: ¿alguna vez has visto lo que sucede cuando un proyectil lleno de munición Mag-Shok impacta contra una mandíbula humana? Le explotó la cara, literalmente, Rick».

¿Y de verdad estaban satisfechas sus preocupaciones inmediatas, como le había asegurado con tanta elegancia su consejero de confianza? Gracias a la concienzuda planificación de Ethan, la respuesta podría ser sí. Adrienne había estado al corriente de algunas cosas, como la caja fuerte, que ahora estaba vacía y cuyo contenido se encontraba a buen recaudo en la bolsa que colgaba de su hombro. Le había costado gran esfuerzo no quedarse con la boca abierta al abrirla, pero se lo había llevado todo. ¿Quién sabía cuándo volvería a tener otra oportunidad? Mejor llevárselo todo, incluso aunque eso significara ir por ahí con cientos de miles de dólares metidos en un bolsillo con cremallera de la bolsa del gimnasio.

El cheque de caja, más los diamantes. Eso sí que había sido una sorpresa. A saber cuándo habría decidido Ethan comprarlos, o cuánto podrían valer, pero resultaban facilísimos de transportar.

Tendría que esperar para contarlo todo. Para calcular, estimar, decidir si lo que ya tenía era suficiente, lo que significaba que tendría que decidir exactamente cuánto necesitaba, una cuestión que planteaba a su paso una docena más. ¿Suficiente para qué? ¿Suficiente para quién?

«¿Suficiente para dos?», pensó, y agarró la bolsa con más fuerza. Para saber cuánto era «suficiente» primero había que saber lo que vendría después, y no lo sabía. Había estado medio convencida de que todo se iría al traste antes de llegar tan lejos.

En lugar de eso, todo iba mejor de lo que se había atrevido a imaginar, incluso con los contratiempos. Su mayor miedo era que Richard Politano le impidiese conseguir lo que necesitaba; en vez de eso, se había mostrado demasiado dispuesto a ayudar. Estaba claro que no se había creído lo del divorcio. Probablemente habría empezado a dar vueltas a esa posibilidad mucho antes de llegar ella, calculando que sería mucho más lucrativo ponerse del lado de Adrienne si Ethan y ella se separaban. Pero había algo más: la sensación palpable, a lo largo de su conversación, de que a Rick nunca le había caído bien Ethan. De que no solo disfrutaba ayudándola, sino que además le gustaba hacerlo moviendo dinero a espaldas de su marido. Ahora todos los fondos disponibles estaban a su nombre, distribuidos en una serie de cuentas recién abiertas a las que

Rick le había prometido que podría acceder en las próximas cuarenta y ocho horas.

Se preguntaba si podría esperar tanto tiempo. O si debería. ¿Y si el dinero adicional marcaba la diferencia entre salir impune y ser descubierta? ¿Cuánto necesitaba una persona para desaparecer? Para convertirse en otra persona y largarse de la ciudad, quizá incluso del país, conducir hacia el sur y cruzar la frontera con México; salvo que ni su marido ni ella hablaban español. Esas eran las cosas en las que tenía que pensar, en las que ya debería haber estado pensando. Pero, aunque intentaba concentrarse y planificar, su mente seguía dando vueltas a todo lo que había dicho y hecho hasta el momento aquel día. La multitud de la acera que volvía del trabajo la arrastraba y ella se dejaba arrastrar, sujetando su bolsa con fuerza mientras permitía que sus pensamientos divagaran. Examinó sus recuerdos, sopesando cualquier paso en falso, y se dio cuenta de que le preocupaba más aquello que no recordaba. ¿Cuántos errores habría cometido sin saber que eran errores? De pronto se le ocurrió pensar en cuántas cámaras de seguridad habrían grabado sus movimientos aquel día mientras iba de un sitio a otro. Sentada en la sala de espera del despacho de Rick, atravesando el vestíbulo del banco. La noche anterior, en el camino de vuelta a casa, había tenido la precaución de evitar las carreteras de peaje, de obedecer todas las normas de tráfico durante el interminable trayecto de semáforos en rojo a lo largo de la carretera casi vacía. Pero la ciudad, con su ruido y su ajetreo, le había dado un respiro. Como si ya hubiese empezado a desaparecer y fuese solamente una cara más entre la multitud.

Y ahora su cara aparecía en media docena de cámaras de seguridad por toda la ciudad, algo que debía de habérsele ocurrido antes. Si la policía llamaba a su puerta, si decidían husmear, ¿conseguirían rastrear sus movimientos? ¿Se les ocurriría observarlos con atención? Se le revolvió el estómago al pensarlo y tragó saliva. Se preguntó cuánto tiempo tardarían en cotejar las huellas de Ethan, que estaban por toda la casa del lago, con las que habían obtenido dos años atrás. Fue una detención estúpida para alardear de que no fue a ninguna parte, pero el daño ya estaba hecho: ahora Ethan figuraba en el sistema, sus huellas estarían para siempre archivadas. Y, pese a su seguridad de aquella mañana, pese a su valentía y arrojo —«Estamos a punto de terminar con esto. Tú solo deja que yo me encargue de todo»—, sabía que no era una cosa de dos. Sabía que Ethan no hablaría con nadie; si la policía aparecía antes de que pudieran huir, sería Adrienne quien les abriría la puerta, quien les ofrecería un café y respondería a sus preguntas. De su marido tendría que prescindir; incluso aunque mantuviera la boca cerrada, solo haría falta ver su cara de culpabilidad para descubrir la verdad. Y, cuando le preguntaran dónde había estado desde el domingo por la noche, tendría que venderles la mentira.

«Yo no sé nada de ningún asesinato, agente. No soy más que la preciosa esposa de un financiero adinerado, y estoy teniendo un día bastante normal».

Normal: un viaje a la peluquería, una visita al banco, una reunión con el asesor financiero y…, maldita sea. Porque ya la había jodido del todo, ¿verdad? El propio Rick lo había dicho: su visita había sido «una sorpresa inesperada». Adrienne llevaba años sin verlo y él había movido su agenda, tal vez incluso habría cancelado citas con otros clientes para poder mantener la cita con ella. No era normal. No era para nada normal.

Tendría que ir con más cuidado. Debería ceñirse a su rutina. Hacer la clase de cosas que hacían las mujeres cuando no tenían nada que ocultar y tenían todo el día, cada día, para hacer lo que les apeteciera. Debería comprarse un zumo verde por quince dólares. Hacerse la manicura, la pedicura, o ambas. Debería ir a la estúpida clase de SoulCycle después de todo, pasarse una hora pedaleando hacia ninguna parte a toda velocidad, subir una foto de su escote brillante y utilizar la etiqueta #Sudordorado.

—Disculpe —dijo de pronto, asegurando la bolsa sobre su hombro para abrirse paso entre la multitud de peatones. Tuvo una idea: no había ningún centro de SoulCycle a la vista, pero en la siguiente esquina había una cafetería. Se fue directa hacia allí, entró por la puerta y se puso a hacer cola detrás de una pandilla de chicas en edad universitaria que estaban pidiendo *pumpkin spice latte*. Pidió lo mismo. Leche desnatada, un chorro, sin nata montada. El barista agarró un vaso con una mano y un rotulador con la otra.

—¿Nombre?

—Adrienne —respondió ella, haciendo énfasis en la última sílaba, como siempre, porque la gente nunca lo escribía bien—. Con dos enes y una e.

Cinco minutos más tarde, recogió su café con leche humeante, encontró un asiento en la barra del ventanal y apoyó los pies en la bolsa del gimnasio al sentarse. Llevaba el teléfono en una mano y el vaso con su nombre en la otra. Se había perdido algo en la traducción —en el vaso se leía ADRINENN— pero daba igual. Lo que importaba era la foto: abrió la cámara enfocada hacia sí misma y estudió la pantalla mientras se llevaba el vaso a los labios, girado de modo que pudiera verse el logo de la tienda, abriendo mucho los ojos por encima del borde. Ladeó la cabeza y los mechones de rosa dorado cayeron ligeramente en paralelo a su rostro. Seleccionó un filtro que realzara la tonalidad del pelo y etiquetó la foto: AZÚCAR Y ESPECIAS, ALGO ESPECIAL. #PELODEOTOÑO #HORADELPUMPKINSPICE #CAFEINADICTA #ESTIMULANTEDETARDE.

Incluso sin la nata montada, el café con leche estaba demasiado empalagoso. Consiguió beberse la mitad antes de que se quedara tibio, obligándose a permanecer sentada, a esperar, viendo pasar a la gente a través del ventanal. Algunas personas la miraban, sus miradas se cruzaban, pero nadie se le acercó. Por un momento se vio envuelta de nuevo por esa sensación tan agradable de haber desaparecido ya, de no ser nadie en absoluto.

Sobre la barra, su teléfono vibró un instante. Lo levantó e introdujo el código. La foto que había subido tenía varios *likes* y un comentario nuevo.

Decía: *Zorra privilegiada*.

Se rio a pesar de todo, con una carcajada aguda e histérica. Algunas cabezas se volvieron hacia ella, pero daba igual. Adrienne estaba acostumbrada a que la mirasen.

Al fin y al cabo, no era más que un día normal.

CAPÍTULO 11

LIZZIE

La verdad es que sí que era una zorra privilegiada. Adrienne Richards, de soltera Swan, la heredera de una modesta fortuna amasada por su bisabuelo, que tenía una empresa de muebles. La familia tenía sus orígenes en algún lugar del sur, cerca de Blue Ridge Mountains, e incluso antes de casarse con un hombre rico, Adrienne ya era una de «esas» chicas. Educada en colegios privados, debutante del Sur, predilecta de las hermandades, miembro con tarjeta de la Asociación Nacional del Rifle. La clase de mujer que todavía hablaba de ir a la universidad para sacarse el título de «Señora de». Descubrí todo esto igual que los demás. No fue difícil encontrarlo; probablemente tú también hayas leído las noticias. La revista que dedicó la portada a su boda multimillonaria. O la vez que insistió en construir un *spa* en el sótano, con piscina incluida, en la casa de cien años de antigüedad que tenía en la plaza; la vez que Adrienne le dijo a un periodista local que los vecinos que se quejaban por el ruido no eran más que «*haters* envidiosos». También estaban las empresas emergentes de mujer rica, desde perfumes orgánicos hasta una línea de bolsos de cuero veganos, pasando por el diseño de interiores basado en la astrología; negocios todos ellos abandonados cuando a Adrienne se le pasó su periodo de atención y descubrió, horrorizada, que para dirigir una empresa había que trabajar de verdad. Luego estaban sus rabietas legendarias. Su asquerosa cuenta de Instagram. Y después, por fin, el marido estafador que ganó mil millones de dólares arruinando la vida a la gente, gente por la que Adrienne Richards no parecía sentir ni una pizca de compasión, ni siquiera para salvar su propio pellejo cuando llegó la prensa y sus amigos exigieron respuestas.

Y por todo eso, probablemente pensabas que ya conocías todos los detalles horribles sobre Adrienne Richards. Quizá incluso la apreciabas de un modo retorcido, por ser la villana dibujada a la perfección, la clase de mujer a quien a la gente le encanta odiar. No serías el único. Pero no conocías la verdad.

Adrienne no solo era una zorra privilegiada. Era mala, cruel y despreciable, como se vuelven las personas cuando nunca han tenido que preocuparse por nada ni por nadie. Lo que aparecía en las noticias era solo la punta del iceberg; eran las historias que ocultaba las que de verdad te mostraban quién era. Como la vez que adoptó a un perro abandonado como parte de una campaña en las redes sociales y luego lo devolvió a la perrera tres días más tarde porque se hizo pis en la alfombra, y cuando en el refugio le preguntaron por qué no se lo quedaba, mintió y les dijo que el perro la había mordido y que probablemente habría que sacrificarlo. Luego estaba su madre, a la que le diagnosticaron alzhéimer de inicio precoz y se quedó pudriéndose en una residencia de mala muerte del sur. Adrienne no había ido a visitarla ni una vez, según me explicó encogiéndose de hombros, porque «¿Para qué molestarme? Si se le va a olvidar que he estado». Y luego está el accidente de coche que tuvo siendo menor de edad, cuando conducía borracha, y que el carísimo abogado de su padre consiguió que quedara en un delito menor que, más tarde, fue retirado de su historial, a pesar de que el tipo que conducía el otro coche no pudo volver a caminar. Murió de neumonía cinco años más tarde, en la misma época en la que Adrienne estaba escogiendo la decoración de las mesas para su boda con Ethan.

Esas eran las cosas de Adrienne que nadie sabía; salvo yo, porque me las contó. ¿Te puedes creer que al principio me sentí halagada? Me hacía sentir especial porque recurría a mí. Al principio solo me pedía que me quedara a tomar una copa cuando acudía a limpiar la casa, pero al poco ya iba cada dos días a charlar con ella. Se sentía muy sola, abandonada por sus amigos, sin familia salvo Ethan. Yo pensaba que teníamos una conexión, algo así como una hermandad, solo que mejor: dos mujeres, ambas marginadas e incomprendidas, unidas más allá de las diferencias de clase y de cultura, porque compartíamos algo más profundo, algo real. Me contó sus secretos y, como una idiota, yo le conté los míos. El embarazo. El accidente. Las pastillas y todo lo que vino después. Le conté las dificultades que teníamos y me dijo que no estaba sola. Me dijo que ella también había querido tener bebés. Pero Ethan se había hecho la vasectomía durante su primer matrimonio y no podía o no quería revertirla. Era la clase de dolor que ni todo el dinero del mundo podría aliviar, y era algo que compartíamos. Ella sabía lo que era llevar diez años casada, atada a un hombre que te arrastraba con él cada vez que tropezaba. Incluso nos habíamos casado el mismo día, el 8 de agosto de 2008. Por supuesto, su marido recordaba su aniversario.

Pensé que estábamos juntas en eso. Pero me estaba engañando a mí misma. No me contó sus confidencias porque fuéramos amigas.

Lo hizo porque no lo éramos y nunca podríamos serlo.

Me miraba por encima de su copa de vino, con esos ojos azules somnolientos bajo la luz del sol de finales de verano, y me decía: «Me encanta charlar contigo, Lizzie. Siento que puedo contarte cualquier cosa», y tardé mucho tiempo en darme cuenta de aquello que no decía. Puedo contarte cualquier cosa, «porque ¿quién eres tú para juzgarme?», puedo contarte cualquier cosa, «porque no me importa en absoluto lo que pienses. Porque eres una paleta de campo, la de la chatarrería, y da igual lo mezquina, avariciosa y rastrera que sea, porque aun así seré mejor que tú». Confesarme sus pecados era algo sanador, liberador, precisamente porque yo no era nada. Lo mismo le habría dado susurrarle sus secretos a los gatos de la chatarrería que todavía merodeaban de noche por entre la chatarra, en busca de alimañas. Adelante, quítate esa carga de encima. Al fin y al cabo, ¿qué puede hacer ese gato sarnoso? ¿A quién se lo va a contar? ¿Quién iba a creerla aunque lo hiciera?

Cuando regresaron al año siguiente, empecé a entender lo que yo era para ella, incluso aunque Adrienne no se diese cuenta. Si le preguntabas, probablemente te diría que sí que éramos amigas, o mejor aún, que ella era una especie de mentora para mí. Una hermana mayor, generosa y sofisticada, que guiaba a una paleta local hacia la realización personal. Nunca admitiría que me mantenía cerca porque le gustaba tener a alguien con quien poder sentirse superior. Que se sentía magnánima al pensar que estaba haciéndome un favor.

Así que yo le seguí el juego. Prometí ser sincera y esta es la verdad: le di a Adrienne Richards justo lo que deseaba. Le dije que me alegraba mucho de que pensase así, porque yo sabía que también podía contarle a ella cualquier cosa. La miraba embobada, con los ojos muy abiertos, como una ingenua pueblerina a la espera de que su hermosa señora compartiera con ella su sabiduría y su aprobación. Fingí estar entusiasmada cuando me dio una bolsa de la compra llena de ropa de segunda mano, cosas preciosas por valor de miles de dólares que a mí me resultaban inútiles. Como si yo fuera a algún sitio donde pudiera ponerme esa ropa.

—Iba a donar toda esta ropa —me dijo—. Ya no me sienta bien, desde que empecé con la dieta paleo. Pero entonces me he parado y me he dicho: «¡Se la podría poner Lizzie!». A lo mejor te está un poco ajustada. Pero tú eres muy apañada y sabrás coser, ¿verdad? A lo mejor puedes sacarles un poquito.

Me llevé la ropa. Le di las gracias. No me molesté en señalar que teníamos justo la misma talla, que el bikini rojo y la camiseta de hilo a rayas que siempre llevaba en el lago habían sido míos antes. Que se los di aquella primera semana, cuando fui a llevarles la compra y a cambiar la ropa de cama, porque los pinos estaban perdiendo las hojas y a ella le preocupaba que se le manchase de brea toda la ropa cara y elegante que había metido en la maleta. No le recordé cómo se paseaba de un lado a otro con mi traje de baño diciendo:

—¡Ay, qué bien me queda! Casi podríamos ser hermanas, salvo por..., bueno, ya sabes.

—Salvo que eres tú la que se crio en un palacio de cuento de hadas y yo soy la hermana gemela jorobada a la que criaron los lobos —le dije yo.

—Los has dicho tú, no yo —respondió entre risas.

Mantuve la boca cerrada, me fui a casa y colgué toda la ropa cara en el armario que compartía con Dwayne. Las prendas todavía olían a ella, una mezcla almizcleña de champú y perfume que se extendía por toda la casa. El aroma era tan potente, tan diferente, que a veces lo captaba nada más abrir la puerta de la entrada.

A veces, cuando Dwayne estaba desmayado en el piso de abajo o Dios sabe dónde, buscando echar un polvo con alguien, yo me ponía un vestido diáfano de tirantes de los que me había regalado Adrienne y me tumbaba en la cama de arriba de nuestra casa pequeña y claustrofóbica y fingía que acababa de llegar de alguna fiesta elegante. Un baile benéfico, una entrega de premios, una cena en la que había seis tenedores de plata diferentes, uno para cada plato. La clase de eventos a los que solían asistir los Richards antes de ser unos marginados. Si retrocedía un par de años en las redes sociales de Adrienne, veía fotos suyas en las que lo llevaba puesto, sonriente en algún salón de baile, del brazo de Ethan. El vestido estaba hecho de un material sedoso, de una tonalidad verde que me recordaba al musgo del bosque. A lo mejor incluso era seda de verdad; no habría sabido distinguir la diferencia. Me bailaba alrededor de los talones cuando caminaba y me provocaba un roce agradable en los muslos cada vez que levantaba las piernas para recostarme en el sofá. Como si fuera una invitación, salvo que nunca había nadie allí para aceptarla. A veces me planteaba bajar las escaleras, despertar a Dwayne y dejar que me deslizara el vestido hasta la cintura mientras yo bajaba las caderas hasta juntarlas con las suyas, pero nunca lo hacía. Para entonces hacía siglos que no me tocaba, pero no era eso lo que me frenaba. Era algo peor: la horrible sensación de que me miraría y se reiría. Ni siquiera le culparía. Cuando pasaba por delante de un espejo, la fantasía se hacía pedazos y me veía a mí misma como lo que era: una mujer adulta con arrugas prematuras en el rostro y moratones en las espinillas, jugando a disfrazarse.

Quizá fue entonces cuando empecé a odiarla. Aún ni siquiera sabía que acabaría dándome tantos motivos para ello. Aquel segundo verano vino cargada con una lista de peticiones especiales que nunca paraba de crecer. Que si podía ir a cambiarles las sábanas cada dos días, en vez de una vez a la semana. Que si podía conducir durante una hora hacia el sur del estado para comprarle unas guirnaldas de luces para el porche. Que si podían enviarle unos paquetes a nuestra casa del pueblo. A mí no me importaría llevárselos, ¿verdad? Por supuesto, yo siempre hacía lo que me pedía. Como si estuviera encantada de estar a su servicio. Me pasaba tanto tiempo sonriendo y asintiendo con los dientes apretados que empezaba a dolerme la mandíbula.

Debería haberme alegrado cuando, en lugar de eso, empezó a solicitar la ayuda de Dwayne. De pronto, todos los favores que necesitaba requerían de sus habilidades y no de las mías. Una rama seca que colgaba sobre el tejado y había que cortarla. Ruidos procedentes de las paredes del dormitorio; pensaba que podía haber un pájaro o un murciélago atrapado dentro. El desagüe de la bañera había vuelto a atascarse, cosa que solo parecía suceder cuando Adrienne se alojaba en la casa. Perdía pelo como si fuera un gato persa, por todas partes; siempre sabías dónde había estado. Ojalá se pusiera un gorro de ducha y dejara de obligar a alguien a ir allí cada tres días a sacar de las tuberías un asqueroso montón de pelo apelmazado.

Lo más triste es esto: una parte patética de mí misma seguía deseando ser ese alguien. ¿Te puedes creer que, en lugar de sentirme aliviada y feliz porque me hubiera dejado en paz y que fuera mi marido el que estuviese a su servicio, estaba celosa? No porque acaparase la atención de Dwayne, sino porque él acaparaba la suya. Me estaba volviendo loca. Cuanto más odiaba a Adrienne, más la quería toda para mí. Quería recordarle que yo era la especial, la que la había aceptado cuando nadie más lo hacía. Al fin y al cabo, era yo y no Dwayne quien la entendía, a quien le contaba sus confidencias, quien conocía sus secretos. Era yo la que le hacía la compra, la que se adelantaba a sus necesidades, la que se acordaba de meter su chardonnay favorito en hielo para que estuviese bien frío cuando ella llegara. Era a mí a quien le pasaba su teléfono cuando quería que le sacaran una foto, era yo la que no tenía que preguntarle la contraseña porque ya me la sabía, igual que sabía dónde debía colocarme y cómo debía ladear la cámara para captar sus mejores ángulos.

Y lo peor de todo es que fui yo la que se acordó de que una vez me dijo que le encantaría ver el lago después de que terminase la temporada, y fui yo la que tuvo la brillante idea de volver a invitarlos.

—El otoño es mi momento del año favorito aquí arriba —le dije—. Es precioso. Te encantaría. ¿Por qué no venís entonces y os quedáis otra semana? Retrasaré el cierre de la casa. Incluso os haré un descuento.

Se rio al oír aquello. Pero luego dijo que sí, que les encantaría volver, y me sentí triunfal. Porque la casa era mía y eso significaba que era yo y solo yo quien tenía el poder de darle a Adrienne Richards lo que deseaba.

Así que ya ves, la culpa es solo mía. Eso es lo que me mata; y sí, es lo que me mató. Me creía lista de cojones. Pero, cuando le reservé a Adrienne una semana más, estaba señalando mis propias fechas.

Elizabeth Emma Ouellette, 4 de noviembre de 1990 - 8 de octubre de 2018.

Y todas las cosas terribles que sucedieron aquella noche sucedieron por mi culpa.

CAPÍTULO 12

EL LAGO

Deborah Cleaves tenía una melena rubia por encima de los hombros y los modales estudiados de la mujer de un predicador que había estado al lado de su marido durante veintinueve años de sermones, visitas sociales y cenas de la iglesia; modales que persistían pese a que el predicador hubiera fallecido dos años atrás. Dio a elegir a Bird entre café o *whisky*, y le sirvió el primero en una bandeja acompañado de un azucarero antiguo y una jarrita a juego para la leche.

—Siento no tener descafeinado —se excusó—. Tengo el normal a mano para las visitas, pero yo no lo bebo.

—Normal está bien —le aseguró Bird—. Todavía me queda un buen rato para irme a la cama.

—¿Se quedará aquí en el pueblo?

—Por el momento.

—Desde luego —respondió ella con un gesto afirmativo—. Siento haberle recibido tan tarde. Salí esta mañana a visitar a mi hermana y no he prestado atención a los mensajes. De haberlo sabido... —Empezó a temblarle la voz y se quedó callada, negando con la cabeza mientras se enjugaba las lágrimas con un pañuelo de papel—. ¿Y no tienen idea de dónde puede estar Dwayne?

—Esperábamos que usted pudiera tener alguna idea —admitió Bird, y Deborah Cleaves volvió a negar, esta vez con más vehemencia. Retorció el pañuelo entre las manos.

—No, no, no. No puedo ni imaginármelo. Esa mu… —empezó a decir, pero cerró la boca y tosió para disimular aquel paso en falso, aunque Bird se dio cuenta. «Esa mujer suya». Era evidente que la preocupación de Deborah quedaba reservada únicamente para su hijo, no parecía tenerle mucho cariño a su nuera, ahora fallecida. Bird sospechaba, además, que a partir de ahora llevaría mucho cuidado para no volver a meter la pata—. Discúlpeme —añadió Deborah, ya recuperada—. Es que últimamente apenas he visto a mi hijo. Siempre está tan ocupado… Tiene su propio negocio, ¿sabe?, y además este verano ha habido mucho que hacer en el lago, según tengo entendido. Claro está, a mí me gustaría que se pasara por aquí más a menudo, pero cuando se hacen mayores, ya sabe, es difícil… es difícil… —Volvió a interrumpirse, apretó los labios y recuperó la compostura—. Pero debe de haber ocurrido algo. Dwayne no desaparecería sin más. ¿No pueden buscar ADN? ¿O huellas o algo? El que le haya hecho… eso a… Elizabeth Ouellette, esa persona podría haberlo secuestrado o tal vez…

La idea de que Dwayne hubiera sido secuestrado era absurda, pero Bird asintió e intervino con amabilidad.

—¿Dwayne tenía enemigos? ¿Alguien que pudiera querer hacerle daño?

El pañuelo de papel había empezado a desintegrarse.

—No lo sé, no lo sé.

—¿Podría haber tenido problemas? ¿De dinero, o de drogas?

Deborah Cleaves se puso tensa y apretó los puños.

—Mi hijo no consume drogas —le espetó mirándolo con rabia—. ¿Le ha preguntado a Earl Ouellette si su hija consumía drogas? —le preguntó con malicia.

—Hemos hablado con Earl —respondió Bird con calma.

Permitió que el silencio se prolongara durante varios segundos mientras Deborah retorcía el pañuelo. No había razón evidente para pensar que el asesinato estuviera relacionado con un asunto de drogas, pero la vehemencia de su reacción le dio que pensar. Cuando menos, la adicción podía suponer mucho estrés para un matrimonio. Si Lizzie consumía drogas, y si su marido estaba descontento por ello…

—Detective, lo siento, quiero ayudar, pero es que no sé qué puedo hacer. No sé dónde está mi hijo —declaró Deborah, rompiendo el silencio.

—Puede ayudar diciéndonoslo enseguida si se pone en contacto con usted —le sugirió Bird.

—Por supuesto, pero…

—Deseamos encontrarlo tanto como lo desea usted —concluyó él con una sonrisa.

Terminada su conversación con Deborah Cleaves, Bird cruzó en coche el pueblo, giró a la derecha por la carretera del condado, atravesó la frontera de Copper Falls y entró en una tierra de nadie llena de parcelas poco edificadas. Había una tienda de carrocerías que parecía hacer las veces de depósito para equipamiento de granja deteriorado; el supermercado con los ventanales bien iluminados, los últimos compradores del día empujando sus carritos por el aparcamiento hacia sus coches; una gasolinera con un mástil plantado en el tejado, la bandera estadounidense colgando inerte en aquella noche sin viento, levemente iluminada por las farolas de abajo. Y luego nada. Las luces desaparecían tras él a medida que la oscuridad lo envolvía todo y densos pinares se alzaban a ambos lados de la carretera. Pocos minutos después divisó frente a él el bar llamado Strangler's, la última parada antes de que la carretera del condado pasara de dos a cuatro carriles y el límite de velocidad de sesenta y cinco a noventa kilómetros por hora. Bird lo divisó a lo lejos, apartado unos treinta metros de la carretera. El edificio estaba iluminado con focos y anunciado con un letrero fluorescente deslucido que parecía flotar en el aire, a la deriva en la oscuridad: una palabra, BAR, en letras rojas sobre fondo blanco.

Bird suspiró. Había sido un día frustrante. Los amigos y familiares de Dwayne juraban y perjuraban que no sabían dónde estaba. La orden de busca y captura emitida sobre la camioneta de Dwayne de momento no había arrojado resultados, lo cual era decepcionante pero no sorprendente. Simplemente no había hombres suficientes para controlar los cientos de kilómetros de carretera del condado que rodeaba Copper Falls, menos aún cuando Dwayne podía estar viajando en cualquier dirección y se mantendría alejado de las autopistas si tenía algo de sentido común. La camioneta tampoco tenía sistema de recuperación de vehículos robados. Por lo que sabían, quizá ni siquiera estuviese conduciéndola. Bien podría haberla dejado tirada en algún lugar de los bosques que rodeaban los cientos de caminos de tierra, donde podía permanecer sin ser descubierta hasta la primavera siguiente. Pero no era solo que no tuvieran idea de dónde podría haberse ido Dwayne; además no lograban averiguar dónde había estado. Los movimientos de la pareja en los días previos al asesinato eran muy imprecisos. La gente recordaba haber visto tanto a Lizzie como a Dwayne por el pueblo a lo largo de la última semana, y en las semanas anteriores, pero lo único que decían era que todo parecía normal. Lizzie iba y venía del lago, gestionando los cambios de huéspedes. Dwayne se había pasado todo el verano en el bosque con su desbrozadora, eliminando arbustos y árboles caídos en uno de los senderos para *quads* de su amigo. Si la pareja había discutido, nadie lo había visto o no estaban dispuestos a decirlo.

Luego estaba el historial de llamadas: habían hallado el móvil de Lizzie, un modelo básico con tapa, en la casa del lago, en el mismo bolso donde encontraron su cartera y su carné de identidad. El teléfono de Dwayne, el mismo modelo que el de su esposa, se había conectado por última vez a la única torre de telefonía cercana a las diez de la noche del domingo, y después nada. Estaría sin batería o sin cobertura, probablemente. Dado que la cobertura en la zona no era muy estable, casi todos los habitantes de Copper Falls seguían teniendo teléfonos fijos. Dwayne y Lizzie tenían dos, uno en su casa y otro en el lago; en esos extractos figuraba una llamada del segundo al primero poco antes de las tres de la tarde del domingo.

La llamada había durado dos minutos, pero era imposible saber quién la había hecho, quién había respondido o de qué habían hablado. De mantenimiento básico, tal vez. El verano había acabado y la gente solía cerrar sus propiedades para el invierno al finalizar septiembre, descongelaban el frigorífico, desatascaban las tuberías y llenaban los retretes de anticongelante para que no se produjeran daños con la bajada de las temperaturas. Pero, pese a que el último huésped que figuraba en el libro de reservas de Lizzie Ouellette se había marchado después del Día del Trabajo, la casa seguía acondicionada para recibir invitados, y Lizzie tenía una nota en su agenda para aquel domingo, el día en que fue asesinada. Decía, *¿AR 7?*; nada más, con los signos de interrogación. Uno de los veteranos de la policía local pensaba que hacía referencia a la vieja arma de fuego, sobre todo porque tanto Lizzie como Dwayne estaban registrados como propietarios de armas y eran cazadores competentes; a veces Lizzie se ganaba algo de dinero extra durante la temporada desangrando y despellejando animales pequeños para cazadores que no querían hacer el trabajo sucio. Pero el AR-7 no era un rifle de caza, y no había indicios de que ninguno de los dos miembros de la pareja hubiera estado interesado en coleccionar armas.

Y luego estaba aquella bomba inesperada: un huésped con antecedentes penales. La respuesta a la pregunta de Deborah Cleaves era que sí, habían buscado huellas. La casa estaba llena de ellas, huellas encima de más huellas, lo que cabría esperar de una propiedad que tenía tanta gente yendo y viniendo. Lizzie y Dwayne y una serie de huéspedes distintos, y probablemente algunas recientes de los agentes de la ley que desconocían aquello de no alterar la escena del crimen, o si lo sabían les daba igual. No les había dado tiempo a cotejarlas con la base de datos criminal, pero gracias a los registros de alquileres, revelados recientemente, ahora Bird sabía que al menos uno de los huéspedes arrojaría una coincidencia inmediata.

Ethan Richards.

Ese Ethan Richards.

Era razonable pensar que Richards y su mujer fuesen la pareja a la que se había referido Jennifer Wellstood, los tipos ricos de la ciudad que encontraron la casa a través de Internet y se la alquilaban a Lizzie Ouellette durante un mes entero cada vez que venían. Figuraba en el registro dos años consecutivos, con fecha de entrada a mediados de julio y algunos cargos adicionales por limpieza y entregas semanales; parecía que Lizzie había ganado algo de dinero extra haciéndoles la compra también. Por supuesto, nadie pensaba que Ethan Richards tuviera algo que ver con el asesinato. Sus delitos eran de los que se llevaban a cabo con una calculadora, no con una escopeta. Aun así, al ver su nombre en la lista, Bird sintió un vuelco en el estómago y apretó automáticamente los puños. Había visto bien de cerca el caos y la desesperación que había provocado la avaricia empresarial de Richards. Sus propios padres habían perdido los ahorros de toda su vida cuando su asesor financiero resultó ser uno de los muchos que había invertido en los fondos fraudulentos de Richards. Una auténtica catástrofe. El tipo había invertido también una buena parte de su propio dinero y después ni siquiera recordaba quién se lo había aconsejado. Tantas vidas arruinadas. Lo que mejor recordaba Bird era la voz de su madre cuando le llamó para contarle lo sucedido.

—¡No lo entiendo! ¡Gary es un buen hombre! ¡Nos dijo que era un «arbitraje sin riesgo»! —repetía una y otra vez, hasta que sus palabras se disolvieron con el llanto.

Otra cosa que recordaba bien eran los hombros caídos de su padre sentado a la mesa aquella Navidad. Para entonces todo había pasado. El fiscal del distrito había declinado imputar y Ethan Richards y los demás habían quedado impunes. A lo mejor un abogado podía ayudarles a recuperar parte de lo que habían perdido, según le contó Joseph Bird a su hijo, pero no podían permitírselo y, cuando él les dijo que se lo pagaría, su padre rechazó el ofrecimiento.

—Qué va, hijo. No pasa nada —dijo con una sonrisa—. Tal como yo lo veo, todavía hay tiempo. En el peor de los casos, trabajaré hasta que me muera.

Bird apretó los dientes al recordarlo. Su padre estaba a punto de alcanzar la tan merecida jubilación cuando perdió todos sus activos. Al hacer ese chiste en Navidad, probablemente diese por hecho que le quedarían otros diez años buenos, quizá más.

Once meses más tarde, cayó fulminado por un ataque al corazón y Amelia Bird tuvo que vender la casa solo para pagar el funeral de su marido.

Era una casualidad extraña que aquel estafador de guante blanco estuviese conectado a un caso en el que Bird estaba trabajando, pero probablemente solo fuese eso, una casualidad. Una pena; no le habría importado hacer un viajecito a la ciudad, llamar por sorpresa a la puerta de la mansión multimillonaria de Ethan Richards, enseñarle la placa y, acto seguido, acribillarle a preguntas hostiles sobre la naturaleza de su relación con Lizzie y Dwayne. A nadie le gustaba recibir una visita de la policía, sin importar la cantidad de dinero que tuviera, y habría disfrutado con la oportunidad de complicarle un poco la vida a Richards.

En lugar de eso, la próxima parada de Bird sería el hospital del condado de al lado, donde tendría la desagradable responsabilidad de ver cómo el forense le realizaba la autopsia a Lizzie Ouellette. Le rompería el esternón, le sacaría los órganos del cuerpo, los pesaría y, por último, diría aquello que resultaba evidente.

Forma de la muerte: homicidio.

Causa: un único disparo en la cabeza.

Hora: domingo por la tarde, lo que significaba que habían pasado al menos doce horas hasta que Myles Johnson descubrió su cadáver. Ahora ya había transcurrido la mitad del periodo crítico de las cuarenta y ocho horas posteriores al crimen, quizá incluso más, y apenas tenían prueba alguna.

Había una docena de coches aparcados frente a Strangler's, camionetas y sedanes destartalados, casi todos estadounidenses, y todos con matrículas del estado. Aparcó en una plaza apartada del resto y atravesó a pie el aparcamiento. La puerta crujió cuando la abrió y el abrupto silencio que se hizo al entrar le recordó de pronto a octavo curso, el primer día de clase, y la paranoia de haber entrado en una habitación en la que todos habían estado hablando de él. Por un segundo, todas las miradas del bar parecieron posarse en él. Entonces el momento pasó, las miradas cesaron y el murmullo de la conversación volvió a inundar el establecimiento. Bird encontró un asiento en el extremo más alejado de la barra y le pidió una Budweiser al hombre que estaba detrás de ella, un tipo robusto de cejas grandes y pobladas que le quitó el tapón a la cerveza como si estuviera retorciéndole el cuello.

—Es usted ese poli —dijo el camarero.

—Así es.

—¿Ha venido a hablar o a comer?

—Ambas cosas. Tomaré lo que sea más rápido —contestó Bird.

—¿Una hamburguesa?

—Suena bien.

—Viene con patatas.

—Estupendo.

Bird se bebió la cerveza y observó con fingida indiferencia al resto de los ocupantes del bar. Había una pareja joven en un rincón, con las cabezas muy juntas, que cada poco rato miraba en su dirección. Por lo demás, los clientes eran todos hombres, con camisas de trabajo o camisetas, que sujetaban botellas de Bud o Molson y tenían varias botellas vacías acumuladas en la mesa frente a ellos. No había policías, aunque Bird reconoció a un hombre con una mancha oscura de hollín en la frente como miembro del departamento de bomberos voluntarios que se había ofrecido a llevar a Earl Ouellette al depósito para identificar el cuerpo de su hija. Se preguntó dónde estaría Earl ahora. Con suerte, se quedaría con algunos amigos.

El camarero se retiró a la cocina y regresó con un plato y un bote de kétchup que deslizó frente a Bird con un gesto cortante.

—¿Trabajaba anoche? —le preguntó Bird.

—Anoche y todas las noches —respondió el camarero—. Y, como ya le dije al tipo del *sheriff*, no vi nada fuera de lo corriente, si no tenemos en cuenta a Earl durmiendo la mona en el aparcamiento alrededor de la hora de cierre.

—Por lo que he oído, eso no sería algo fuera de lo corriente —observó Bird, y el camarero se carcajeó un poco.

—Al hombre le gusta su rutina. No pasa nada con Earl. Pero nadie de aquí tuvo nada que ver con el asunto de su hija.

—¿Y qué me dice de su yerno? He oído que es uno de sus parroquianos habituales.

El camarero señaló a la clientela.

—Estos tipos son los habituales. Si estamos abiertos, vienen. Dwayne venía una vez a la semana, más o menos, pero le gustaba beber en casa. ¿Ve a este tipo de ahí?

Bird miró hacia el rincón y descubrió que la pareja sentada allí estaba mirándolo también. Levantó la barbilla a modo de saludo y vio que volvían a juntar las cabezas y a cuchichear.

—Puede hablar con él sobre Dwayne —le sugirió el camarero. A continuación, su voz adquirió cierta dureza—. Podría hacerme un favor y detenerlo, ya de paso.

—¿Por qué? —preguntó Bird.

La mujer sentada a la mesa se echó hacia atrás, se puso en pie, recogió su bolso y salió. El camarero frunció el ceño al verla salir.

—Da lo mismo.

Segundos más tarde, el tipo de la mesa del rincón se levantó también y se acercó a él. Era muy delgado, de treinta y algún años, con una nariz prominente y el pelo oscuro y desgreñado.

—Usted es ese poli, ¿verdad?

—Policía estatal —confirmó Bird—. Ian Bird.

El hombre se subió los pantalones, demasiado grandes, hasta por encima de sus esqueléticas caderas y se sentó en el taburete que había a la izquierda de Bird.

—Soy Jake —se presentó, enseñándole los dientes—. Cutter. Es mi apellido. Así me llama casi todo el mundo.

—Encantado de conocerle, señor Cutter.

—Normalmente es solo «Cutter». Sin «señor» —aclaró Cutter.

Giró la cabeza para mirar hacia atrás. Había unos hombres sentados a la mesa más cercana a la puerta que parecían mirarlo con rabia.

—De acuerdo —dijo Bird—. Cutter. Según tengo entendido, conocías a Dwayne Cleaves.

—Lo están buscando, ¿verdad?

—Eso es —confirmó Bird con un gesto afirmativo—. ¿Lo has visto?

—No —se apresuró a responder Cutter—. Es decir, no desde… ya sabe. No desde que todos lo andan buscando. Pero sí que lo veo con bastante frecuencia. Normalmente aquí.

—¿Sois amigos?

Volvió a lanzar otra mirada nerviosa hacia atrás.

—Más o menos. Más bien conocidos. —Cutter hizo una pausa y Bird esperó. Pasados un par de segundos, añadió—: Soy de Dexter; está más hacia el este.

—Entonces no conocías a Dwayne cuando era pequeño.

—No —respondió—. Lo conocí hará unos cuatro o cinco años. Es difícil saberlo.

—De acuerdo —dijo Bird conteniendo las ganas de suspirar—. De modo que veías a Dwayne con regularidad. ¿Cuándo lo viste por última vez?

—Eh…, no estoy seguro. —Cutter se mordió el labio, con expresión confusa, y Bird volvió a notarse enojado.

Por frustrante que resultara intentar sacarle información a la gente de Copper Falls, su mutismo tenía una ventaja, y es que hasta el momento no había tenido que lidiar con personas fisgonas que querían considerar el asesinato como si fuese un deporte televisado. Aun así, Cutter se había acercado a él por voluntad propia. A lo mejor sabía algo, pero algo que le ponía nervioso compartir. Bird decidió poner en práctica otra estrategia.

—¿Y qué me dices de Lizzie? ¿Eras amigo de ella?

Cutter dejó de morderse el labio inferior y su expresión confusa se transformó en una sonrisa.

—Qué va —respondió—. Este no es el tipo de sitio al que se trae a la mujer.

Bird parpadeó y señaló con la cabeza hacia la puerta por la que acababa de salir la acompañante de Cutter.

—Pero ¿no estabas tú…?

—¿Marie? —Cutter se carcajeó—. No. Joder, no. Me gusta tener opciones.

—Entiendo. —Bird masticó una patata frita mientras evaluaba la información en su cabeza.

Retazos de conversaciones anteriores. Deborah Cleaves enfadada: «Mi hijo no consume drogas». Earl Ouellette diciendo que Lizzie siempre se había prodigado poco. Pero era Jennifer Wellstood la que más le intrigaba, en particular el hecho de que desviara la mirada cuando Bird le preguntó si el matrimonio de la pareja estaba atravesando problemas.

Se inclinó hacia delante con aire confabulador.

—¿Y qué me dices de Dwayne? ¿A él también le gustaba tener opciones? Ya sabes a lo que me refiero.

Era un riesgo, pero dio resultado: la expresión de Cutter fue una respuesta en sí misma. La sonrisa se convirtió en una mueca de suficiencia.

—Es una manera de decirlo —contestó.

Bird echó un vistazo descarado a la concurrencia del bar.

—¿Con alguien en particular?

Cutter volvió a carcajearse.

—¿Qué? ¿Con tíos? Dwayne no era marica, tío. Más bien un héroe. Le diré una cosa: la chica que tenía estaba muy por encima de la media local.

La semilla de una idea empezaba a echar raíces en la mente de Bird.

—Así que no era de por aquí.

—Qué va —confirmó Cutter y se encogió de hombros—. Supongo que no tiene nada de malo hablar de ello, no es que le vaya a preocupar que se entere su mujer. —Soltó una risilla nerviosa—. Ay. Un chiste malo. Lo siento. El caso es que no recuerdo el nombre de la dama. Una zorra rica. Se alojó en la casa del lago con su marido durante todo el mes de agosto. Salvo que el marido pasaba mucho tiempo fuera. Y dejaba al pibón de su mujer sola en casa. —Hizo una pausa y volvió a sonreír con suficiencia—. Pero mucho tiempo.

Bird estuvo a punto de reírse también. Cutter solo podía estar refiriéndose a una persona. Trató de mantener una expresión neutra.

—¿La mujer de Richards? —le preguntó, y Cutter parpadeó—. ¿Estás intentando decirme que Dwayne Cleaves se acostaba con la esposa de Ethan Richards?

Cutter tomó aire entre los dientes y agachó la barbilla —«afirmativo»— y Bird resopló. Una aventura extramarital habría supuesto una pista relevante, pero aquella olía a mentira.

—Venga, tío. ¿Sabes quién es su marido? Y ella es una reina de belleza, o lo era. Cuesta creer que una mujer como ella fuese a interesarse por alguien como tu amigo.

El comentario tuvo el efecto deseado; Cutter se cabreó.

—A lo mejor Dwayne le daba lo que su marido no podía darle —dijo.

—Seguro que eso fue lo que te contó a ti —contestó Bird con una sonrisa.

—Qué va —insistió Cutter, en voz tan alta que varias cabezas se giraron hacia ellos. Frunció el ceño y bajó el tono—: He visto las jodidas fotos. Tenía uno de esos teléfonos de mierda con la pantalla diminuta, pero se veía bastante. La boca se le veía de sobra. —Sonrió de nuevo y se mordió el labio inferior—. Esa chica era un bicho raro.

—Eh —dijo una voz cortante, y ambos levantaron la mirada; Cutter puso la sonrisa culpable de un niño al que han pillado hablando durante un castigo. El camarero lo miraba con rabia y un puño apretado sobre la barra. Centró su atención en Bird—. ¿Ha terminado con este imbécil?

Bird miró el reloj.

—Tengo que irme, sí. Póngame la cuenta y, Cutter —deslizó un cuaderno sobre la barra—, escribe aquí tu nombre y tu número. Aquí está también mi tarjeta, por si se te ocurre algo más.

El camarero regresó con la cuenta. Se la acercó a Bird con un gruñido y después se volvió.

—Tú. O pides algo de beber o largo de aquí —le dijo a Cutter.

Este volvió a poner su sonrisa culpable, se despidió de Bird con la mano y salió por la puerta. Todas las miradas del local siguieron sus pasos hasta que la puerta se cerró tras él con un crujido.

Bird se dio la vuelta y descubrió que el camarero seguía ahí, todavía con esa mirada de rabia.

—¿Quiere decirme a qué ha venido eso? —le preguntó.

—Trae mal rollo a mi negocio —respondió el otro y volvió a entrar en la cocina.

Bird se apuró la cerveza, dejó algo de efectivo y otra tarjeta sobre la barra y se marchó.

Empezó a vibrarle el teléfono en cuanto se sentó al volante. Se lo sacó del bolsillo con una mano, empleando la otra en girar la llave en el contacto.

—¿Diga?

—Soy Ed. —La voz le resultaba familiar, pero Bird no lo identificó hasta que añadió—: De detrás de la barra. Está usted en mi aparcamiento.

—Ah —respondió Bird—. Hola. No me he olvidado de dejar propina, ¿verdad?

Se oyó una risotada al otro lado de la línea.

—No llamo por eso. El tipo con el que estaba hablando...

—¿Al que quería que detuviese?

—Lo que sea —dijo Ed con un gruñido—. Solo trae problemas y por lo general miente. Además habla a voces. Algunos de los demás clientes no han podido evitar oír la conversación. Ya sabe, sobre Dwayne y esa mujer de la ciudad.

—Le escucho —contestó Bird.

—Mire, no sé en qué andaba metido Dwayne, si es que andaba metido en algo. No es asunto mío y no quiero saberlo. Pero sí que vi a esos de la ciudad. No aquí, sino por el pueblo. Tenían un enorme SUV negro, bastante bueno. Caro. Era inconfundible. —Se produjo un silencio—. Uno de mis clientes habituales, no quiere dar su nombre, pero dice que lo vio pasar la otra noche.

—¿Qué noche?

Se oyó un sonido amortiguado en el auricular cuando Ed tapó el micrófono con la mano; Bird distinguió la cadencia de una pregunta. Al cabo de unos segundos, Ed volvió a ponerse al teléfono.

—Dice que anoche. En torno a medianoche.

—Gracias, Ed.

Bird colgó el teléfono y sonrió.

CAPÍTULO 13

LA CIUDAD

—Me gustaría liquidar mis cuentas.

Las palabras sonaron muy fuertes y extrañas en el silencio del coche de Adrienne. Se aclaró la garganta, volvió a intentarlo y adoptó un tono de voz más profundo. El tono contralto y decidido de una presentadora, o de una directora ejecutiva que presenta un informe anual. No podía sonar como una niña asustada. ¿Sería capaz de decirlo cuando llegara el momento? ¿Podría decirlo sin que le temblara la voz?

—Me gustaría liquidar mis cuentas —dijo con suavidad—. Me gustaría liquidar mis cuentas.

El tráfico se movió un poco y el coche avanzó con él. Ya habría oscurecido para cuando regresara. Se había tomado su tiempo después de la cafetería, caminando sin rumbo por las calles, entrando en diferentes tiendas. No había comprado nada, solo entraba y disfrutaba viendo cosas bonitas en los estantes o colgadas en perchas. Se perdió un poco y al final no sabía dónde había dejado aparcado el Lexus y caminó dos manzanas en una dirección equivocada hasta darse cuenta de su error. Sacó su coche justo a tiempo para quedar atrapada en el tumulto de la hora punta de la ciudad, pero ni siquiera eso estaba tan mal. Era agradable estar ahí: el ronroneo casi silencioso del motor, la suavidad de los asientos de cuero, la imagen tranquilizadora de la bolsa del gimnasio en el asiento del copiloto junto a ella, los faros y las farolas que se encendían en la calle a medida que iba atardeciendo. Se sentía a salvo, protegida. Y sola. Por fin sola. Tras pasar todas esas horas interpretando su papel, entregada por entero a aquella película llamada *Nadie ha muerto y todo va bien*, por fin se hallaba en un lugar donde poder gritar, o llorar, o desplomarse sin que nadie pudiera estar observándola. Sin tener que estar pendiente de su imagen. Sin tener que mantener la compostura por el bien de él, sabiendo que ella era lo único que podría impedir que su marido se desmoronase.

Se mordió el labio. El tráfico avanzó un poco más, muy despacio. Pero su coche ya no le parecía un oasis. Durante un rato había logrado no pensar en su marido.

Pero ahora solo podía pensar en que lo había dejado solo durante demasiado tiempo.

Empezó a sonar un teléfono dentro de la casa mientras ella agarraba las llaves. No había razón para que la puerta estuviese cerrada con llave y, cuando al fin logró introducirla y abrir, de pronto se imaginó —o quizá fuese algo más, quizá fuese una esperanza— que se encontraría la casa vacía, que su marido se habría marchado.

En vez de eso, abrió la puerta y lo vio de pie parado al final del pasillo. El teléfono que sonaba estaba sobre una mesa pegada a la pared y él estaba delante, con la boca abierta, mirándolo sonar. Ella vio a cámara lenta cómo extendía la mano y daba un paso hacia delante.

—¿Estás loco? —gritó, él se volvió al oír su voz y retrocedió mientras ella entraba corriendo en la casa—. ¿Qué cojones estás haciendo?

—No para de sonar —respondió su marido. Parecía perplejo—. Ya ha sonado antes. Pensaba que a lo mejor... eras tú.

—Pero qué cojones... —le dijo, y agarró el auricular en vez de terminar la frase. Se llevó un dedo a los labios mientras se acercaba el teléfono a la oreja. Estaba sin aliento; el «diga» le salió como un grito ahogado. Se aclaró la garganta—. ¿Diga? —repitió—. ¿Hay alguien ahí? —preguntó, y sintió un vuelco en el estómago al entender que no habría respuesta. La llamada se terminó con un suave clic.

De modo que ya estaba ocurriendo.

Había sido una ingenua al pensar que tenían más tiempo.

Volvió a dejar el teléfono sobre la mesa y se volvió hacia su marido, que seguía de pie junto a ella con la misma expresión confusa y ausente; a la espera, como siempre, de que ella le dijese qué hacer. Tuvo que contener las ganas de agarrarlo y zarandearlo.

—Ya vienen —le dijo—. La policía.

—¿Qué? —preguntó él—. ¿Cómo lo…?

—Tienes que marcharte. Ya.

—Ah —respondió él y, aunque solo fue una sílaba, algo en su manera de decirlo hizo que se le erizara el vello de la nuca.

Volvió a mirarlo, se fijó en su cara, en su postura, y sintió un torrente de repugnancia.

—Dios mío, estás colocado.

Él se estremeció y se apartó de ella.

—No me grites —se quejó, y entonces sí que lo agarró y lo zarandeó, con fuerza, clavándole las uñas en los hombros.

—Pensé que te habías deshecho de esa mierda. Te dije que te deshicieras de ella. ¡¿En qué estabas pensando?! Esta es la vez que más…

Se zafó de ella mirándola con los ojos desorbitados.

—¡Me estaba acojonando aquí metido! —exclamó—. ¿Qué iba a hacer? Has estado fuera durante horas y empezaba a…

—¡Claro que he estado fuera durante horas! —le gritó ella—. ¿Tienes idea de todo lo que he tenido que pasar hoy? ¿De todo lo que he tenido que hacer por ti? Lo único que tenías que hacer era estarte quieto el tiempo suficiente para que a mí… —se interrumpió y negó con la cabeza—. ¿Y dónde cojones has…? Bueno, da igual. No hay tiempo. Recoge tu mierda y lárgate. Ahora.

La miró con rabia y ella le devolvió la mirada, y entonces una certeza se le cruzó por la mente: «Ya hemos pasado por esto antes».

Dios, era cierto. Tantas veces. ¿Cómo habían podido llegar tan lejos solo para acabar así? La noche anterior había tomado una decisión horrible que cambiaría para siempre sus vidas, pero en realidad nada había cambiado en absoluto.

—Está bien —respondió él con el tono arisco de un niño petulante. Le dio un empujón para pasar junto a ella y desapareció por la puerta del dormitorio.

—¡Llévate la ropa que llevabas anoche! —le gritó ella.

—Todavía está manchada de sangre. —Parecía asustado, pero ella no podía preocuparse ahora por eso.

—Por eso no quiero que esté en casa cuando venga la policía. Todavía hay una maleta en el Mercedes; puedes ponerte lo que hay ahí si necesitas algo. Llévate el coche, sal de la ciudad, busca un lugar donde pasar la noche. No te vayas al Ritz. Algún lugar cutre. Paga en efectivo. Solo en efectivo. ¿Entendido? Y deshazte de esa mierda. Tampoco la quiero en el coche.

Se oyó la cisterna del retrete, un grifo abierto. Después reapareció, con el ceño fruncido, y murmuró:

—Sí, vale. ¿Y qué vas a hacer tú?

—Lo que hablamos. No es a mí a quien buscan. Me encargaré de ello y luego… luego nos iremos.

—¿Adónde?

—Al sur, por supuesto —respondió sin vacilar, y rezó para que él no captara la mentira en su voz.

Porque la verdad era que no lo sabía. No solo en qué dirección huir, sino que ya ni siquiera creía que hubiese un futuro para ellos más allá de esa puerta. Le había dicho que se haría cargo de todo, y lo había dicho en serio. En ese momento, tras el disparo, estaba segura de que habría una salida. Pero llegar a casa y encontrárselo así, encontrarse con la misma mierda que se había vuelto tan aburrida a lo largo de diez largos años, encontrarse con un hombre cuya mayor habilidad era la de crear problemas con los que ella tendría que cargar… Cualquier mujer se preguntaría a sí misma si quería seguir con más de lo mismo. Y luego estaba la cuestión de lo que él merecía. El matrimonio nunca había sido un cuento de hadas. Ella había cargado con demasiado peso durante demasiado tiempo. ¿Qué estaba haciendo allí? ¿Qué había hecho?

Pero no había vuelta atrás. Sus opciones eran finitas: renunciar a todo, entregarse, y a él también, y entonces sí que todo aquello no habría servido para nada.

O podía continuar.

«Para ti no ha terminado, Adrienne», pensó y, al contrario que la promesa de huir al sur con su marido, aquella declaración sí que le parecía verdad. Era el comienzo de una historia diferente, una historia que llevaba todo el día contándose a sí misma sin siquiera darse cuenta. La historia de una mujer que se levantó pensando en su futuro. Que evaluó la situación. Que empezó a hacer planes.

«Lizzie y Dwayne están muertos, pero nosotros estamos vivos».

«No quiero ser una de esas mujeres que se dejan arrollar por la vida».

«Me gustaría liquidar mis cuentas».

Observó mientras él llevaba a cabo su ritual previo a la partida: se palpó los bolsillos para asegurarse de que llevaba la cartera y se volvió para echar un último vistazo a la casa y comprobar si se le olvidaba algo. Tenía los ojos brillantes y vidriosos. Todos sus movimientos le resultaban familiares, pero en aquel momento sintió que estaba viéndolos por primera vez. Observándolo como observaría a un perro abandonado que corriera por la calle hacia ella, tratando de discernir su propósito, decidir si tenía intención de morderla.

Por primera vez, se le ocurrió pensar que tal vez no lo conociera tan bien como imaginaba.

—Oye.

Él se volvió para mirarla.

—¿Hay algo que no me hayas contado? Sobre lo ocurrido. Entre tú y él. —Hizo una pausa—. O tú y… ella.

Oyó el tintineo de las llaves de su marido mientras se las pasaba de una mano a otra.

—Eso es ridículo —respondió él.

Acto seguido, se marchó.

CAPÍTULO 14

EL LAGO

La mujer que respondió al teléfono en casa de Ethan Richards parecía sin aliento, como si hubiera tenido que correr para descolgar el auricular.

«O como si la hubiesen pillado en mitad de un revolcón salvaje con su novio casado, asesino y buscado por la justicia», pensó Bird, una idea que le pareció ridícula nada más plantearla. Pero, si la noche anterior habían visto el vehículo de Richards en Copper Falls, y la esposa de Richards estaba en su casa de Boston ahora mismo, entonces...

«Entonces no tengo ni idea». Ni siquiera con una aventura amorosa en la ecuación era capaz de encontrar una explicación evidente. ¿Una situación al puro estilo Bonnie y Clyde, con un giro propio de *Uptown Girl*? ¿O acaso Ethan Richards también estaba involucrado de alguna forma y era miembro del triángulo más improbable del mundo?

Bird escuchó mientras la mujer se aclaraba la garganta.

—¿Diga? —preguntó de nuevo—. ¿Hay alguien ahí?

Entonces colgó. La única manera de descubrir la verdad era seguir la pista. Puso el coche en marcha, salió del aparcamiento de Strangler's y condujo de vuelta por donde había venido. Pasó frente a la tienda de carrocerías, la gasolinera, el supermercado, la calle principal, donde las casas bucólicas de ventanas iluminadas se alzaban como faros entre las propiedades grises y llenas de maleza donde no vivía nadie. Continuó por el pueblo hasta que llegó a su intersección central, donde había un único semáforo colgado sobre la calle a oscuras. La carretera del condado giraba allí a la izquierda, en dirección norte, hacia tierras salvajes. Bird giró a la derecha y condujo hacia el sur para salir del pueblo. En aquella dirección, a ciento veinte kilómetros, en Augusta, se hallaban el médico forense estatal y el cadáver de Lizzie Ouellette, al que había que realizarle la autopsia, pero Bird no se detendría allí. Marcó el número de Brady en la central a medida que las luces de Copper Falls desaparecían a su espalda.

El supervisor respondió al primer tono con un gruñido.

—Brady.

—Aquí Bird.

—Muy buenas, Bird —respondió Brady. El jefe tenía eso de bueno: aunque el caso fuese una mierda o aunque apenas tuvieses nada de lo que informar, siempre parecía encantado de saber de ti—. ¿Has terminado con los de la localidad? Te estarán esperando para empezar la autopsia.

—De hecho, por eso llamo —dijo Bird—. Tengo una pista. Nuestro tipo, Cleaves, podría tener una amante. Una de las huéspedes de la casa del lago.

—¿Tienes un nombre?

—No te lo vas a creer. ¿Conoces a Ethan Richards? El financiero que...

—Sé quién es —le interrumpió Brady.

—Bueno, pues es su esposa —le contó Bird, y fue recompensado con un silbido por parte de Brady.

—Interesante —dijo.

—Así es —convino Bird—. Y, según parece, la mujer estuvo anoche en Copper Falls.

—¿De verdad?

—Bueno, al menos su vehículo. El vehículo de ambos, más bien. Está registrado a nombre del marido. Mercedes GLE. No es algo que se vea por aquí todos los días, así que la gente lo recuerda.

—Bueno, ya es algo —contestó Brady con un suspiro—. ¿Y dónde está ahora el vehículo?

—El Mercedes no sé, pero la amante está en su casa de Boston. —Bird miró el salpicadero—. Tengo que parar a echar gasolina, pero debería estar allí en menos de cuatro horas.

—Mmm —dijo Brady y se quedó callado. Bird aguardó. Estaba acostumbrado a esas pausas; significaban que Brady estaba pensando. Al otro lado de la línea, el jefe se aclaró la garganta y preguntó—: ¿Crees que ella fue cómplice?

—Puede ser —respondió Bird, y se apresuró a añadir—: No lo sé, la verdad. Estoy dándole vueltas. Si no estaba en el ajo, es una casualidad muy extraña. A lo mejor se limitó a conducir el coche.

—¿Y una situación con rehenes? Él le dice que lo recoja, quizá no menciona que ha matado a su esposa…

—No creo —respondió Bird lentamente—. Ahora está en casa, ha respondido al teléfono y no parecía estar haciéndolo a punta de pistola. Pero tampoco sé si se fugaría con él. Rebajarse a estar con un tipo como él es una cosa, pero ¿comprometerse con él? ¿Ayudarle a matar a su mujer? Eso es otro nivel.

—La gente hace locuras por amor —le recordó Brady.

—O por dinero —repuso Bird, e hizo un gesto afirmativo con la cabeza ante sus propias palabras—. Sí. Si Cleaves está intentando huir, necesitará dinero en efectivo y no conoce a muchas personas que puedan conseguírselo. Si ahora está con ella, o si se dirige hacia allí…

—De acuerdo, llamaré al Departamento de Policía de Boston —dijo Brady al ver por donde iba—. Les diré que se pasen por ahí. Si Cleaves está allí, lo atraparán. Si no, pueden vigilar el lugar hasta que tú llegues.

—Y la autopsia…

—No te preocupes por eso —le interrumpió Brady—. Sigue tu pista. El tipo del pueblo, ¿cómo se llama? ¿Ryan? Puede enviar a alguien, o lo haremos nosotros. Voy a llamarle a él también.

—Gracias, Brady —dijo Bird.

—¿Eso es todo?

—Una cosa más —respondió tras pensarlo unos instantes—. Cuando hables con Ryan, hazme un favor: pregúntale por un tipo llamado Jake Cutter.

—¿Es la fuente que te ha dicho lo de la amante?

—Sí —respondió—. Un cabrón inquieto. Me gustaría saber quién es, dentro del pueblo, ya me entiendes. Y me gustaría saber si hay alguna razón por la que Ed, el dueño de Strangler's, quiere que lo detengan.

Brady se carcajeó.

—Te mantendré informado.

Bird colgó el teléfono y lo tiró sobre el asiento del copiloto. Después pisó el acelerador. Fuera, la luz de los faros iluminó dos puntos cobrizos junto a la carretera, los ojos de un ciervo al levantar la cabeza para verlo pasar. Bird encendió las luces estroboscópicas del techo del coche patrulla, aunque no había tráfico en la carretera. Mejor para él y para Bambi que la fauna salvaje le viera acercarse.

La salida hacia Augusta apareció una hora más tarde, letras blancas y reflectantes sobre el verde oscuro del letrero interestatal. Bird la pasó de largo a ciento treinta kilómetros por hora y pensó por un instante en el cadáver de Lizzie y en el impaciente médico forense, que tendría que esperar un poco más antes de ponerse a trabajar con el escalpelo. Pocos kilómetros más adelante había un área de servicio, se detuvo en la zona de la gasolinera y dejó que la manguera llenara el depósito del coche mientras sacaba su teléfono. Antes de presentarse en su puerta, debería conocer un poco mejor a la mujer a la que iba a ver. Probablemente Adrienne fuese más conocida por ser la esposa de uno de los hombres más despreciados de Estados Unidos, pero también despertaba cierto interés por sí misma. Había conocido a Ethan Richards cuando trabajaba como becaria en Wall Street, después se casó con él nada más terminar la universidad; fue una aventura relámpago y una sorpresa desagradable para la primera mujer de Richards, que se quedó en la estacada. Habían sido una serie de movimientos bastante estratégicos para una chica de apenas veinte años; aquello hacía que resultase mucho más difícil de creer que Adrienne no hubiera estado al corriente de lo que andaba haciendo su marido. Bird fue bajando por su página de Wikipedia —al parecer, se había presentado a uno de esos *reality shows* de *Mujeres ricas* antes de que estallara el escándalo financiero—, y después pasó a su cuenta de Instagram. Había una nueva foto en la parte de arriba, publicada aquel mismo día: Adrienne con los ojos muy abiertos y su pelo rosado junto a un *pumpkin spice latte*. Bird miró los *hashtags* y frunció el ceño.

—Pelo de otoño —murmuró—. Santo Dios. —Aunque era un poco arrogante por su parte, resultaba gratificante comprobar que los comentarios de la fotografía estaban de acuerdo con él: Adrienne Richards era una gilipollas.

La melena ridícula, el café con leche, los *hashtags* absurdos; si estaba intentando lograr que la gente la odiase, iba por el buen camino. Siguió bajando por el perfil, viendo fotos de manicuras, de zapatos caros, de Adrienne con un vestido de noche en una gala benéfica para un político que ahora estaba a punto de ir a la cárcel por fraude. La cara de Adrienne aparecía por todas partes, bien de cerca, con sus enormes ojos azules enmarcados por una hilera de pestañas increíblemente gruesas y probablemente falsas. Todo le resultaba familiar de un modo genérico y femenino, pero al final llegó a una imagen que reconoció con certeza: el lago, visto desde el porche de la cabaña de Lizzie Ouellette, con las uñas rosas de los dedos de los pies de Adrienne en primer plano. #LATERGRAM DESDE XANADU, decía el pie de foto. Bird tardó un minuto en darse cuenta: si no había cobertura en el lago Copperbrook, Adrienne Richards solo podría haber documentado sus vacaciones después de haber estado allí. Como una persona normal. Lo que sin duda la volvería loca, pensó entre risas.

Pero tuvo la certeza absoluta cuando llegó a la siguiente foto.

Era una imagen de Adrienne de espaldas a la cámara, con el pelo sobre los hombros, a contraluz con la puesta de sol al fondo. Tenía poca luz y estaba algo desenfocada; a no ser que supieras dónde mirar, ni siquiera advertirías que tenía una de las manos apoyada sobre una larga barandilla de madera, la barandilla que rodeaba el porche de una casa en la que él había estado esa misma mañana. Pero la foto en sí ya la había visto antes; estaba guardada en un álbum de fotos de Lizzie Ouellette titulado *Sueños*.

Siguió bajando y encontró otras fotos como esa. La mano extendida de Adrienne con las uñas pintadas de rojo cereza. Los pies de Adrienne enfundados en unas botas de cuero que tenían pinta de caras. El martini de Adrienne en una copa de cristal con gotas de condensación sobre una barra de madera oscura. En el mundo de Lizzie Ouellette, aquello era lo que se consideraba una fantasía ambiciosa: la imagen de otra mujer en el porche de la casa de la que ella era dueña.

Y durante todo ese tiempo que Lizzie había pasado idolatrando a Adrienne, guardando fotografías de sus uñas como si representaran una vida que nunca podría tener, Adrienne había estado ocultándole que le chupaba la polla a su marido.

Bird se equivocaba. Los sueños de Lizzie no eran banales. Eran jodidamente trágicos. Eran lo más triste que había visto jamás.

Sus pensamientos se vieron interrumpidos por la vibración del teléfono en su mano. Se lo llevó a la oreja y tocó la pantalla para responder.

—Aquí Bird —dijo.

Brady no se anduvo con rodeos.

—La Policía de Boston dice que la mujer está en casa, evidentemente sola, tomando una copa de vino y sin dar señales de angustia —le dijo.

«Una copa de vino», pensó Bird con amargura. Después de lo que acababa de ver, le parecía casi obscena la idea de que Adrienne Richards estuviese sentada tranquilamente con una copa en la mano mientras Lizzie Ouellette estaba a punto de ser diseccionada.

—¿Y han sabido todo eso sin llamar a la puerta? —preguntó.

—Según parece, hay un enorme ventanal que da a la calle, en la segunda planta, y se ve todo lo que hay dentro. Está allí sentada. —Brady hizo una pausa—. Yo tenía un gato al que le gustaba hacer eso.

—Genial —dijo Bird.

—Han dejado a uno de sus hombres vigilando hasta que llegues. Si Cleaves llega primero, estarán preparados. Les he dicho que va armado y es peligroso, pero solo ha desaparecido la escopeta, ¿verdad? Ninguna otra arma.

—No que sepamos.

—De acuerdo. Bien. Un arma así de grande será fácil de identificar, si es tan tonto como para ir por ahí con ella. Y eso otro que me dijiste, lo del tal Cutter, pues tenías razón. Es bastante conocido. Trafica con heroína.

—Vaya —comentó Bird.

—No puede sorprenderte —repuso Brady.

Tenía razón: la heroína estaba en auge en las pequeñas comunidades de Nueva Inglaterra, abriéndose camino en localidades desde Cape Cod hasta Bar Harbor y más allá. Una jugada frenética por parte de los cárteles, que habían inundado la región con producto barato en un intento por recuperar sus pérdidas frente al avance lento e imparable del cannabis legalizado. Bird se preguntó si ese sería el motivo por el que la gente con la que había hablado aquel día no se había mostrado más impactada por la trágica muerte de Lizzie Ouellette a los veintiocho años. Dejando a un lado la violencia, morir joven en Copper Falls no era tan poco habitual.

—No me sorprende. Es que no ha surgido —dijo Bird, y al instante pensó: «Eso no es cierto». Estaba la vehemente negativa de Deborah Cleaves, «Mi hijo no consume drogas», y después la pregunta posterior; en su momento le había parecido solo un comentario rabioso, pero ahora...—. Espera, olvida eso. La madre de Cleaves me sugirió que Lizzie Ouellette podría consumir drogas —añadió—. Pensé que estaba siendo sarcástica, pero a lo mejor no.

—Bueno, pronto lo sabremos —comentó Brady alegremente—. Si tenía algo en la sangre, el médico forense lo encontrará. Volveremos a hablar después de que hables con la amante.

—Por supuesto.

Bird colgó el teléfono, que acto seguido volvió a vibrar en su mano. Miró la pantalla y reconoció un prefijo móvil. No era de la central. Tocó la pantalla y activó el altavoz.

—Aquí Bird.

Procedente del otro extremo de la línea, respondió una voz profunda de hombre.

—¿Detective Bird? Soy Jonathan Hurley.

Aquel nombre le resultaba familiar. ¿Un antiguo profesor?

Volvió a oír la voz de Hurley, que respondió por él a la pregunta.

—Soy veterinario. Lizzie Ouellette era empleada mía a media jornada.

«Eso es», pensó Bird. Earl le había dicho que Lizzie trabajaba como ayudante veterinaria en la clínica de Hurley, un trabajo que se le daba bien, según su padre. «Le pegaba», había dicho exactamente. Earl no entendía por qué lo había dejado. Bird salió del coche y se llevó el teléfono a la oreja mientras volvía a colocar la boca de la manguera en el surtidor y tapaba el agujero del depósito. Deseaba ponerse en carretera cuanto antes y pensó en decirle a Hurley que le llamaría más tarde, pero la policía de Boston ya tenía la casa vigilada. Podría dedicar unos minutos a averiguar algo.

—Lo siento —estaba diciendo Hurley—. Iba hacia Skowhegan con un caballo enfermo y no descubrí lo ocurrido hasta…

—No pasa nada —le tranquilizó Bird—. Así que Lizzie Ouellette trabajó para usted. ¿Durante cuánto tiempo?

Bird oía la respiración del veterinario: rápida, incómoda, como si caminase de un lado a otro.

—Dos años. Fue hace ya un tiempo. Creo que han pasado dos o tres años desde que prescindí de ella.

Bird parpadeó con sorpresa. De modo que Earl lo había malinterpretado.

—¿La despidió?

—Escuche —dijo Hurley con cierto agobio—. Lo pasé muy mal. No quiero causarle problemas a su familia. Siempre me cayó bien Lizzie.

—Vamos por partes. ¿La contrató como ayudante? Pensé que para eso se necesitaba formación.

—Tendría que revisar mis informes, pero creo que había recibido un par de clases en Formación Profesional —dijo Hurley—. Para un puesto de ayudante, que era lo que yo necesitaba, con eso bastaba. Solo echaba unas horas en el hospital veterinario algunos días por semana. Mi negocio principal son los animales grandes; ya sabe, caballos y vacas.

—¿Dónde estaba el hospital veterinario?

—En Dexter —repuso Hurley y Bird recordó las palabras de Cutter.

«Está más hacia el este». ¿Estaría mintiendo? ¿Acaso sí que conocía a Lizzie?

—¿Conoce a un tipo llamado Cutter? Jake Cutter.

—No —respondió Hurley. Parecía confuso y la sílaba le salió con tono interrogativo.

—Da lo mismo —le dijo Bird—. Así que Lizzie era su ayudante.

—Correcto. Sí. Como le iba diciendo, me caía bien. Era lista, aprendía rápido y se le daban bien los animales. Hay gente que viene pensando: «Ay, me encantan los animales, puedo hacer este trabajo», pero luego te llega un perro atropellado por una moto de nieve y… —Suspiró—. No es fácil. Tienes que saber mantener la compostura. Hace falta determinación. A Lizzie se le daba bien. No le asustaba ver sangre.

—De acuerdo —dijo Bird—. Recuérdeme entonces por qué la despidió.

Hurley dejó escapar el aliento contra el auricular.

—La verdad es que no me dejó otra opción. Sentí perderla. Por eso, al enterarme de lo sucedido, pensé que debería llamar.

—Claro, le escucho. Cuénteme.

—Fue una situación desagradable. En resumen, desapareció una medicación. —El veterinario parecía perplejo y Bird se fijó en su elección de la palabra: «desapareció», como si las pastillas hubieran salido andando solas.

—¿Desapareció o fue robada? —preguntó con cautela.

—Todavía no le encuentro sentido —le aseguró Hurley—. Cuando trabajas aquí, ves muchas cosas así. Llegas a conocer a la gente, sabes distinguir quién tiene un problema. Lizzie nunca me pareció de esas. Pero solo los empleados sabían dónde guardábamos la medicación y, quien fuera que se la llevó, tenía la llave. Yo no había sido, evidentemente, así que...

—Por eliminación —concluyó Bird—. De acuerdo. ¿Y qué medicación era?

Hurley modificó el tono de voz; hablar de trabajo le resultaba más cómodo que llamar ladrona a una mujer muerta.

—Tramadol. Es un opiáceo, un analgésico. Se lo damos sobre todo a los perros, pero también sirve para las personas.

—Tramadol. Entendido. ¿Y qué ocurrió?

—Fue algo muy extraño —le dijo, otra vez con tono de arrepentimiento—. Cuando le saqué el tema, se cerró en banda. Ni siquiera lo negó, se limitó a quedarse callada. Sin más. Yo lo intenté de verdad, detective. Le dije que olvidaríamos el asunto si devolvía la medicación. Y lo decía en serio. Lo último que quería era despedirla. —Hizo una pausa y tomó aire entre dientes—. No me lo discutió. Se quitó la bata, me la devolvió y se marchó.

—¿Le dijo algo? —preguntó Bird.

—Sí —respondió Hurley—. Nunca se me olvidará. Me miró a los ojos y dijo: «Me encantaba esto. Debería haber sabido que no podía durar».

CAPÍTULO 15

LIZZIE

Ya casi hemos llegado al final. La gran explosión y todo lo de después. Sangre en la pared y en la alfombra; un cuerpo debajo de una colcha; policías que recogen dientes destrozados y trozos de hueso con unas pinzas y los meten en un cubo donde se lee OUELLETTE, ELIZABETH. Me pregunto qué harán con los trozos, si los tirarán por algún desagüe o si los enterrarán junto al resto. Me pregunto qué pondrán en mi lápida, si acaso tengo una. Siempre es otra persona la que decide cómo te recordarán. Es el nombre por el que te llamaban lo que acaba en tu epitafio.

Hija. Esposa. Amante. Mentirosa. Bolsa de basura.

El único que estoy segura de que no utilizarán es «madre», porque nadie me llamó nunca así. Él nunca llegó a tener la oportunidad.

Mi bebé.

Mi niñito perfecto. Fue una cosa muy extraña, lo de verlo. Me lo entregaron después, envuelto en una manta, y una nunca habría imaginado que aún no estaba acabado. Tenía los ojos cerrados, la boca abierta, los puños diminutos ligeramente apretados, como si quisiera pelear. No tenía nada de malo, salvo que no respiraba.

Dwayne y yo nunca hablamos del bebé. Éramos unos críos idiotas, desbordados, tratando de abrirnos camino en una vida para la que ninguno de los dos estaba preparado. Ni siquiera supimos tomar la decisión de ponerle un nombre. Le dije a Dwayne que quería esperar para ver qué aspecto tenía cuando saliera. Un James, o un Hunter, o un Brayden. Estaba segura de que lo sabría de inmediato, en cuanto lo viera, en cuanto lo mirase a los ojos. Estaba deseando conocerlo cuando todavía estaba vivo dentro de mí. Pero entonces nació, y murió, y yo todavía estaba medio dormida por la anestesia cuando le preguntaron a Dwayne qué poner en el certificado de defunción. No sé por qué lo dijo —un súbito sentimiento de responsabilidad paterna, o quizá es que estaba confuso—, pero el nombre que Dwayne murmuró no era ninguno de los que habíamos hablado. Era el suyo propio. Dwayne Cleaves: eso es lo que pone en la tumba del bebé, en la lápida más pequeña del cementerio junto a la iglesia de la colina. Como si solo hubiera pertenecido a uno de nosotros. Como si la pérdida fuese de Dwayne en vez de nuestra. En vez de mía.

Tampoco hablamos nunca de aquello.

No había nada que decir. Y, conforme pasaron los años, no quedó nada por lo que recordarlo. Ni siquiera un nombre propio. Con un Dwayne Cleaves caminando con vida por el pueblo, la gente parecía olvidarse del otro, del que nunca habían conocido, de ese que algunos seguían intentando fingir que no había existido nunca.

Pero es posible que ahora alguien se acuerde de mi bebé. Ahora que resulta conveniente. Alguna zorra vieja y arrogante de esa iglesia de la colina podría pronunciarlo, soltar algún tópico estúpido mientras echan tierra en el agujero, decir que por fin los dos estamos juntos en el cielo.

Si lo hace, espero que las palabras se le atraganten. Espero que se ahogue con ellas hasta ponerse gris, como lo estaba él cuando me lo pusieron en brazos.

En cualquier caso es una maldita mentira. El bebé no tenía culpa de nada. Nunca hizo una sola cosa mal, porque nunca hizo una sola cosa, punto. Allá donde fuera, y espero que sea algún lugar bonito, no hay sitio para gente como yo.

* * *

Debería haber sido mi último año en Copper Falls. Como año, no estuvo mal. Mi padre había ganado un contrato para procesar la chatarra de un proyecto estatal de demolición a las afueras del pueblo, además de un trabajo secundario desangrando y despellejando ciervos para algunos de los cazadores locales, tarea que me traspasó a mí, de manera que de pronto teníamos mucho más dinero del que habíamos tenido antes. Aquel año no tomamos estofado de muslos de pollo, salvo quizá una o dos veces por elección; he de decir que había llegado a gustarme. Además, la casa del lago estaba completamente reformada, aunque mi padre era fiel a su palabra y solo se la alquilaba a gente de la zona; decía que no importaba el hecho de que, para entonces, Teddy Reardon estuviera a dos metros bajo tierra. Una promesa era una promesa.

Y luego estaba yo: diecisiete años, por fin en el lado bueno de esa línea incómoda y desgarbada que separa a las niñas pequeñas de las mujeres jóvenes. Ya había elaborado un plan para después de graduarme: primero, Formación Profesional para poder ser ayudante de veterinaria. Esa fue la parte que le conté a los pocos que me preguntaron, pero había más. Mi ambición secreta, la parte que no le conté a nadie porque no quería ver cómo se reían cuando se lo contara. En cuanto tuviera el certificado, me iría para siempre, a una ciudad donde pudiera trabajar a media jornada y pagarme la escuela de veterinaria. Tardaría un tiempo, pero eso no me importaba. Después de diecisiete años en Copper Falls, la idea de estar en otra parte me parecía emocionante. No es que las cosas me fueran mal; durante un tiempo, de hecho, tuve una vida tolerable. Los chavales que se habían metido conmigo cuando era pequeña ya no lo hacían, aunque solo fuera porque ya se había vuelto algo aburrido, para todos. Nos conocíamos todos desde hacía demasiado tiempo. Meterse conmigo ya no les resultaba satisfactorio; se habían quedado sin pullas que lanzarme y yo me había quedado sin respuestas. Lo único que quedaba era un desprecio tibio y rancio por el que no merecía la pena esforzarse. Nos dejábamos en paz mutuamente. Cuando me cruzaba con ellos por la calle o en los pasillos del instituto, sus miradas pasaban de largo, como si fuera una ventana tapiada, un picaporte, una mancha extraña en la acera. Parte del decorado.

Por eso fue tan increíble cuando Dwayne se fijó en mí. Me escogió. Crecer junto a alguien es algo curioso, porque hay cosas que cambian y otras que siguen igual. Era el mismo chico que había matado a Harapos tantos años atrás y al mismo tiempo no era el mismo, aquel que, hundiendo un dedo del pie en la tierra de la chatarrería, me dijo que lo sentía. Para entonces había crecido mucho, tenía los hombros anchos, una densa mata de pelo castaño y una mandíbula marcada que empezaba a dejar atrás la redondez infantil de su rostro. Tenía los dientes un poco separados y se le notaba cuando sonreía, cosa que hacía con frecuencia; no tenía motivo para no hacerlo. Era engreído como lo son los adolescentes guapos, tan convencido de que la gente le amaría o le perdonaría, en función de lo que hubiera hecho. Apenas se había dirigido a mí desde aquel día en la chatarrería, pero a veces le pillaba mirándome y al final se me ocurrió que compartíamos un secreto. Algo especial. Algo que él no tenía con ninguna otra persona. Estaba segura de que nunca le había contado a nadie lo que le había hecho a Harapos, y yo no tenía a nadie a quien contárselo si hubiera querido. Me preguntaba cuántas otras chicas habrían visto alguna vez esa faceta suya. Su mirada dirigida al suelo, su expresión de arrepentimiento. El escalofrío que le recorrió al oír la voz de su padre. Que yo supiera, era algo que mantenía oculto, incluso frente a sus mejores amigos. Quizá por eso me deseaba. De todas las chicas de Copper Falls, era yo la que conocía y guardaba su peor secreto.

Era la única que sabía cómo era Dwayne Cleaves cuando tenía miedo.

Era el final del primer año, las tardes por fin eran lo suficientemente cálidas para ponerse camiseta de manga corta y se palpaba la alegría en el ambiente, anticipando el verano. Dwayne era el lanzador titular del equipo de béisbol del instituto, y era tan bueno que la gente empezaba a fijarse en él. Se corrió la voz más deprisa cuando alguien utilizó la pistola radar del *sheriff* Ryan para medir la velocidad de su bola rápida: ciento cuarenta kilómetros por hora. Llegado el mes de junio, cuando empezaron las eliminatorias de la liga, había gente de pueblos cercanos que venía solo para verle jugar. En el último partido, vino un hombre solo, se sentó a un lado y, para cuando terminó la primera entrada, ya se rumoreaba que había venido desde el estado de Washington para fichar a Dwayne para los Mariners. Era mentira, por supuesto. En realidad era de la universidad estatal de Orono y lo mejor que pudo ofrecerle fue una beca deportiva, cosa nada desdeñable tampoco, pero la idea de que pudiera haber un jugador de primera división entre nosotros hizo que el aire se impregnara de magia. Todos lo percibían, incluido Dwayne. Y vaya si les dio un buen espectáculo. Yo también estaba allí; había ido todo el pueblo, calculo, de modo que, si hubiera llegado un desconocido a Copper Falls en ese momento, se habría encontrado las calles vacías, las puertas cerradas y habría pensado que el pueblo estaba abandonado. Desde las gradas le veíamos lanzar las pelotas. Un *strike* tras otro, una eliminación tras otra, hasta que ya ni se oían las voces del árbitro porque el sonido de la pelota al impactar contra el guante del receptor bastaba para que la multitud gritara enfervorecida. Pataleaban, gritaban y se volvían locos, y Dwayne aguantaba ahí, en el montículo, sonriente, lanzando las pelotas sobre el plato cuando los bateadores no conseguían golpear nada más que aire. En algún momento de la quinta entrada, se oía a la gente murmurándolo en voz baja, como un mantra: *no-hitter*.

Y entonces, al final de la séptima, Dwayne hizo un lanzamiento que no hizo *strike*, y un grandullón que bateaba con la izquierda golpeó la pelota, que salió disparada hacia la derecha. A todos les temblaron las rodillas, los vítores se quedaron atascados en las gargantas y fue entonces cuando ocurrió: Dwayne agachó los hombros, giró la cabeza y nuestras miradas se encontraron. Mientras todos los demás observaban la trayectoria de la pelota, nosotros nos mirábamos. Y, aunque el sol todavía estaba alto y el aire era cálido, sentí que un escalofrío me recorría la espalda.

Y entonces Carson Fletcher, el jugador de campo derecho que no había visto venir una pelota desde el calentamiento, salió corriendo hacia la parte trasera del campo, saltó por el aire y aterrizó al otro lado de la verja del campo de juego con la pelota bien segura en el guante. Y, si hubiera habido alguien en la calle principal de Copper Falls en ese momento, viendo como el sol se dirigía hacia el horizonte y preguntándose dónde diablos se había metido todo el mundo, los gritos procedentes del campo de béisbol le habrían dado la respuesta.

Dwayne sí que lanzó una pelota *no-hitter* aquella noche, y no volvió a mirarme. Cuando terminó el partido y se bajó del montículo, todo me pareció tan surrealista que pensé que debía de haberlo soñado: su manera de mirarme, aquella especie de descarga eléctrica que se había producido entre nosotros. Mientras todos los demás inundaban el campo para celebrarlo, yo regresé junto a mi bici y emprendí el camino de vuelta a casa. Ocho kilómetros llenos de polvo.

Me alcanzó en ese mismo tramo del camino, mientras ascendía sin aliento la pendiente, con la camiseta pegada a la espalda por el sudor. El mismo lugar donde, cinco años atrás, había dejado mi mochila tirada junto al camino y había salido huyendo de los chicos que me perseguían. Esta vez no salí corriendo. Me volví al oír los neumáticos que se acercaban por detrás. Me detuve cuando su camioneta se puso a mi altura, aminoró la velocidad y se paró. Dejé que me diera la mano y me fijé en su nuca, en su pelo apelmazado por el sudor por encima del cuello de la camiseta del equipo, mientras me conducía hacia el bosque. Lo último que vi antes de cerrar los ojos para besarlo fue ese mismo refugio de caza, con el tejado hundido, las paredes combadas y mohosas, invadido finalmente por la podredumbre.

Estuvimos viéndonos en el bosque hasta que empezó a hacer frío, y entonces lo hacíamos en un saco de dormir en la parte trasera de su camioneta; después en el asiento delantero, cuando llegó el invierno. Con los cristales empañados, nuestros cuerpos resbaladizos por el sudor, la saliva y el sexo, con la calefacción al máximo y la radio muy baja. Siempre en lugares desiertos. Nadie nos vio nunca juntos, nadie lo sabía. Era otra cosa que compartíamos; un secreto, solo para nosotros. Al menos eso era lo que me decía a mí misma. Incluso en la noche más fría del año, me dejaba al final del camino en vez de llevarme hasta mi puerta. Yo estaba tan embriagada por aquella sensación, por sentirme deseada, que tardé mucho tiempo en darme cuenta de que Dwayne no lo veía del mismo modo. Que lo que para mí era un romance secreto y excitante para él era una vergüenza «de la que nadie puede enterarse jamás». Que para él yo era algo bochornoso que debía mantenerse oculto. La chica de la chatarrería. Un secreto muy sucio.

Hasta que dejé de serlo. Hasta que hice que nuestro pequeño secreto fuese demasiado grande para ocultarlo. En realidad no mentí. Le dije que estaba tomando la píldora y era verdad, conducía hasta la clínica del condado de al lado y escondía las cajas en el cajón de los calcetines. Me las tomaba siguiendo las indicaciones.

Y entonces dejé de hacerlo. No sé por qué. Resulta muy fácil dejar de hacer algo y no contárselo a nadie. No es que no supiera lo que podía ocurrir. Había acudido a las clases de educación sexual como cualquiera; sabía muy bien cómo funcionaba. Lo sabía. Lo que pasa es que, cuando deseas algo, lo que sepas o no sepas se vuelve irrelevante. Y sí que lo deseaba. No el bebé, sino el reconocimiento. Después de todas esas noches caminando sola a casa en la oscuridad, todavía con el escozor entre las piernas, la nariz roja y goteando como un grifo por el aire gélido, solo deseaba que Dwayne tuviese que plantarse en pleno día y decir: «Sí, estoy con ella». Yo sabía que le gustaba. Quería que lo hiciera donde los demás pudieran verlo.

Pensaba que era porque lo amaba. Pero no era solo eso. Era la idea que tenía de él. En algún momento, empecé a fingir de nuevo. Empecé a contarme historias en esos trayectos de vuelta hacia la caravana, todas ellas con el final de cuento de hadas más estúpido y pasteloso que te puedas imaginar. Porque, si yo era la chica de Dwayne, tendrían que verme. Tendrían que admitir que no era basura, que estaban equivocados y que habían hecho mal en juzgarme. Yo era el secreto culpable de Dwayne, pero he aquí el mío: cuando te has sentido rechazada toda tu vida, lo que más deseas en el mundo no es escapar. Es que te dejen entrar. Que todos te den la bienvenida a su club especial, donde hay un asiento reservado para ti. ¿Soñaba con tener un final feliz? ¿Con que formásemos una vida juntos y tuviésemos una casita con cortinas de encaje y yo fuese la esposa perfecta con un bebé que se despide de su marido con un beso cuando este se va a trabajar? ¿Que si me imaginaba yendo con él a una barbacoa en pleno agosto, donde los compañeros de clase me abrazarían, le darían palmaditas en la espalda a Dwayne y le dirían «Bien hecho, campeón» mientras se les caía la baba con el bebé?

Por supuesto que sí.

Porque soy una jodida idiota.

Lo que pasó en realidad fue esto: le dije a Dwayne que estaba embarazada, vi que se quedaba totalmente pálido y me di cuenta de que había cometido un terrible error. Aquella fantasía, la neblinosa tarde de verano y un bebé con su camisetita de botones se hicieron pedazos en un abrir y cerrar de ojos. Y, para cuando llegué a casa, la noticia había corrido más que yo y mi padre estaba esperándome con una mirada que jamás olvidaré.

Aquella noche nos dijimos muchas cosas. Hay algunas en las que todavía no soporto pensar. Yo había sido muchas cosas para mi padre a lo largo de los años: una ayuda, una sorpresa, una responsabilidad. Aquella, en cambio, era la primera vez que me convertía en una decepción. Habría dado cualquier cosa por borrar el dolor de su voz, solo que borrarlo habría sido incluso peor. Cuando pronuncié la palabra «aborto», extendió ambas manos y me rodeó el rostro con ellas.

144

—Mi pequeña Lizzie —dijo—. Desde que naciste, no ha habido nada que no haría por ti. ¿Me oyes? Habría matado por ti. Habría dado mi propia vida. Pero esto… —Dejó la frase inconclusa, apretó los labios y se recompuso—. Esto no puedo tolerarlo. Se trata de una vida inocente. Así que tú decides, hija. No te detendré. Incluso aunque pudiera, no lo haría, porque es tu cuerpo el que lleva un bebé dentro, y tienes ese derecho. Pero está mal, Lizzie. Eso sí lo sé.

A veces me pregunto si habría llegado a hacerlo. Incluso con las duras palabras de mi padre en la conciencia, es posible que hubiera tomado esa decisión. Pero no llegué a hacerlo, porque en casa de Dwayne estaban discutiendo sobre esa misma noticia y el predicador estaba haciendo lo que solía hacer. Y al final fue casi como si estuviera predestinado. Como si estuviéramos recorriendo un camino establecido para nosotros años antes, orquestado por un maestro titiritero con predilección por los dramones y sin ningún sentido del humor. Estábamos a principios de primavera, no en verano, y ya no éramos unos niños, pero el resto fue más o menos igual: el coche del predicador aparcó frente a nuestra casa, aunque esta vez era Dwayne quien conducía. Se bajó del vehículo, hundió el dedo del pie en la tierra y pronunció las palabras que le había dicho su padre que dijera.

—Quiero hacer lo correcto.

Lo miré con los brazos cruzados sobre el pecho en actitud protectora. Todavía tardaría en empezar a notárseme el embarazo.

—¿Ah, sí? —le pregunté.

El chico, mi chico, levantó los ojos y me sostuvo la mirada.

—Sí —confirmó, y luego, en voz tan baja que tuve que esforzarme por oírlo, añadió—: Quiero casarme contigo.

Quizá lo decía en serio. No lo sé. Quizá Dwayne tuviese sus propios sueños secretos sobre barbacoas y bebés, o quizá es que no quería recorrer el camino que le habían asignado. En Copper Falls era nuestro héroe local, el chico perfecto que lanzó una pelota *no-hitter* y estaba destinado a tener un futuro glorioso. En la universidad estatal habría sido un pez diminuto en un estanque gigante, ni siquiera llegaría a ser lanzador titular pese a la beca deportiva. Quizá le daba miedo lo que pudiera suponer aquello, la idea de no ser especial. Pero, en opinión del pueblo, Dwayne había arruinado su vida y yo era la bruja maquiavélica que había echado a perder su futuro con un giro de mis endemoniados ovarios.

—Tenía toda la vida por delante —decían.

Lo decían de verdad. En nuestra boda. Imagina oír eso de camino al altar, a la gente hablar del hombre con el que te vas a casar como si hubiese sido víctima de un cáncer en la flor de la vida. Para entonces ya estaba de cuatro meses y apenas se me notaba con el vestido amarillo, lo que hizo que fuera aún peor cuando lo perdí. Sé que todavía hay gente en el pueblo que piensa que me lo inventé todo, que nunca llegué a estar embarazada.

Pero sí lo estuve. Llegué hasta el mes de noviembre. Hacía un tiempo húmedo y frío, más frío de lo habitual, y para entonces tenía la barriga tan grande que perdía el equilibrio. Salí por la puerta aquella mañana y vi el vaho de mi aliento, pero no el hielo. Caí con fuerza y después me dijeron que aquel fue el principio, el momento en que la placenta se soltó, el momento en que mi bebé empezó a morir. Pero yo no lo sabía. No sabía nada. Me volví a levantar, dolorida, pero sin sangre, y pensé que todo iba bien. Había pasado una semana cuando la enfermera de la clínica fue a buscar los latidos y encontró solo silencio. Me drogaron para pasar el resto del proceso. Agradecí no estar despierta en esa parte y me sentí culpable por haberlo agradecido tanto.

Y ya está. Mi triste historia. Pasaron más cosas después de aquello, por supuesto, pero solo era más de lo mismo. Diez años más en Copper Falls. Diez años que resultaron ser el resto de mi vida. Y, si te estás preguntando por qué me quedé, entonces es que no sabes lo que es: tener dieciocho años, una hipoteca y un marido, y unos pechos doloridos que no dejan de gotear leche para un bebé que no está ahí. Nunca has construido una vida para albergar una familia y has acabado atrapado dentro de una jaula para dos. No es lo que imaginabas, pero es lo que conoces. Estás a salvo. Podrías quedarte a vivir ahí. La verdad es que Dwayne y yo ni siquiera hablamos nunca de la posibilidad de separarnos, igual que tampoco hablamos del bebé cuando murió. Éramos como dos personas ahogándose, solas en mitad del océano, aferrándonos al mismo trozo de madera. Claro, siempre puedes soltarte y hundirte hasta el fondo. Pero, si él no se suelta, ¿vas a ser tú la primera?

Y a lo mejor no quería soltarme. A lo mejor todavía lo amaba. Por entonces incluso me imaginé que quizá Dwayne hubiese deseado el primer embarazo lo suficiente como para querer volver a intentarlo. Todos pensaban que le había tendido una trampa, pero había muchas cosas de nuestra vida, de mí, que a Dwayne le gustaban; que a cualquier hombre le habrían gustado. Al tener la infancia que tuve, había aprendido a sacar provecho a las cosas que no eran suficientes. Sabía bien cómo estirar un dólar. Sabía cazar y despellejar un ciervo. Sabía hacer que una casa llena de mierda barata de segunda mano tuviese mejor aspecto. Sabía cuidar de un hombre que no podía cuidar de sí mismo. Cuando Dwayne tuvo el accidente, fui yo quien convenció a los médicos para que no le amputaran todo el pie. Cuando llegó el dinero de la indemnización, fui yo quien negoció un buen trato por el negocio de Doug Bwart. Cuando se acabó la oxicodona y mi marido estaba retorciéndose en la cama, sudando y gritando, con muñones donde deberían haber estado los dedos, encontré la manera de aliviarle el dolor, incluso aunque eso supusiera perder lo mejor que tenía, y aun a sabiendas de que me esperaban un montón de desdichas. Había prometido amar, honrar y proteger. Y, como decía mi padre, una promesa es una promesa.

Y así fue. Así pasaron diez años. Y no fue tan patético como quizá estés pensando. Pese a todo, encontré maneras de ser feliz. Al final llegué a hacer la Formación Profesional, al menos algunas clases, si bien no conseguí el certificado que quería. Pero logré el puesto de ayudante veterinaria, mientras duró. Tenía la casa del lago, con todo su potencial. Y, al contrario que mi padre, yo no le guardaba lealtad a Teddy Reardon ni a las tradiciones pueblerinas de Copper Falls, ni a esas personas que seguían llamándome «puta» y «basura» a mis espaldas, y a veces cuando se cruzaban conmigo por la calle. Ser la chica retorcida de la chatarrería significaba que no tenía nada que perder si incumplía las normas; y hasta Dwayne dejó de quejarse por que alquilara la casa a forasteros cuando vio la cantidad de dinero que nos reportaba.

Tenía una vida. Quiero que lo entiendas. Quizá no fuera gran cosa, pero era mía. De haber podido elegir, habría seguido viviéndola.

CAPÍTULO 16

LA CIUDAD

Adrienne no era una gran cocinera y la despensa estaba casi vacía, salvo por las especias, la pasta y algunas latas de sopa. Pero la balda de los vinos, esa sí que estaba bien surtida. Sacó una botella al azar, sin apenas fijarse en la etiqueta, y anduvo revolviendo dos cajones en busca del sacacorchos hasta darse cuenta de que la botella era de las que vienen con rosca, no con corcho. Quizá aquello fuese otra muestra más de lo bajo que habían caído. En la cúspide de su fama y del éxito de Ethan, Adrienne había sido fotografiada por *paparazzi* en Ibiza, con un bikini rojo y bebiendo ginebra helada en la cubierta de un yate propiedad de un actor ganador del Óscar. Distaba mucho de aquel momento, la zorra privilegiada sola en su casa, bebiendo un shiraz de rosca a la espera de la llegada de la policía, mientras su hombre se escondía en un motel cutre a las afueras de la ciudad. Sus *haters* estarían encantados si pudieran verla en aquel momento, y casi le dieron ganas de que la vieran. Sería perversamente divertido echar por tierra con un solo vídeo la marca que con tanto esmero había construido: sin un tiro de cámara adecuado, sin filtro, solo diez segundos bebiendo vino directamente de la botella y luego eructando a cámara al final. Quizá, para ir sobre seguro, lo grabara sentada en el retrete. «¿Qué decís ahora, zorras?».

Pero entonces todo el mundo sabría que pasaba algo.

En vez de eso, alcanzó una copa.

El vino era más violáceo que rojizo. Respiró profundamente al llevarse la copa a los labios. Captó un aroma breve e intenso a frutos de bosque, moras bien gordas en su morera, tan maduras y suaves bajo el sol de finales de verano que te pintaban los dedos con su zumo solo con tocarlas. Luego sintió el vino en le lengua, y en la tripa. El sabor no le resultaba familiar, no se parecía en nada a las moras, pero se sintió como en casa al notar que la tensión de las sienes se disolvía con el primer trago. Terminó de llenar la copa y caminó hasta el ventanal, donde se sentó con la frente apoyada en el cristal. Tendría que comer algo y resistir la tentación de beberse la botella entera mientras lo hacía. No le iría bien estar borracha cuando apareciera la policía. Pero sí un punto intermedio, no muy torpe, pero desde luego tampoco sobria del todo; mientras daba otro trago, pensó que tal vez eso no fuera algo malo. Una zorra rica, sola un martes por la noche en su casa de diseño de millones de dólares, relajándose un poco, tal vez viendo algún *reality show* de mierda: cuanto más encajara en ese molesto estereotipo, menos probabilidades habría de que alguien viese más allá de la superficie y descubriese la horrible verdad que se escondía debajo. Sí, bebería.

Pero primero tenía que pensar. Contempló la fachada ensombrecida de la casa de enfrente. Una hiedra crecía en abundancia por una de las esquinas del edificio y se extendía por la fachada, con las vides como dedos oscuros que se agarraban al ladrillo, y las hojas negras y brillantes a la luz de la farola. Las ventanas eran rectángulos iluminados con luz tenue, con las cortinas echadas para evitar que alguien como ella pudiera ver el interior; o quizá para permitir a los vecinos mirar desde dentro sin ser vistos. Se estremeció entonces al darse cuenta de lo visible que sería en aquel momento, iluminada tras el cristal como un animal en un terrario. ¿Habría alguien observándola desde la casa de enfrente? ¿Era aquello un leve movimiento, un diminuto rayo de luz abriéndose entre las cortinas mientras una persona invisible se asomaba? Su marido había jurado y perjurado que se había mantenido escondido aquel día mientras ella estaba fuera, y lo creía —no quería que lo pillaran como tampoco lo quería ella—, pero tendría que recordarle que anduviera con cuidado, sobre todo de noche. Si pasaba demasiado cerca de la ventana cuando no debía, si dejaba una luz encendida sin darse cuenta, no había manera de saber quién podría estar acechando ahí fuera, atento a cualquier cosa. Incluso alguien que pasara caminando por la calle podría ver lo que había dentro. Desde luego la verían a ella, allí sentada junto al ventanal. Se preguntó qué aspecto tendría desde fuera. ¿Sería solo una forma, la silueta de una mujer con una copa en la mano? ¿Alguien que pasara caminando por abajo sería capaz de distinguir el movimiento de sus ojos, el giro de su boca?

Levantó la copa, dio otro trago y estuvo a punto de ahogarse al ver un coche doblar la esquina y empezar a recorrer la calle despacio. Un coche de la policía de Boston, azul y blanco, inconfundible incluso sin las luces encendidas. Se quedó quieta mientras pasaba por delante de la casa y suspiró aliviada al ver que seguía su camino calle abajo…, pero no lo hizo. Agarró el tallo de la copa con fuerza y notó que se le entrecortaba la respiración y el pulso se le aceleraba al ver que el vehículo daba la vuelta y retrocedía hasta la mitad de la calle, deteniéndose esta vez a un lado de la calle, frente a la casa pegada a la suya. Contuvo la necesidad de levantarse, de acercarse a otra ventana para ver mejor. Había pensado que tendría más tiempo, pero sin duda aquel era el momento: la puerta del coche se abriría, saldría el agente y, poco después, llamaría a su puerta. No había tiempo para pensar, para planificar; había llegado el momento de mentir.

El coche estaba aparcado bajo un árbol, envuelto en sombras. Logró distinguir la figura oscura de un hombre —o quizá una mujer alta— sentado al volante, pero nada más. Esperó un movimiento, el sonido de la puerta al abrirse, el brillo de la placa cuando saliera el agente. Pasaron treinta segundos. Un minuto. Entonces, un destello: de dentro del coche salió un brillo suave cuando el hombre allí sentado se sacó un teléfono del bolsillo.

Ella apretó los dientes. Quería que aquello acabara cuanto antes. ¿Iba a quedarse allí sentado observando? ¿A la espera? ¿De qué?

«Una orden de registro, tal vez», respondió una voz en su propia cabeza, y se le puso la piel de gallina. Era un pensamiento paranoide, el resultado de una conciencia culpable, pero ¿y si no era eso? ¿Y si ya tenían sospechas suficientes para rellenar el papeleo, para registrar la casa, y si ya tenían pruebas suficientes, las suficientes para demostrar lo que hiciera falta para que aprobaran la orden?

—Joder —susurró en voz alta.

Ya había echado un vistazo rápido a la casa, había hecho la cama, examinado las superficies, satisfecha al comprobar que no había rastros evidentes de la presencia reciente de su marido, pero, si la vivienda se veía inundada de policías, a saber qué podrían encontrar. Tendría que suponer lo peor y utilizar el poco tiempo que le quedara.

Se obligó a dar unos cuantos tragos más al vino; despacio, con pausas largas entre medias para mirar fotos de desconocidos en Instagram. Si el hombre del coche patrulla estaba observándola, vería a un ama de casa aburrida, pegada a su teléfono; tal vez incluso distinguiera el movimiento rápido del pulgar mientras bajaba por la pantalla, daba dos toques y seguía bajando. Los corazoncitos brotaban bajo la presión del pulgar, pero las imágenes aparecían borrosas. El vino no le sabía a nada en la lengua. Estaba concentrada en sí misma, con una sensación de urgencia y la certeza de que ahora todo dependería de ella. Estaba volviéndose una sensación familiar, ese potente cóctel emocional a base de miedo, regocijo y determinación. Ya sabía que haría cualquier cosa que tuviera que hacer. Daría los pasos necesarios para proteger lo que era suyo. Su marido. Su futuro. Su vida. Siempre había sido una mujer resuelta, pero las últimas veinticuatro horas habían conectado con algo más profundo, oscuro y feroz. Había otra mujer dentro de ella, una con nervios de acero y dientes afilados, que se había dejado ver en el momento crucial y había tomado el control. Astuta y despiadada, metódica y cautelosa, y dispuesta a hacer cualquier cosa —lo que hiciera falta— con tal de sobrevivir. Esa mujer era la que había sido su guía la noche anterior, susurrándole al oído mientras apretaba el gatillo.

Mientras empuñaba el cuchillo.

Mientras lanzaba el pedazo mutilado de carne y cartílago al triturador de basuras y pulsaba el interruptor con el codo, para encenderlo y volver a apagarlo.

Después, fue la voz fría y astuta de su segunda personalidad quien le aconsejó que anduviera con cuidado, evitando la sangre, cuando salió corriendo al baño a vomitar.

Dejó de mover el pulgar sobre la pantalla del teléfono. El recuerdo de la noche anterior, de sus pies descalzos corriendo junto a las enormes gotas de sangre que salpicaban su camino desde el dormitorio hasta la cocina, se había difuminado; en su lugar aparecía ahora otro recuerdo más reciente y la sensación de que, en su interior, había enterrado un detalle importante. La luz de última hora de la mañana entrando por los ventanales, su marido al salir al pasillo con el pelo rapado y trozos de papel higiénico pegados a la cara recién afeitada. En ese instante lo entendió todo y recordó sus palabras.

«Me he cortado», eso era lo que había dicho. «Me va a estar sangrando todo el día».

Trocitos de papel higiénico ensangrentados en la papelera del cuarto de baño, los pelillos de la barba recién afeitada en el lavabo: eso era lo que había pasado por alto, lo que exigiría su atención inmediata. Empezaría entonces por el baño. Echaría al váter todo lo que pudiera y enterraría lo que no pudiera en la basura de la cocina, debajo de los posos de café molido de la mañana; otra imagen le vino a la cabeza: dos tazas de café usadas y puestas una junto a la otra en el fregadero. La suya podía quedarse, pero la de él habría que lavarla, secarla y guardarla. Cambiaría las sábanas con las que habían dormido la noche anterior, solo para asegurarse. Abrillantaría las superficies que él pudiera haber tocado. Borraría cualquier rastro visible de su presencia, del trabajo de aquel día, de los horrores de la noche anterior. Las únicas marcas que quedaran serían las de su memoria.

«Y en algunos lugares más», le dijo con suficiencia la voz de su cabeza, y por un momento se llevó los dedos al pecho sin darse cuenta. Apretó el puño con tanta fuerza que sintió las uñas que se le clavaban en la palma. Casi se había olvidado de esa parte, había intentado olvidarla, y le asombraba darse cuenta de que había estado a punto de lograrlo. La herida había sangrado, pero solo un poco. Ya ni siquiera le dolía. Pronto se habría curado. Quedaría una costra, después una cicatriz y, luego, con el tiempo, ni siquiera eso. Como si nunca hubiese ocurrido.

Si su cuerpo podía olvidar, tal vez ella también pudiera.

Al mirar la hora en el reloj se dio cuenta de que el dolor no era la única cosa que su cuerpo se había olvidado de sentir. Eran casi las ocho de la tarde y lo único que había comido desde la mañana era ese café con leche tan empalagoso; debería estar hambrienta. Volvió a golpear la pantalla del teléfono y abrió la aplicación de Grubhub para ver su historial de pedidos. La última entrega a domicilio había sido una semana antes, de un restaurante japonés llamado Yin's; la aplicación ya estaba preguntándole si deseaba volver a pedir lo mismo, así que pulsó el botón para repetir el pedido sin molestarse en investigar de qué se trataba. Algunas decisiones, al menos, eran fáciles. Y sí que debería comer, aunque solo fuera por ceñirse a algo parecido a una rutina. Sería una cosa menos sobre la que tener que mentir. «¿Hoy?», se imaginó diciendo, con los ojos muy abiertos por la confusión y la cabeza ladeada. De niña, Adrienne hablaba con un ligero acento sureño que aún sacaba a veces cuando de verdad quería hacerse la inocente. «¿Quién, yo? Fui a la peluquería, me reuní con nuestro asesor financiero, tomé un café, pedí comida a domicilio y vi la tele. Un día normal. Pues no, Ethan no está aquí. Sí, estoy sola; por supuesto, toda la noche. El repartidor me ha visto…, pregúntele a él. ¿Eso es todo, agente?».

Se llevó la copa a los labios y se terminó el resto del vino de un trago. Fuera, la calle estaba en silencio. En el edificio de enfrente, una ventana oculta tras una cortina se iluminó en el tercer piso. Sus vecinos estaban preparándose para irse a dormir. El coche de policía seguía en su lugar, con las luces apagadas y su ocupante a la espera. Tal vez fuese solo una coincidencia y no hubiese ido allí por ella. O tal vez estuviera esperando la orden de registro… o tal vez a un amigo. Por primera vez se le ocurrió pensar que Copper Falls podría enviar sus propios agentes de policía a investigar el asesinato, algo que le provocó un terror súbito. ¿Podría mirar a la cara a unos hombres que conocían a Lizzie Ouellette y a Dwayne Cleaves, que habían crecido con ellos, y mentirles para que la creyeran?

Fue la voz de su superviviente interior la que respondió: «Sí, puedes. Puedes porque tienes que hacerlo. Mentirás hasta que tú misma te lo creas, si es necesario, porque has tomado esta decisión. Ahora tendrás que vivir con ello».

Y tampoco tenía tiempo para discutir. Tendría que actuar con rapidez, y no solo eso: todavía estaba el otro asunto, eso que tenía pensado hacer, y a saber cuándo volvería a tener otra oportunidad como aquella, sin tener que preocuparse de que su marido apareciera. Quería estar a solas cuando descubriera lo que había en la caja fuerte de Ethan, la que había empotrada en la pared detrás del escritorio de su despacho de casa. La combinación era la fecha de su boda, por supuesto. Para que ambos la recordaran, aunque se suponía que Adrienne no debía abrirla a no ser que Ethan estuviera allí. Pero, después de todo lo demás, fisgonear sería el menor de sus pecados. Se había ganado el derecho a mirar, ¿verdad? El derecho a saberlo todo. Dios, lo que había hecho para ganárselo.

Había habido tanta sangre.

Sus pies descalzos produjeron un ruido sordo contra el suelo de madera al ponerse en pie y abandonar la estancia, dejando la copa de vino en la encimera junto a la botella antes de guardarse el teléfono en el bolsillo. En el despacho de Ethan no había ventanas; para cualquiera que estuviese observando desde fuera, la mujer de la ventana habría desparecido sin más, dejando encendidas las luces de la cocina vacía, sola en una casa vacía.

De hecho, el agente de policía del coche patrulla sí que estaba observando, aunque solo de pasada. Desvió la mirada un instante hacia el ventanal y después devolvió la atención a la radio. Era el cuarto partido de la liga nacional de béisbol y los Sox ya ganaban a los Yankees por dos partidos a uno; Bucky Dent estaba a punto de hacer el primer lanzamiento ceremonial. La multitud en Nueva York gritaba como loca; el policía en Boston miró el reloj. Si los chicos ganaban esa noche, la ciudad se volvería loca y probablemente él acabaría en la calle pasando frío hasta las tres de la mañana poniendo multas por alteración del orden público; pero al menos eso sería menos aburrido que estar allí sentado, en la calle más pija de la ciudad, viendo que no ocurría nada, llevando a cabo una misión de vigilancia a modo de cortesía para un policía de fuera del estado.

Dentro de la casa, vibró el teléfono de Adrienne: el restaurante estaba ocupado y necesitaba más tiempo, pero le entregaría el pedido en menos de cuarenta minutos. Cualquier otra noche, Adrienne se habría cabreado por tener que esperar, pero aquella le pareció una señal del universo, el recordatorio de que no debía perder tiempo. Tomó aire. Pensó que todo saldría bien. Sabía, mejor ahora que antes, que una mujer decidida podía hacer muchísimas cosas en cuarenta minutos. Atravesó la casa con pasos silenciosos y vio la puerta abierta y oscura frente a ella. Entró en la habitación, encendió la luz y se arrodilló frente a la caja fuerte. El teclado desprendía un brillo verde, solicitándole el código para abrirla. No vaciló.

La puerta se abrió y ella enarcó las cejas. También levantó las comisuras de los labios.

—Vaya, vaya —dijo con calma, utilizando un acento sureño—. Quién lo iba a decir.

CAPÍTULO 17

LA CIUDAD

22:30 h

Bird llevaba constancia de su avance hacia el sur gracias a la retransmisión radiofónica del partido de los Red Sox; el rugido de la multitud en el Yankee Stadium daba paso a las interferencias cuando cruzaba de un condado a otro, después de un estado a otro. Incluso aunque el GPS no le hubiera dicho que ya estaba cerca, lo habría sabido por la voz de Joe Castiglione, que sonaba fuerte en el dial de la WEEI de Boston a medida que se acercaba a los confines de la ciudad. Estaban en la séptima entrada y los Red Sox llevaban una ventaja de tres carreras cuando entró en la calle residencial y tranquila de Beacon Hill donde vivían Ethan y Adrienne Richards. Había un coche patrulla de la policía de Boston aparcado debajo de un árbol en el lado de los pares, y Bird maldijo para sus adentros; si los Richards estaban en casa y eran un poco observadores, ya se habrían dado cuenta de que los estaban vigilando. Aparcó su coche varios huecos por delante del coche patrulla azul y blanco, salió y regresó andando con la placa en la mano para golpear la ventanilla del copiloto del otro policía. Justo al bajarse la ventanilla oyó el sonido de un bate al golpear: a trescientos kilómetros de distancia, Xander Bogaerts hizo un *ground out*, eliminando al corredor que podría haber aumentado la ventaja de Boston hasta unas holgadas cuatro carreras.

—Buenas noches, agente —dijo Bird.

157

—Murray —respondió el hombre del coche tendiéndole la mano derecha.

—Ian Bird. Gracias por aguantar aquí.

—Sin problema —dijo Murray mirando su reloj—. Ha tardado poco.

—¿Ha ocurrido algo ahí dentro? —preguntó Bird.

—Está todo tranquilo. La mujer sigue levantada, la he visto pasar por delante de la ventana varias veces.

—¿Hay alguien más?

—¿Por ejemplo un oriundo de Maine de metro ochenta, con barba, una escopeta y cojera? —bromeó Murray con una sonrisa—. No, no hay rastro del sospechoso. Han pasado un par de personas por delante con sus perros. La mujer del diecisiete tuvo una visita, un repartidor de comida. Fue hace un par de horas. Parecía japonés.

—¿El tipo o el restaurante? —preguntó Bird, y Murray sonrió de nuevo.

—Ambos. Cena para uno, a juzgar por el tamaño de la bolsa. Estas tías ricas comen como putos pajaritos —comentó con un marcado acento para ilustrar sus palabras. Bird contuvo una carcajada.

—Entendido, gracias. ¿Algo más?

—Di una vuelta a la manzana cuando llegué, vi la parte posterior de la casa. Todo parece en orden. ¿Sabe cómo funcionan estos barrios? Hay un callejón detrás de las casas con acceso trasero. El diecisiete tiene un pequeño patio en la parte de atrás y lo usan para aparcar sus coches. He oído que andan buscando un Mercedes.

—GLE —aclaró Bird con un gesto afirmativo.

—Qué coche más ridículo —dijo Murray con una carcajada, y a Bird volvió a llamarle la atención su acento—. Algunos propietarios utilizan un aparcamiento con aparcacoches que hay al final de la calle, pero en la parte de atrás estos tienen un Lexus y al lado un hueco vacío. Probablemente ahí iría el Mercedes. No hay indicios de que alguien haya intentado entrar por la fuerza. Y tampoco hay rastro del marido. —Murray frunció el ceño y Bird se preguntó si el hombre tendría sus propias razones para despreciar a Ethan Richards.

—Bien —concluyó—. Gracias, Murray.

—No hay de qué —repuso Murray. Puso el coche en marcha, pero entonces se detuvo y tomó aire—. Ha dicho «bien». Entonces ¿no ha venido por el marido de la dama?

—He venido por el novio de la dama —respondió Bird con una sonrisa, y Murray dejó escapar una breve carcajada de satisfacción.

—Esa sí que es buena —comentó—. De acuerdo, ¿seguro que no necesita que me quede por aquí?

—Qué va.

—Entonces voy a poner el culo delante de la tele a tiempo de ver a Judge ponerse a llorar como una niña cuando ganen los Sox —dijo entre risas mientras señalaba la radio con la cabeza.

Bird sonrió, se despidió del agente de Boston y lo vio alejarse y desaparecer al doblar la esquina al final de la calle. El viento agitaba los árboles; algunas hojas secas salpicaban la acera y la calzada, persiguiéndose unas a otras frente a las elegantes viviendas cubiertas de hiedra, con peldaños de piedra que llevaban hasta las puertas y crisantemos plantados en los maceteros de las ventanas, que disimulaban el discreto cableado de los sistemas de seguridad último modelo. Bird empezó a cruzar la calle mientras miraba hacia las ventanas iluminadas del número diecisiete, y en ese momento le dio un vuelco el corazón. Adrienne Richards estaba allí de pie, una silueta oscura frente al cristal, observándolo cuando él levantó la vista.

Bird todavía no había decidido si saludarla o no cuando ella se volvió. Por un instante, le invadió la sensación de que había estado observándolo, a la espera; casi esperaba que le abriese la puerta antes incluso de haber llamado. Pero no hubo ningún otro movimiento tras las ventanas mientras terminaba de cruzar la calle, ningún pestillo que se descorriera con antelación ante su llegada. Subió los escalones de piedra del número diecisiete y presionó el timbre con un dedo.

En algún momento mientras cruzaba la frontera entre Maine y New Hampshire, después de su conversación con Jonathan Hurley y de descubrir el origen de las fotos del álbum de «sueños» de Lizzie Ouellette, Bird había empezado a desarrollar un desprecio profundo e intenso hacia Adrienne Richards. Para cuando llegó frente a su puerta, ya había decidido que era al menos tan mala como el estafador de su marido, si no peor, y que se merecía una buena reprimenda dentro de lo humanamente posible por haberse liado con Dwayne Cleaves; lo cual hizo que le resultara frustrante e incoherente tener que disculparse de inmediato cuando se abrió la puerta.

—¿Adrienne Richards? —preguntó, y la vio decir que sí con la cabeza y los ojos muy abiertos mientras se asomaba por la rendija de la puerta—. Siento molestarla a estas horas. Soy el detective Bird, de la Policía de Maine.

La puerta se abrió más cuando le presentó su identificación para que la viera, y la observó mientras Adrienne se fijaba en su placa. Era guapa en persona, pero no como había esperado. No había rastro de la zorra rica que ponía morritos y posaba en busca de atención que había visto en las fotos y sobre la que había leído en las noticias; sin filtros y en la vida real, Adrienne Richards tenía una mirada atormentada y vulnerable, con una boca suave y unos ojos de un azul claro que se abrieron más al encontrarse con los suyos.

—¿Policía del estado, dice? —Se mordió el labio—. ¿Por qué?

—Tengo algunas preguntas que hacerle. ¿Podemos hablar dentro?

Vaciló un instante, pero después abrió la puerta. Bird entró cuando se echó a un lado y captó tras ella el aroma sutil de algo cítrico. De pronto los acontecimientos de aquella mañana, la colcha empapada de sangre al retirarla del cuerpo sin vida de Lizzie Ouellette y el zumbido furioso de cientos de moscas sedientas, le parecieron muy lejanos.

—¿Esperaba compañía esta noche? —le preguntó.

Adrienne cerró la puerta con firmeza y le dirigió una mirada confusa.

160

—¿Qué le hace decir eso?

—La he visto por la ventana. Pensé que tal vez estaría esperando a alguien.

—Estaba… aquí sentada. Es una vista agradable —explicó. Tras ella se alzaba un breve tramo de escaleras. Se dio la vuelta y le hizo un gesto para que la siguiera—. Podemos hablar aquí arriba.

Bird observó su espalda mientras subía, fijándose en su atuendo (pies descalzos, pantalones de chándal que parecían hechos de seda, un jersey de un gris artísticamente desgastado que seguro costaría mil pavos y venía con las mangas ya deshilachadas), en su pelo (recogido en lo alto de la cabeza, de ese curioso tono rosado cobrizo que Jennifer Wellstood había denominado «rosa dorado») y en su postura (tensa, pero normal para una mujer sola en casa que recibe una visita inesperada de la policía). Había una fotografía colgada en la pared donde el rellano giraba en una esquina: Adrienne y Ethan posando en una terraza en lo alto de una colina bajo un cielo rosado. Un mar de edificios blanqueados por el sol se extendía por la colina tras ellos, y más allá el mar de verdad, azul e infinito hasta perderse en el horizonte. En la foto aparecía rubia, bronceada y sonriente; él le daba un beso en la coronilla.

—Bonita foto. ¿Es en Grecia?

Adrienne se volvió, se inclinó y entornó los párpados.

—Sí… —dijo lentamente—. Las islas. Fuimos allí de luna de miel.

—Parece precioso.

—Mi marido no está —dijo de pronto. Se apartó, subió los tres últimos escalones hasta el segundo piso y después se volvió para mirar a Bird, que seguía de pie en el rellano. Se cruzó de brazos y cambió el peso de un pie al otro—. Sigo sin saber a qué viene esto.

—¿Así que está aquí sola?

—Ya se lo he dicho —repuso ella—. Mi marido no está. Así que, sea lo que sea…

—De hecho —la interrumpió—, es con usted con quien quería hablar. Y creo que es mejor que hable con usted primero. —Subió las escaleras también y volvió a mirar a su alrededor.

Las escaleras terminaban en un salón dominado por un sofá de módulos, un cómodo sillón y una inmensa televisión colgada en la pared, encendida pero sin sonido. Más allá de la zona del salón estaba la cocina; se fijó en el enorme ventanal donde había estado Adrienne segundos antes, y en una botella de vino medio vacía, colocada sobre la encimera junto a una copa de tinto por la mitad.

—¿Es suyo? —preguntó señalando el vino.

—Sí —respondió ella, y Bird creyó detectar cierto tono exasperado bajo su aparente cordialidad—. Como ya le he dicho, aquí estoy yo sola. Puede echar un vistazo si no me cree.

En lugar de eso, Bird se dejó caer en el sofá.

—¿Quiere su vino? —le preguntó. Ella negó con la cabeza, así que se encogió de hombros—. De acuerdo. Tome asiento, por favor.

Adrienne se encogió también de hombros y se dirigió hacia el otro extremo de la habitación, recogiendo a su paso un mando a distancia que había sobre el brazo del sofá; la tele se apagó. Se acomodó en el sillón y encogió las rodillas hasta pegarlas al pecho en un gesto protector, aunque después pareció pensárselo mejor y bajó una de las piernas, cruzándola sobre la otra. Bird aguardó, dejando que su incomodidad aumentara. Cuando Adrienne dejó de moverse, él se inclinó hacia delante.

—Señora Richards, ¿dónde estuvo usted anoche?

—¿Yo? —preguntó ella con un parpadeo—. Pues aquí.

—¿Sola?

—Sí. Agente, ¿qué tiene esto que...?

—¿Cuándo habló con Dwayne Cleaves por última vez? —añadió él.

Si no hubiera estado atento, habría pasado por alto el gesto nervioso de sus manos sobre el regazo al oír ese nombre, la expresión fugaz —¿de rabia, de miedo?— que le nubló el rostro antes de que recuperase la compostura. Abrió más aún sus ojos azules.

—¿Dwayne de... Copper Falls? ¿Quién..., el de mantenimiento? No sé...

Estaba a punto de mentir, pero Bird se abalanzó antes de que pudiera llegar más lejos.

—Señora Richards, sé que Dwayne Cleaves y usted tenían una aventura.

En esa ocasión no le hizo falta estar atento a su reacción: Adrienne Richards se quedó con la boca abierta y se puso pálida. Sus manos se convirtieron en garras y se clavó los dedos en las rodillas.

—Sabe lo de... Dwayne... y... —tomó aire y tragó saliva— yo. Lo nuestro. —Bird asintió. Ella negó lentamente con la cabeza, mirando al suelo. Se hizo un largo silencio. Cuando volvió a hablar, mantuvo la mirada fija en un punto de la alfombra, justo delante de los pies de Bird—. ¿Quién se lo ha dicho?

—Un tipo llamado Jake Cutter. ¿Lo conoce? —Adrienne volvió a decir que no con la cabeza, su expresión era inescrutable. Bird apretó los labios—. ¿Sabía que Dwayne le había sacado fotos? En un momento, digamos, comprometedor.

—Oh, Dios mío. —Se llevó las manos a la cabeza. Bird observó impasible su angustia, pensando: «Creía que no lo sabía nadie». Adrienne respiró profundamente y al fin alzó la vista para mirarlo—. ¿Ha visto las fotos?

—No —respondió Bird—. Pero Jake Cutter sí. Puede que no sea el único. Me da la impresión de que Dwayne no era muy discreto que digamos. Le gustaba alardear.

Ella apretó los labios, se puso en pie de golpe y pasó frente a él, de camino a la cocina. Bird giró la cabeza y se llevó una mano a la cadera automáticamente.

—Señora, ¿qué está...? Ah —dijo cuando la vio llegar a la encimera, agarrar la copa de vino y apurar el contenido de un solo trago.

Aguardó mientras se servía otra copa, con la habitación en silencio salvo por el tintineo de la botella contra el borde de la copa y el sonido de la respiración de Adrienne, entrecortada y temblorosa, como si estuviera intentando contener el llanto. Regresó, copa en mano, pero la dejó en vez de bebérsela.

—No sé qué decir —dijo.

—¿Lo sabe su marido?

—No, no —respondió con un gesto negativo.

—¿Cuándo vio a Dwayne por última vez?

—No… no lo sé. ¿Hará unas seis semanas?

—¿En Copper Falls? —Ella asintió—. ¿No fue aquí, en su casa? ¿Alguna vez lo ha traído aquí?

La mujer tuvo el descaro de mostrarse indignada.

—Desde luego que no —respondió cortante.

—¿Y qué me dice de su marido? ¿Él tenía relación con Dwayne? ¿Estaban en contacto?

—¡No! —exclamó Adrienne con un chillido—. Quiero decir que no sé con quién habla Ethan, pero no sé por qué… cómo iba yo a…

—¿Y la mujer de Dwayne? ¿Ha hablado con ella últimamente?

—¿Con Lizzie? —Volvió a mirarlo con los ojos muy abiertos, retorciéndose las manos en el regazo—. ¿Qué tiene ella que ver con esto? Dios mío, ¿lo sabe? No entiendo qué está pasando. ¿Por qué me pregunta todo esto? ¡¿A qué ha venido?!

Bird permitió que la pregunta quedara suspendida en el aire. No se quitaba de encima la sensación de que estaba ocultándole algo, pero solo era una sensación, tan efímera como su perfume impregnando el aire. Salvo por el momento en el que había intentado mentir respecto a la aventura amorosa, no había una sola cosa que pudiera destacar, ninguna respuesta que le pareciese una mentira evidente, y tal vez estuviera confundiendo la vergüenza con evasión, porque desde luego Adrienne no fingía su sorpresa ni su angustia al descubrirse que era una adúltera. La reacción cuando le había contado lo de la fotografía: eso era real. Incluso ahora, parecía estar a punto de echarse a llorar en cualquier momento.

Como si quisiera demostrarlo, Adrienne se sorbió la nariz y se sonó los mocos con la manga de su carísimo jersey. Bird frunció el ceño. Si le parecía que aquello era malo, le daría algo por lo que llorar de verdad.

—Señora Richards, Lizzie Ouellette ha muerto.

—¿Qué? —preguntó con un grito ahogado—. ¿Cuándo? ¿Cómo?

—Todavía estamos intentando averiguarlo, pero la encontraron esta mañana en la casa del lago. Le habían disparado. —Hizo una pausa para crear efecto—. Y Dwayne Cleaves ha desaparecido.

—Desaparecido —repitió ella, y se llevó una mano al pecho—. Dios. Entonces por eso…, pero usted no pensará que yo…, quiero decir que apenas conocía a Lizzie. Solo le alquilaba la casa.

—Y se acostaba con su marido —añadió Bird con suavidad, y ella se estremeció como si la hubiese abofeteado—. ¿Alguna vez le habló Dwayne de querer divorciarse? ¿O quizá fue usted quien se lo dijo? ¿Le hizo pensar que tenía alguna posibilidad con usted si la esposa desaparecía del mapa?

Adrienne lo miró con rabia y con una expresión de auténtico desprecio.

—No puede creer eso.

Bird se encogió de hombros y respondió:

—En mi trabajo, podemos creer casi cualquier cosa. No me malinterprete, estoy seguro de que no pretendía que él la matara. Pero quizá dijo algo sin darse cuenta. —Batió las pestañas y adoptó un tono de voz ligero y susurrante, una imitación cruel y precisa de la forma de hablar de Adrienne—: Oh, Dwayne, podríamos pasar mucho más tiempo juntos si tu mujer no estuviera siempre en medio.

En el transcurso de su breve conservación, Bird había visto a Adrienne Richards herida, asustada, acorralada, pero siempre controlada. Ahora, en cambio, explotó.

—Como si yo fuera a decir algo así —respondió—. Jamás. ¿Me toma el pelo? ¿Qué iba a querer alguien como yo con alguien como ese? ¿Alguien como él? ¿Cree que quiero al puñetero Dwayne Cleaves en mi vida? ¿En esta vida? ¿En mi vida real? ¿Cree que lo quiero aquí, en esta casa? ¿Rascándose las pelotas y derramando cerveza sobre mi sofá de cinco mil dólares? ¿Meando en el fregadero de la cocina porque se ha despertado borracho y no encontraba el baño? Nunca podríamos ser pareja. Si apenas somos de la misma especie. Y, si no entendía eso, si pensaba que podría tener algún tipo de futuro aquí, entonces es que es más estúpido de lo que pensaba. ¿Quiere saber por qué me lo follaba? Porque me aburría y él estaba allí, por eso.

La última frase fue prácticamente un grito y Bird parpadeó sorprendido; igual que Adrienne, que parecía haberse tragado una abeja. «Ahí está la verdad», pensó. «Ahí, justo ahí». Esa mujer jamás arriesgaría su futuro para ayudar a Dwayne Cleaves.

La única cuestión que quedaba por resolver era si Dwayne lo sabía o no.

—De acuerdo —dijo al fin—. ¿Cuándo tuvo contacto con Dwayne por última vez?

—Alquilamos la casa este verano —respondió ella con un suspiro—. El año pasado igual, solo que esta vez nos quedamos un poco más. Volvimos hacia finales de agosto. No recuerdo la fecha exacta, pero desde entonces no volví a ver a Dwayne ni a hablar con él.

—¿Y Lizzie? He oído que pasaba mucho tiempo en la casa cuando estaban ustedes allí. Hay quien parece creer que eran ustedes muy amigas. —Hizo una pausa y después asintió—: Aunque, claro, quizá pensarían de otro modo si supieran la verdadera historia.

Adrienne lo miró con frialdad, sin morder el anzuelo, y él se encogió de hombros. Aunque no pudiera provocar otro estallido, la indirecta era demasiado jugosa para dejarla escapar.

—Me da bastante igual lo que piense de mí la gente de Copper Falls —respondió con decisión—. Lizzie y yo nos llevábamos bien. Manteníamos una buena relación. Lamento mucho que haya muerto. Pero mantener una buena relación no es lo mismo que ser amigas. Pasaba tiempo extra en la casa porque yo le pagaba para que lo hiciera. Y no tenía contacto con ella el resto del año. La última vez que tuve noticias suyas… —Dejó la frase inconclusa mientras hacía cálculos—. Hará quizá un mes. Me envió un mensaje diciéndome que podíamos alquilar la casa otra semana antes de que cerraran para el invierno. No sé por qué. Supongo que quizá fue porque una vez comenté que me gustaría ver el lago en otoño, pero no hablaba en serio. Era solo por hablar de algo. Le dije que le contestaría, y tenía intención de hacerlo, pero luego se me complicó la cosa y...

Bird se irguió ligeramente en su asiento al recordar la nota en la agenda de Lizzie. *AR-7*. No era una pistola, sino un huésped: Adrienne Richards, siete días.

—Habrían llegado anoche —comentó.

—Sí, pero, como ya le he dicho, nunca lo confirmé.

—¿Y su marido?

—¿Qué pasa con él? Está fuera.

—¿Es posible que estuviera en Copper Falls anoche?

—No —respondió de inmediato, pero entonces frunció el ceño—. Quiero decir que no sé. Dios. ¿Qué insinúa? ¿Qué tiene que ver Ethan con esto?

—Señora Richards —le dijo Bird con seriedad—, ¿tienen ustedes un Mercedes negro? ¿Un SUV grande?

—Sí.

—¿Y dónde está?

—Se lo llevó mi marido.

—De acuerdo. ¿Y dónde está su marido?

Adrienne empezó a negar con la cabeza, parpadeando sin parar.

—No... no lo recuerdo. O a lo mejor no me lo dijo. No siempre me lo dice. Dijo que era un viaje de negocios, un día o dos, y que me llamaría cuando pudiera.

Bird estudió su rostro. ¿Estaría mintiendo?

—¿Y la ha llamado?

—No —respondió ella con calma.

—¿Y cuándo se marchó?

Adrienne se mordió el labio y bajó la voz hasta convertirla en poco más que un susurro.

—Ayer.

—¿No ha probado a llamarlo?

—Ethan es un hombre importante —respondió y adoptó un tono suplicante—. No le gusta que le moleste cuando está trabajando.

Bird contuvo la necesidad de poner los ojos en blanco.

—De acuerdo —dijo, tratando de ser más amable—. Me gustaría que lo llamase, por favor. ¿Haría eso por mí?

Adrienne asintió, sacó su teléfono y tocó la pantalla. Lo miró nerviosa mientras se llevaba el dispositivo a la oreja y entonces frunció de nuevo el ceño.

—Salta el buzón de voz —le dijo, y pulsó el icono del altavoz; una voz electrónica inundó la estancia a mitad de frase. «... no está disponible. Al oír la señal, por favor, grabe su mensaje de voz»—. ¿Quiere que deje un mensaje? —le preguntó ella y, al mismo tiempo, el teléfono de Bird comenzó a vibrar.

Se lo sacó del bolsillo y miró la pantalla. El *sheriff* Ryan, desde Copper Falls. Sería por algo de la autopsia; ya le llamaría cuando hubiera terminado allí.

—Cuelgue, por favor —le pidió a Adrienne. Ella obedeció, pero parecía desconcertada.

—Me está asustando —le dijo y, con un tono más urgente, lo repitió—: Me está asustando. Pensé que quería hablar conmigo. ¿Por qué me pregunta por Ethan?

Mientras Bird sopesaba hasta dónde contarle, el teléfono volvió a vibrarle en la mano. Miró la pantalla y frunció el ceño: Ryan no solo le había dejado un mensaje de voz, sino que de inmediato le había enviado uno de texto. Pulsó en el mensaje y se quedó helado.

HAN ENCONTRADO EL VEHÍCULO DE CLEAVES. CON UN CADÁVER DENTRO. LLAMA CUANTO ANTES.

—Lo siento, señora —le dijo a Adrienne—. Tendremos que dejarlo aquí por ahora. —Se puso en pie y sacó una tarjeta—. Si llama su marido, dígale que me llame.

Adrienne aceptó la tarjeta con cara de horror. Bird se preguntó por qué, pero entonces se acordó: «Pensaba que no lo sabía nadie». Su expresión de angustia no se debía a la preocupación por su marido. Simplemente le preocupaba que descubriera que había estado tirándose a otro.

—Seré discreto —le aseguró, sabiendo nada más decirlo que rompería su promesa si tuviera oportunidad, aunque solo fuera para ver la cara que se le quedaba a Ethan Richards cuando descubriera que su mujer había estado cepillándose a un paleto con solo un pie y medio.

Pero no era necesario que Adrienne supiera todo aquello.

Se marchó por donde había venido, dejando atrás la fotografía de unos Adrienne y Ethan recién casados en épocas más felices. Percibía la mirada de Adrienne mientras bajaba las escaleras. Al llegar a la puerta, ella le llamó.

—Detective Bird —le dijo—. ¿Estoy en peligro?

Se detuvo en la puerta y la miró.

—Espero que no, señora.

Cuando le dio la espalda a Adrienne Richards y salió de nuevo al aire de la noche, le sorprendió darse cuenta de que casi lo decía en serio.

CAPÍTULO 18

LA CIUDAD

Se quedó de pie en el umbral de la puerta viéndolo marchar, con los brazos alrededor del cuerpo para evitar temblar. Hacía una noche preciosa, una temperatura extrañamente suave para esa época del año, y notaba el aire cálido sobre la piel. Se estremeció de igual modo. No podía dejar de pensar en cómo la había mirado Ian Bird al decir: «Sé que Dwayne Cleaves y usted tenían una aventura». Y la leve sonrisa que se había dibujado en las comisuras de sus labios al describirle la fotografía de Adrienne en lo que denominaba «un momento comprometedor». La petulancia de su mirada. Ni siquiera había intentado disimular lo mucho que disfrutaba humillándola.

«Imagina cómo me habría mirado si supiera la verdad».

Se estremeció de nuevo y se clavó los dedos en los brazos. En su interior, la voz de la superviviente calculadora le sugería que debería sentirse agradecida, que los prejuicios del detective contra Adrienne habían jugado en su favor, sobre todo en los momentos en los que había perdido el control, había hablado de más y se había dejado llevar por sus emociones. «Alégrate», le dijo la voz, «de que crea que ya sabe quién eres. Cree que lo entiende». Y, como creía que lo entendía, Ian Bird dio por hecho que lo que había visto en el piso de arriba era vergüenza, la chica rica y engreída que lloraba porque la habían pillado con la mano en el tarro de las galletas. Pero no eran lágrimas lo que había estado intentando contener;

era un grito de rabia. Gracias a Dios que había logrado reprimirse. De haberse dejado llevar, de haber empezado a gritar, no habría podido parar nunca.

Era cierto: debería alegrarse de que hubiera terminado así, con el poli marchándose de casa, sacándose el teléfono del bolsillo y tocando la pantalla. No miró hacia atrás, y a ella le pareció que aquello también era una buena señal. Cuando Bird llegó, estaba centrado en Adrienne; ahora parecía que se hubiese olvidado por completo de ella. Vio alejarse el coche patrulla por la calle y desaparecer al doblar la esquina, y después observó el suave movimiento de los árboles a la luz de las farolas conforme se hacía el silencio. Aguantó la respiración. Segundos más tarde, la quietud fue interrumpida por los sonidos ambientales de la vida de ciudad: el zumbido eléctrico de las farolas, el llanto lejano de una sirena. Pero la calle permaneció vacía y la respiración que estaba conteniendo le salió con una bocanada de satisfacción. Supuso que tal vez el policía estuviera intentando engañarla, escondido a la vuelta de la esquina o a pocas calles de distancia, pero le pareció improbable. Por ahora, al menos, parecía que Ian Bird había decidido dejarla en paz. Y, para cuando volviese a acudir a ella…, en fin, las cosas habrían cambiado.

Le pareció que ayudaba el hecho de no haberle mentido en todo. Mi marido está fuera: cierto. Se ha llevado el Mercedes: cierto. Que Adrienne había dicho en una ocasión que quería ver Copperbrook en otoño y Lizzie, al ver la oportunidad, le había ofrecido la mejor semana para ver la caída de las hojas: eso también era cierto.

Pero Adrienne no se había olvidado. Dios, ojalá lo hubiera hecho. Bien podría haber sido la verdad: que Adrienne hubiese ignorado la oferta de Lizzie y simplemente se hubiera olvidado del asunto. Era típico de ella. Pero no: le había dicho a Lizzie que adelante, que les reservara esa semana, y Ethan y ella habían llegado a Copper Falls la noche anterior, en el momento exacto. Justo a tiempo de que todo saliese irremediablemente mal. Y qué alivio había sentido cuando Bird al fin había pronunciado esas palabras, «Lizzie

Ouellette ha muerto», y por fin pudo dejar de fingir que no lo sabía, fingir que ella no había estado allí. Había tenido que hacer un gran esfuerzo para no ponerse a saltar como una lunática, gritando en voz alta la verdad: «Muerta, está muerta, y él también está muerto».

«No sé dónde está Ethan».

Otra mentira.

Cerró la puerta con llave. Subió las escaleras, ignorando la fotografía que había llamado la atención de Bird, girando a la izquierda al llegar al rellano, con movimientos decididos. Entró al dormitorio, se acercó a la cama, a la que había puesto sábanas limpias hacía una hora, cuando todavía imaginaba que podía haber algún final feliz para todo aquello. Levantó con cuidado una almohada.

Después apretó la cara contra ella y gritó.

Se había pasado el día entero ensayando sus frases, contándose a sí misma una historia, repitiendo las palabras hasta que le parecieron ciertas. Eso era ella: una mujer que se despertó pensando en posibilidades. Que se dio cuenta de que necesitaba recuperar el control. Una mujer que se pasó el día haciendo planes para asegurar su futuro. «No quiero ser de esas mujeres que se dejan arrollar por la vida».

Y, después de todo aquello, había estado a punto de dejarse arrollar.

A punto.

Pero ahora lo veía todo con absoluta claridad. Sabía cómo tenían que ser las cosas; porque se había quedado sin opciones, cosa que debería haberla aterrorizado, pero que sin embargo le hizo sentirse libre. Todas las puertas se habían cerrado, todas las salidas estaban clausuradas, salvo una. Solo una. Una oportunidad para lograr salir de aquello, si era lo suficientemente fuerte para tomar ese camino.

Aunque no podía saberlo, su instinto estaba en lo cierto. Para cuando el reloj dio las dos de la madrugada, Bird estaba a casi trescientos kilómetros de distancia; no estaba allí para ver el enorme Mercedes negro entrar por el callejón de detrás de casa de los Richards y detenerse en el patio junto al Lexus, más pequeño. No estaba allí para ver salir del coche al hombre alto de pelo rapado y barba de un día, y mirar con cautela las ventanas oscuras de las hileras de casas situadas a cada lado del número diecisiete, y manipular un juego de llaves hasta encontrar la que abría la puerta trasera. Ella le había dicho que se mantuviera alejado hasta por la mañana, pero, por supuesto, él no le había hecho caso.

Nunca le hacía caso.

Oyó el crujido de la puerta y sus pasos pesados en la escalera, lentos y desiguales, el roce de sus dedos contra la pared, con el brazo extendido para no perder el equilibrio. Se oyó un golpe seco cuando uno de sus pies llegó al rellano, y entonces lo vio, una sombra que pasaba frente a la foto de la luna de miel y emergía en el salón. Respiraba con dificultad y estaba sudando; podía olerlo, un sudor rancio y agrio, preludio del síndrome de abstinencia que estaba por venir. Pronto se vería inundado por el sudor, con el pelo húmedo, las axilas empapadas, tembloroso y gimiendo de dolor. Ella esperó con paciencia mientras él avanzaba hacia el dormitorio, sin reparar en su silueta camuflada entre las sombras, justo detrás. Él chocó contra la pared tras cruzar la puerta del dormitorio y mirar en dirección a la cama.

—Joder —murmuró. Después alzó la voz—: ¿Hola? ¿Estás aquí?

—Hola —respondió ella, desde detrás, y él gritó y se volvió para mirarla.

—¡Jesús! ¡Qué cojones! Pensaba que estarías dormida. Me has dado un susto de muerte.

—Se suponía que debías esperar hasta mañana por la mañana —le dijo ella—. ¿Acaso no te lo dije?

—No sabía adónde ir —respondió él moviéndose incómodo—. Me daba miedo perderme, y luego…, de todas formas no me encuentro bien. No quería pasarme toda la noche vomitando en un motel de mierda. —Entornó los ojos en la oscuridad—. Apenas te veo. ¿Qué ha ocurrido? Con la policía. ¿Querían…? Me refiero a si…

—Ha venido el detective. Hemos hablado. No le he contado nada.

Él se dejó caer contra la pared con un gesto de alivio.

—Ven —le dijo ella para que se acercara—. Quiero enseñarte una cosa.

Con un quejido, la siguió. Lejos del dormitorio, por el pasillo, hasta llegar al despacho. Ella pasó los dedos sobre la lámpara del escritorio y una luz suave iluminó la estancia. Él se apoyó contra la puerta y se llevó una mano a la cara para masajearse las sienes.

—Me encuentro fatal.

—No tardaré. —Se arrodilló detrás del escritorio, sin que pudiera verla. Pasó los dedos por el teclado de la caja fuerte.

—Entonces, el detective… —dijo él tras aclararse la garganta—. ¿Era lo que pensabas? ¿Buscaba a Ethan?

—No —respondió ella sin darse la vuelta—. Te buscaba a ti.

Dwayne Cleaves, sudoroso y mareado, todavía con la sudadera universitaria de Ethan Richards, que le estaba demasiado pequeña, y que se había puesto aquella mañana, se apartó la mano de la frente y la miró con la boca abierta.

—Pensaba que vendrías aquí. —Ella tomó aliento y después se volvió y lo miró con rabia—. Porque no podías estarte calladito, ¿verdad? Tenías que ir a contarles a los imbéciles de tus amigos, incluyendo ese camello de mierda, que te habías estado follando a la zorra rica de la ciudad que te alquilaba la casa del lago. Eso es lo que me ha contado el agente de policía. —Lo miró fijamente mientras él le devolvía la mirada. En la mano izquierda, el cerrojo de la caja fuerte se abrió emitiendo un clic apenas perceptible. Su voz adoptó un tono cantarín—. Dwayne y Adrienne se suben a un árbol, para F-O-L-L-A-R. El poli me ha dicho que ibas alardeando de ello. Me ha dicho que ibas enseñando fotos a la gente. ¿Es cierto? ¿Hiciste fotos?

—Mira —le dijo él con pánico en la voz. Dio un paso acelerado hacia delante—. Escucha, deja que te ex…

Ella se volvió entonces para mirarlo y él dejó de hablar. Se quedó helado. Sus ojos, vidriosos y enormes bajo la luz tenue de la habitación, estaban fijos en lo que tenía en las manos. Oscura, brillante y cargada.

«Vaya, vaya. Quién lo iba a decir».

—Espera —dijo él.

Ella amartilló el percutor.

—Lizzie —la llamó Dwayne.

Pero ella negó con la cabeza.

—Ya no —le dijo. Y apretó el gatillo.

SEGUNDA PARTE

CAPÍTULO 19

LIZZIE

Ya te dije que la muerte te vuelve sincera.

Y era la verdad.

Pero no te lo he contado todo. Una verdad incompleta sigue siendo la verdad, así que he omitido algunos detalles. No solo sobre ese día terrible en el lago, sino sobre lo que sucedió antes. No te había contado que un tronco mal atado se soltó de un camión y cayó sobre mi marido, convirtiendo sus huesos en puré y que, mientras yo iba de camino al hospital —el mismo hospital donde, dos años atrás, había tomado en brazos el cuerpo sin vida de mi hijo—, sentí una breve punzada de satisfacción ante la idea de que Dwayne ahora supiera lo que se sentía al perder un pedazo de sí mismo.

No te había contado la primera vez que lo encontré desmayado en nuestra cama con el tubo de goma todavía alrededor del brazo, o la náusea de asco visceral que sentí al inclinarme para ver si respiraba o no. No te había contado que le puse un dedo debajo de la nariz y que, cuando noté el calor húmedo de su respiración entrecortada, pensé por un instante lo fácil que sería taparle la boca con la mano, taponarle la nariz y aguantar así hasta asfixiarlo.

No te había contado que, en aquel momento, lo odié. Lo odié por todas las cosas rotas que había pisoteado, por todas las promesas rotas, por nuestra vida rota, de la que él podía escapar con el pinchazo de una aguja mientras que yo tenía que quedarme allí, viviéndola. Le odié más de lo que había odiado nunca nada, un desprecio tan feroz que fue como si un bicho con miles de patas me recorriese la tripa, y tampoco te había contado que me acerqué a su oreja y le susurré «Espero que te mueras» en voz tan baja que apenas yo misma logré oírla, tan baja que resultaba imposible que él me hubiera oído, y estuve a punto de gritar cuando abrió los ojos y me respondió: «Espero que nos muramos los dos».

Y entonces se colocó de costado, vomitó sobre la almohada y se desmayó, y yo me quedé allí con la boca abierta, sintiendo que acababa de perder el único debate intelectual que habíamos mantenido.

No te había contado que seguir con él empezó a parecerse a una competición, desafiándonos el uno al otro para ver quién parpadeaba primero. Que se convirtió casi en una cuestión de orgullo: nos hacíamos daño mutuamente y seguíamos aguantando. Era como beber veneno, año tras año, hasta que ya no recuerdas lo que era beber otra cosa e incluso ha empezado a gustarte el sabor.

Nunca pregunté, aunque suponía que probablemente hubiese otras mujeres, o las hubo a lo largo de los años. Todo cambió después del aborto, sobre todo el sexo. Al principio solo me tocaba si estaba borracho, cuando volvía a casa de Strangler's con el aliento apestando a cerveza y mugre debajo de las uñas, se me acercaba por detrás si yo estaba frente al fregadero con un trapo de cocina en la mano. Me metía la rodilla entre las piernas para separármelas, me doblaba hacia delante. Y yo sabía que me estaba follando por odio; lo triste es que después empecé a echarlo de menos, cuando ya no me tocaba en absoluto, sin importar lo borracho que estuviera. Esa electricidad que solía sentir cuando levantaba la mirada y lo veía acercarse a mí con ese deseo rabioso en los ojos; todo eso había desaparecido. Al principio pensé que era por el accidente, después de que el doctor nos advirtiese de que tal vez hubiese problemas; lo denominó «efectos secundarios sexuales de una lesión traumática», un montón de palabrería para describir lo que vulgarmente se conoce como polla flácida. Pero luego, algunos meses más tarde, en la barbacoa que alguien celebró en su jardín, fui al cuarto de baño y al entrar me encontré a Dwayne con Jennifer Wellstood. Estaba sentado sobre la taza con los pantalones por los tobillos y ella estaba agarrada a esa cosa con ambas manos, y por lo que pude ver antes de que empezara a gritar y yo cerrara la puerta de golpe, se le levantaba sin ningún problema.

Pero no sabía que estuviera engañándome con esa, con la otra. No hasta que Ian Bird se presentó y me lo dijo a la cara, pensando que estaba humillando a Adrienne, cuando lo que realmente hizo fue obligarme a mirar lo que había estado esforzándome por no ver. Quizá debería haberlo averiguado. Quizá es que no quería. Viéndolo con perspectiva, las señales estaban por todas partes. El aroma de su perfume, tan fuerte que resultaba imposible que proviniera de las prendas de segunda mano que ella me había regalado, y que estaban enterradas en mi armario. Esos pelos largos, rojizos como los míos, pero quebradizos, y con más de un centímetro de raíz de color castaño claro en la base. Pelos que atascaban el desagüe de la casa del lago, que se pegaban a los muebles, en todos los lugares donde ella había apoyado su estúpida cabeza. Se enganchaban en las telas y ni siquiera con la aspiradora podía desengancharlos, así que tenía que sacarlos uno a uno, agarrándolos con los dedos. Cuando los encontré en la ropa de Dwayne y en su camioneta, e incluso pegados a la goma elástica de sus calzoncillos, me dije a mí misma que probablemente habrían venido pegados a mí. Al fin y al cabo, era yo la que pasaba mucho tiempo con ella. Y la alternativa era inimaginable.

Mi marido follándose a Adrienne; Adrienne follándose a mi marido.

Aún me parece imposible. Ridículo. Parece una broma de mal gusto.

Pero debería haberlo sabido. Podría haberlo sabido. Porque siempre se notaba dónde había estado ella.

Y ya sé la impresión que da: parece que Dwayne y yo lo planeamos: matar a la pareja rica y huir con su dinero. Da la impresión de que me acerqué a Adrienne, fingiendo ser su amiga, aprendiendo sus tics y su acento y su contraseña del móvil, solo para poder robarle la identidad después de pegarle un tiro en la cara. Incluso aprendí a parecerme más a ella, imitando su peinado y su costumbre de delinearse los labios para que parecieran más grandes. Pero, Dios, no es porque quisiera verla muerta. Es porque quería su vida. ¿Y no he dicho ya que siempre se me dio bien fingir? Me resultaba muy fácil imaginar que dejaba atrás mi triste existencia y ocupaba la suya. Veía con mucha claridad que era posible. ¿Has visto alguna vez una de esas películas en las que la chica mugrienta se quita las gafas, se depila las cejas y, zas, por arte de magia se transforma en alguien que atrae todas las miradas? Pues así éramos Adrienne y yo. Ella era el después; yo era el antes.

Dwayne se rio en mi cara la primera vez que se lo dije, en un momento que bajé la guardia durante aquel primer verano, después de llevarles la compra la primera vez. Las palabras me salieron de la boca:

—¿No crees que nos parecemos un poco?

Y él se carcajeó con tanta fuerza que empezó a atragantarse, mientras yo miraba al suelo y notaba que se me encendían las mejillas.

—En tus sueños —me respondió—. Quizá después de gastarte un millón de pavos en cirugía plástica.

Pero no hizo falta un millón. Ni de lejos. Sé la cantidad exacta de dólares que hicieron falta para borrar la única diferencia significativa entre Adrienne Richards y yo: quinientos. Es lo que costó la inyección que me rellenó los huecos de debajo de los ojos, las arrugas de la frente, y lo más gracioso del asunto es que fue ella la que me dijo que debería hacerlo. Todavía oigo su voz, que sonaba más dulce que nunca cuando te insultaba haciéndolo pasar por un cumplido: «Chica, yo llevo siglos poniéndome bótox preventivo. Ojalá pudiera ser más como tú y no preocuparme por mi aspecto. Esas bolsas que tienes bajo los ojos me volverían loca. Sabes que eso se puede arreglar, ¿verdad?».

Lo hice justo después de Navidad, mientras Dwayne estaba fuera, la única vez que intentó desintoxicarse. Había encontrado un centro en Bangor que ofrecía una desintoxicación de cinco días; le dijo a todo el mundo que se iba de caza, para que su madre no descubriera la verdad. Yo cumplí con mi papel, lo seguí en mi coche hasta la rehabilitación y me quedé el tiempo suficiente para asegurarme de que entraba. Pero, en lugar de darme la vuelta y volver a casa, seguí conduciendo y bajé por la costa hasta un pueblecito elegante sobre el que había leído en una web de viajes, donde las turistas ricas iban con sus amigas a pasar un {fin de semana de chicas»: visitaban las galerías de arte, hacían catas de vino y se rellenaban la cara con bótox antes de pasar la noche descansando en un acogedor hotelito junto al mar. Pasé la noche allí en el único lugar que permanecía abierto fuera de temporada, recorrí las pintorescas callecitas, que tenían casi todas las tiendas y galerías cerradas por ser invierno, y fingía ser otra persona. Y a la mañana siguiente, antes de marcharme, gasté parte del dinero que había ganado alquilándole la casa a Adrienne Richards en parecerme un poco más a ella. En el aspecto que podría haber tenido si hubiera nacido unos cientos de kilómetros más allá, si hubiera sido la hija de otra persona. El aspecto que podría haber tenido de no haber estado casada con un yonqui; quien, por cierto, ya se había largado del centro de rehabilitación transcurridas menos de veinticuatro horas y en aquellos momentos recorría las calles de una ciudad extraña en busca de su propia aguja. Si hubiera sabido que Dwayne ya había sufrido una recaída, tal vez le habría dicho al tío de la jeringuilla que lo olvidara. Pero no lo sabía, y me alegro. De la noche a la mañana, las inyecciones borraron de mi rostro una década de preocupaciones, de dolor y de malas decisiones. Bótox en las arrugas del entrecejo, relleno en las bolsas de debajo de los ojos. El tipo era dentista, pero bueno, me dio igual; era más barato que los balnearios de lujo y estaba ubicado en un pequeño centro comercial a las afueras del pueblo. Incluso me hizo un blanqueamiento dental gratuito después de inyectarme.

Nadie se dio cuenta jamás, por supuesto. Cuando ves las mismas caras todos los días, año tras año, llega un momento en que te resulta todo tan familiar que dejas de fijarte en el aspecto. Como una pareja que lleva muchos años casada y está tan unida que nunca se fija en la marca que va dejando el tiempo en la cara de la otra persona. Desde luego a mí nadie me miraba con el interés suficiente como para advertir ninguna diferencia; salvo Jennifer, y solo porque vio los hematomas un día después, cuando se presentó en mi puerta con la bandeja de horno que había olvidado que le había prestado. Nunca discutimos, ni siquiera hablamos sobre aquel pequeño incidente en la barbacoa, y siempre se ponía nerviosa cuando estaba yo, como si pensara que iba a empezar a gritar o a darle puñetazos, o ambas cosas. Nunca me molesté en explicarle que no tenía energía para seguir enfadada. Pillar a mi marido en el cuarto de baño mientras le hacía una paja la peluquera del pueblo me parecía algo casi poético, otro recordatorio más por parte del destino o de Dios o de quien sea de que las cosas siempre podían ir a peor. Y te diré una cosa: seguro que ahora se siente mal. Probablemente pensó que Dwayne me pegaba. Esa sí que es buena. Casi desearía que hubiera sido así. No porque me lo mereciera, sino porque si me hubiera pegado, tal vez me habría marchado.

La verdad es que nunca tuve intención de matarla. Es probable que no me creas, y es probable que yo tampoco me creyese. Pero la codicia que sentía no tenía nada que ver con ella. Tenía que ver conmigo, con la fantasía disparatada de poder abandonar mi matrimonio de mierda, mi vida de mierda, una vida de salidas en falso, oportunidades perdidas y potencial desperdiciado, una vida sin llegar a ser nada más que un mal ejemplo a seguir. No quería matar a Adrienne. ¿Qué habría hecho sin ella? ¿Cómo iba a poder llevar una vida mejor si ella no hubiera estado allí para mostrarme lo que era «mejor»? Ella me inspiraba. Cada vez que la miraba me parecía más fácil imaginar que no era demasiado tarde al fin y al cabo, que todavía podía llegar a ser otra persona. Me imaginaba a mí misma largándome del pueblo en un coche grande y negro, con chófer, bebiendo champán en el asiento de atrás; o a lo mejor conduciría yo, en un descapotable color crema con la capota quitada. Me imaginaba incendiando la chatarrería al salir, un cóctel Molotov lanzado por la ventanilla mientras pasaba por delante a toda velocidad, lanzándoles un beso a las llamas a medida que iban volviéndose más grandes y brillantes en mi espejo retrovisor. Destruir el último vínculo de mi padre con este pueblo de mierda, con la esperanza de que al fin él también se marchara. Pagué a aquel dentista de la aguja para que me permitiera vislumbrar otra vida por un momento, para que me diera el aspecto que habría podido tener si hubiera tomado decisiones distintas. Si me hubiera casado con un tipo rico, si hubiera tenido ese tipo de dinero que genera un colchón amortiguador entre el mundo y tú, tan suave y tan gordito que nada puede tocarte, nada puede hacerte daño. Adrienne era cinco años mayor que yo, pero era yo la que tenía los ojos cansados y dos profundas arrugas de expresión en el entrecejo.

Yo también lo susurraba —«Hola a todos», con su acento sureño— y me imaginaba en todos los lugares donde ella había estado. En una enorme casa de piedra en la ciudad, con superficies de mármol y una piscina en el sótano; un amplio porche en algún lugar por debajo de la línea Mason-Dixon, bebiendo té edulcorado a la sombra de un gran roble cubierto de musgo. Me imaginaba extendiendo la mano para admirar la manicura perfecta de mis dedos, la suavidad de mi piel. Me imaginaba durmiendo en su cama, comiendo su comida, acariciando a su gato.

Me imaginaba viviendo su vida.

Por eso, en mis sueños, Adrienne nunca estaba muerta. No podía estarlo. Necesitaba que me enseñara a vivir, que me enseñara a ser. La necesitaba para que caminara por delante de mí, dejando sus huellas perfectas para que yo pudiera seguirlas. Era la arquitecta de mi fantasía, y la fantasía nunca incluía matarla. Quiero que quede claro. Quiero que me creas. No sabía que acabaría haciéndolo, no sabía que pudiera hacerlo.

No lo sabía, hasta que me vi con la escopeta en las manos.

No lo sabía, hasta que apreté el gatillo.

Y jamás lo habría hecho si hubiera existido otra manera.

Por supuesto, ahora sé que la vida perfecta que parecía llevar Adrienne, esas huellas que yo fantaseaba con seguir, no era más que una cortina de humo. Tuve que ponerme en sus zapatos, literalmente, durante todo un día —zapatos que, irónicamente, eran medio número más pequeños que los míos— para llegar a entender lo vampira que era. Un súcubo. Un agujero negro que succionaba toda atención, energía y amor, y lo escupía de nuevo con filtros y *hashtags*, publicitando una vida que ni siquiera apreciaba. Imagina tener todo eso, tener tanto, y hacer tan poco con ello. Imagina tener todo eso y aun así seguir acaparando más y más y más. Incluso cuando lo que quieres le pertenece a otra persona. Imagina estar tan segura de que lo único importante es lo que tú quieres, que piensas que las normas no van contigo. Imagina salirte con la tuya durante toda tu vida. Aquel día, en el lago, amenazó con quitármelo todo.

Imagina lo sorprendida que se quedó cuando una zorra paleta como yo le voló la puta cabeza.

¿Quieres sinceridad? Aquí la tienes: ahora que ya está hecho y que no hay vuelta atrás, no es que lo sienta.

Te dije que Lizzie Ouellette había muerto, y así es. Yo acabé con ella. Se ha ido, al menos en el sentido que importa. Y no es la única. Aquel día, en el lago, cuatro vidas llegaron a su fin, de un modo u otro.

Pero hubo una superviviente. Una mujer con dos nombres, o sin ninguno, dependiendo de cómo lo mires. Todavía sigo intentando entender quién es. Así que esta es su historia. Mi historia. Una historia verdadera.

Y no ha terminado. Ni de lejos.

CAPÍTULO 20

LIZZIE

EL LAGO

Al principio lo único que sabía era que mi marido estaba gritando. Lo oí nada más descolgar el teléfono; no eran gritos de furia, sino sollozos, gemidos, balbuceos parecidos a un monólogo interior —«Lizzieestásahíjoderjodertienesquevenircuantoantesporfavorjoderjoder»— que me pusieron el vello de punta, aunque lo único que entendí fue mi nombre y otras dos palabras. Fue aquel «por favor» lo que me convenció. No eran palabras que utilizara Dwayne, y menos conmigo, y no de esa forma. La última vez que se lo había oído decir, él gritaba de fondo, con el pie hecho puré, mientras uno de sus compañeros de trabajo me gritaba por teléfono que me reuniera con ellos en el hospital.

Lo que recuerdo es el «por favor». Me asustó muchísimo.

Quizá por eso agarré la escopeta.

A veces me parecía que mi objetivo en la vida era construir castillitos, plantar jardincitos, para que Dwayne pudiera llegar y pisotearlo todo, echarlo abajo. Ni siquiera a propósito o por maldad; es que él era así, un animal torpe, egoísta e idiota que no entendía que toda acción tenía consecuencias. Que nunca se paraba a pensar que un pequeño acto de crueldad o de amabilidad podía ir haciéndose más grande hasta romperlo todo en mil pedazos. Pero ¿quién soy yo para juzgar? Yo tampoco lo entendí nunca. Hasta que ya fue demasiado tarde. Dwayne no jugó al béisbol en la universidad porque

187

se quedó en Copper Falls y se casó conmigo. Perdió medio pie en ese aserradero, el trabajo que aceptó porque tenía una mujer embarazada, facturas que pagar y ningún título universitario. Se enganchó a las pastillas debido al accidente. Se pasó a la droga cuando las pastillas se acabaron.

Y Adrienne —esa zorra rica, privilegiada y engreída que estaba tan desesperada que haría cualquier cosa, incluso consumir heroína, con tal de escapar del terrible aburrimiento de ser ella misma— sabía que Dwayne podía conseguirle droga, porque yo se lo había contado. Estaba allí con ella, bebiendo chardonnay, y hablé más de la cuenta. Todo lo que sucedió, todos los sueños aplazados, los cuerpos destrozados, las pastillas, las agujas y el dolor, todo ello era un pequeño teatro mecánico que encajaba a la perfección. Y, si levantabas el telón, allí estaba yo. Todas las veces. Desde el principio, desde el primer momento en el que todo empezó a ir mal.

Así que tenía sentido que también estuviera allí para ver el final. Que fuera yo y no Dwayne la que sujetara el arma. La que moviera los hilos. La que tomara la decisión, como había hecho tantas otras veces, de limpiar el desastre que había dejado mi hombre tras de sí. Ya había mentido por él, había robado por él. Quizá fuese inevitable que, con el tiempo, acabara matando por él también.

No recuerdo haber descolgado la escopeta de la pared antes de marcharme. No recuerdo cargarla. Pero, cuando llegué a la casa del lago, miré hacia un lado y allí estaba, en el asiento del copiloto. Se había venido conmigo. Dwayne estaba esperándome fuera, caminando de un lado a otro, con la mirada desencajada. Sentí rabia, después miedo: el enorme utilitario negro de los Richards estaba aparcado en el garaje techado. Nuestros huéspedes habían llegado. Y, si Dwayne no estaba drogado ni herido, eso significaba que la agitada llamada telefónica se había debido a otra cosa, o a otra persona.

Llevaba la escopeta en las manos cuando salí del coche. No recuerdo lo que le dije; sí que recuerdo que señaló hacia la casa y dijo «Está en el dormitorio», y entré corriendo por la puerta abierta sin saber lo que me esperaba dentro. Sabedora solo de que debía de ser algo malo para que mi marido admitiera que me necesitaba.

Adrienne estaba acurrucada en el borde de la cama con ambos pies todavía en el suelo, tan torpe y somnolienta que de inmediato supe que estaba colocada. «Una sobredosis», pensé. ¿Habría encontrado las drogas de Dwayne? ¿Se las habría dado él? ¿Por qué si no le habría entrado el pánico? ¿Y cómo podía ser tan estúpido? Dejé la escopeta a un lado y lo llamé a gritos, exigiendo saber cuánto había consumido, cuánto le había dado y si había llamado a una ambulancia. Si llegaban a tiempo, podrían pincharle Narcan. Me arrodillé, la agarré del hombro y la zarandeé con fuerza. Ella me miró con los labios flojos y las pupilas negras y dilatadas. Tenía una mancha de sangre seca en el pliegue del codo, de un rojo oscuro y perfectamente redonda, y un trozo de tubo de goma yacía a sus pies en el suelo. Tenía la mirada vidriosa.

—¡Eh! —le grité a la cara—. ¡Quédate conmigo! ¡Aguanta despierta!

Se estremeció al oírme. Abrió más aún sus enormes ojos azules y miró por encima de mi hombro, centrándose en Dwayne.

—Estoy —dijo, y respiró profundamente antes de dejar salir el resto de la frase con un suspiro largo y lento— muuuuuuuuuuy jo-di-daaaaaaaaa.

Miró hacia el porche de fuera. Yo me incorporé y me volví para mirar a Dwayne, que estaba doblado por la cintura con las manos apoyadas en las rodillas, respirando con dificultad.

—¿Dwayne? —le dije—. No lo entiendo. ¿Está…? ¿Le has…? ¿Qué cojones está pasando?

Adrienne volvió a tomar aire y exhaló de nuevo con un susurro suave.

—Está fuera —dijo.

Le olía el aliento rancio; me pregunté si iba a vomitar, o si ya lo habría hecho.

—Dwayne está justo aquí —le dije, y tanto Dwayne como ella negaron a un tiempo con la cabeza.

Él se incorporó y me hizo un gesto para que lo siguiera.

—Yo no —me dijo—. Él. El marido.

Adrienne apretó las manos contra la cama, que ya estaba hecha con las sábanas de altísima calidad que había encargado para ella, después de que se quejara de que las sábanas de la casa del lago le picaban demasiado, y se incorporó con un quejido. Logró despegar los labios de los dientes al girar la cabeza para mirar por la ventana, estremeciéndose por el esfuerzo.

—Ethan —dijo. Parpadeó, tan despacio que podrían haber pasado varios segundos hasta completar el movimiento: unas pestañas densas que descienden y después vuelven a abrirse solo hasta la mitad. Apretó los labios y adquirió un tono de voz esperanzado—. A lo mejor ya no está muerto.

Ethan Richards estaba en medio de los largos peldaños que comenzaban en el porche y descendían por la empinada pendiente boscosa de la costa hasta el lago. Se había caído de cabeza y, aunque no había sangre, la absoluta quietud de su cuerpo contra el paisaje boscoso, el movimiento del agua y los árboles que crujían con suavidad mecidos por la brisa no dejaban lugar a dudas. Tenía una de las piernas dobladas de un modo antinatural bajo el cuerpo y había una mancha oscura en la parte delantera de sus pantalones, porque se le había vaciado la vejiga. La cabeza era la peor parte: le colgaba por encima del borde de un escalón formando un ángulo horrible, como si los huesos del cuello se hubiesen pulverizado por completo y la piel fuese lo único que la mantenía unida al resto del cuerpo. Tenía los ojos abiertos, sin ver nada, de cara al lago. Lo último que habría visto, si todavía estaba vivo cuando aterrizó, eran los tonos rojizos y anaranjados de los árboles de la orilla opuesta y los destellos brillantes de los rayos de sol sobre el agua fría y oscura.

Incluso con un cadáver despatarrado en primer plano, seguía siendo una estampa preciosa. Deslumbrante. Era cierto lo que le había dicho a Adrienne: aquella era mi estación favorita del año.

Tuve el presentimiento de que aquella iba a ser la última vez que la disfrutara.

—¿Cómo ha ocurrido? —pregunté con calma.

Todavía entonces seguía rezando para que tal vez hubiese sido un accidente, aunque mi instinto me decía que era algo mucho peor. Adrienne estaba fatal —necesitaría varias horas y una buena siesta antes de poder sacarle algunas respuestas—, pero Dwayne no estaba colocado y tenía una expresión de auténtico horror: una versión adulta de la cara que había puesto hacía tantos años, el día en que mató a Harapos. No paraba de mirar hacia el dormitorio, y se me ocurrió pensar que debía de haber ayudado a Adrienne a inyectarse la droga antes de prepararse la suya. «Las damas primero».

—La he jodido —me dijo. Tenía los ojos rojos y no paraba de pasarse las manos por el pelo, sujetándose los lados del cráneo como si estuviera intentando evitar que se le separase. Me acerqué para observar con más detalle el cuerpo de Ethan. Incluso desde bien arriba, a unos seis metros de distancia, me fijé en una mancha que tenía en la curva de la mandíbula, el inicio leve de un moratón. Vi que Dwayne tenía otro en la mejilla—. Él me pegó primero —se defendió. Y me volví para mirarlo.

—¿Así que lo empujaste por las putas escaleras?

—No. No… —empezó a decir, pero sacudió la cabeza con vehemencia—. No era mi intención. Me estaba defendiendo. Solo quería que se apartara. No creí que fuese a morir.

—Pero ¿por qué? ¿Por qué estabais peleando?

Dwayne desvió la mirada hacia un lado y, en vez de él, fue la voz dulce de Adrienne la que respondió.

—A Ethan no le gusta que pruebe cosas nuevas —murmuró. Había conseguido levantarse de la cama y estaba apoyada en el marco de la puerta corredera que daba al porche, con un pie descalzo escondido debajo del otro—. No debía saberlo. Se suponía que estaba en la barca. Le gusta la barca. —Levantó una mano a cámara lenta, señaló a Dwayne con un dedo y realizó la más lánguida de las acusaciones—. Dijiste que estaba en la barca.

191

—Lo estaba —aseguró Dwayne y me miró con impotencia—. Yo estaba partiendo leña cuando llegaron. Los dejé entrar, como me pediste, y me dijo que trajera las maletas porque quería salir con el kayak inmediatamente, cuando todavía hacía sol. Le vi metiéndolo en el agua, pero supongo que… cambió de opinión, quizá. Entró justo cuando…, pero ella quería. ¡Fue idea suya!

Adrienne estaba cerrando los ojos otra vez.

—Necesito tumbarme —dijo—. No me encuentro bien. Esta vez parece distinto. Me pesan mucho los brazos.

—¿Esta vez? —pregunté entre dientes mirando a Dwayne—. ¿Cuántas veces ha hecho esto?

—No lo sé. Unas pocas. —Casi había empezado a gimotear.

—¿Desde cuándo?

—Este verano —me dijo—. Me lo pidió ella.

—Pide muchas cosas —murmuré.

Adrienne emitió una especie de graznido, una mezcla de arcada y eructo. Me volví justo a tiempo de ver cómo se le hinchaban las mejillas y se le volvían a deshinchar al tragarse su propio vómito. Puso cara de asco y dio unos pasos temblorosos hacia fuera, sujetándose con ambas manos a la barandilla para contemplar el cuerpo tendido en mitad de las escaleras. Los árboles crujían. El lago resplandecía. Ethan Richards seguía muerto.

—Lo has matado —dijo con la misma voz lenta y somnolienta. Luego, casi como un reflejo, añadió—: Guau.

Fue el «guau» lo que me superó. Tuve que llevarme el puño a la boca para no soltar una carcajada histérica. Mi padre había construido esas escaleras con sus propias manos. Ahora Ethan Richards yacía despatarrado en ellas con el cuello partido y su esposa estaba demasiado drogada para hacer algo que no fuera vomitarse en la boca y decir «guau».

Adrienne volvió a entrar dando tumbos.

—Tenemos que llamar a la policía —anuncié.

—Pero… —dijo Dwayne, palideciendo por momentos.

—Tenemos que hacerlo. Ahora mismo. Ya pinta mal que no

los llamaras de inmediato, y cuando a ella se le pase el pedo, se dará cuenta también. Si no los llama ella misma...

—Ya se estaba quedando dormida cuando sucedió —me interrumpió—. Ya la has visto. Va a estar así por lo menos una hora más. Además, desenchufé el teléfono después de llamarte. Por si acaso.

Me quedé mirándolo con incredulidad. Parecía casi orgulloso de sí mismo, pero la peor parte era la expresión de su cara: atormentada, asustada y culpable, sí, pero también esperanzada. Mi marido me había llamado y después había desenchufado el teléfono, sabiendo que yo iría corriendo, convencido de que yo resolvería lo que no podía resolverse. Me dieron ganas de pegarle un puñetazo. Quería gritar. ¿Por qué había tenido que llevar su adicción allí, a Adrienne, al lago, a la casa que yo pensaba que podría ser un camino hacia una vida mejor? La casa que mi padre había escriturado a mi nombre, solo al mío, para que ocurriese lo que ocurriese al menos tuviera algo, un lugar que fuese mío.

Ya no sería mío. No cuando terminase todo aquello. Dwayne se había asegurado de ello. Yo había leído la letra pequeña del contrato de alquiler, donde ponía por qué podían y no podían demandarte si alguien resultaba herido en tu propiedad. Los accidentes estaban cubiertos. Pero que el yonqui de tu marido empujara a un multimillonario escaleras abajo no lo estaba. Probablemente iría a la cárcel, quizá durante mucho tiempo, pero a mí me caería mi particular cadena perpetua. Todo aquello por lo que había trabajado, la vida y el futuro que por fin había empezado a construir allí, en un lugar donde ambas cosas eran difíciles de hallar, quedarían reducidas a cenizas.

Me dejé caer en una de las sillas del porche y me llevé las manos a la cabeza. Dwayne se acuclilló a mi lado.

—Solo tenemos que pensar bien lo que vamos a decir —me dijo—. Para que entiendan que ha sido un accidente.

—¿Un accidente? —le espeté—. Le has empujado por las escaleras y se ha partido el cuello. ¿Cómo va a ser eso un accidente?

—¡Pero no fue así! —Me agarró la mano y me miró a la cara con expresión de urgencia—. No le empujé por las escaleras. Le di un puñetazo y él trastabilló hacia atrás y después cayó escaleras abajo. ¿No significa eso que fue un accidente? Legalmente, quiero decir.

—No —respondí—. Dios santo. Legalmente has matado a alguien, joder. ¿Y qué hay de las drogas? ¿Le vamos a decir a la poli que eso también fue un accidente? ¿Que ibas corriendo por la casa con una jeringuilla llena de droga, te tropezaste, caíste encima de Adrienne y, uy, la aguja entró sin más?

—No tiene gracia, Lizzie.

—No me estoy riendo, Dwayne. ¿Qué pensabas que ocurriría cuando llegara?

—¡No lo sé! ¡Pensé que tendrías alguna idea! Tú eres muy lista, joder. Siempre actúas así, ¡como si fueras más lista que yo! —Había empezado a gritar y algunas gotas de saliva salían disparadas de sus labios y aterrizaban en su barba. Se puso en pie y empezó a dar vueltas de un lado a otro, con la voz cada vez más ronca—. No soy una mala persona. ¡No lo soy! ¡Solo he cometido un error! ¡No pueden meterme en la cárcel por un error!

—Oh, DJ —le dije, y se me quebró la voz. Hacía años que no lo llamaba por su apodo—. Claro que pueden. ¿Y sabes qué es lo mejor? Que me has llamado a mí, así que ahora estoy en el ajo. Eso es lo que parece ahora, que yo he formado parte de esto. Así que es probable que vayamos los dos a la cárcel. Me has jodido a mí también.

Dwayne tomó aire, suspiró y se sentó en la silla del porche junto a mí.

—Supongo que es así, ¿verdad? —comentó con voz impasible. Me miró con una sonrisa extraña en las comisuras de los labios—. Yo te jodo a ti. Tú me jodes a mí. Y así sucesivamente. Así es nuestra puta vida. Es lo que mejor hacemos. —Suspiró—. Así que vale. ¿Quieres llamar a la policía?

Me quedé mirando hacia el lago. El sol estaba cada vez más bajo, proyectando sombras largas y oscuras sobre el agua. En algún lugar de la orilla de enfrente, un somorgujo empezó a graznar en bucle, riéndose de forma histérica. Nos quedamos sentados, escuchando, y ambos dimos un respingo cuando otro pájaro más cercano graznó en respuesta. Llamando a su pareja desde el otro lado del lago. Gritaron juntos conforme crecía la intensidad de la brisa y los árboles crujían y gemían sobre nuestras cabezas. Procedente del dormitorio, a nuestra espalda, nos llegó el leve ronquido de Adrienne. Por un momento me pregunté si podría cargarle el muerto a ella. Decir que nosotros habíamos venido a darles la bienvenida a la casa y nos los habíamos encontrado así: una drogada y durmiendo y el otro muerto. Pensé que la policía podría creérselo… durante cinco segundos, hasta que Adrienne se despertara y lo largara todo.

Suspiró.

—Cállate y déjame pensar —dije.

Y me hizo caso.

Dos horas más tarde, cerca del crepúsculo, Adrienne se despertó. Yo estaba de pie en la puerta, observándola. Le costó trabajo incorporarse, pero no vi confusión ni somnolencia en su expresión cuando me devolvió la mirada. Me moví inquieta. Ella entornó los ojos y se aclaró la garganta.

—Pensé que la policía ya estaría aquí —comentó—. Mi marido ha muerto, ¿verdad? Sé que ha muerto. Dwayne lo ha matado. Lo he visto. ¿Por qué no ha venido la policía?

—Estábamos esperando a que te despertaras —le respondí mientras entraba en el dormitorio—. Tenemos que hablar.

—¿Hablar de qué? —me espetó frotándose los ojos—. Dios, ¿qué hora es? ¿Y dónde está Ethan? ¿Sigue ahí… ahí tirado? ¡¿Lo habéis dejado ahí?!

—De eso es de lo que queremos hablar contigo —le dije, y miré por encima de mi hombro hacia el pasillo que tenía detrás.

Era el turno de Dwayne: le hice un gesto y entró también, dio unos pasos hacia Adrienne y entonces pareció pensárselo mejor y se detuvo en seco a medio camino entre nosotras. Nos miró alternativamente a la una y a la otra.

—Escuchad —dijo—. Ahora estamos todos metidos en esto.

—¿Disculpa? —respondió Adrienne parpadeando.

—Lo que quiere decir Dwayne —intervine yo, acercándome también a ella— es que tenemos que ver qué le contamos a la policía. Dada la situación. Sé que le pediste que te consiguiera heroína...

—Ah, ¿es eso lo que le has contado? —le preguntó a Dwayne con una sonrisa de suficiencia. Su tono había cambiado y en sus palabras se distinguía aquel acento sureño.

—Lo que digo es que esto lo complica todo —dije levantando las manos—. Para todos. Si no hubieras estado chutándote, nada de esto habría ocurrido.

Adrienne ladeó la cabeza, se cruzó de brazos y apretó los labios. Pasaron unos segundos interminables mientras yo aguardaba a que respondiera. Dwayne volvía a pasarse las manos por el pelo.

—Así que —dijo Adrienne al fin—, chantaje. ¿Es eso lo que crees que vamos a hacer? Yo finjo que Ethan se cayó solo por las escaleras y vosotros no decís que estaba experimentando con sustancias ilícitas. ¿Lo he entendido?

—Nadie ha dicho nada de chantaje —me apresuré a aclarar, aunque una voz interior sardónica añadió el texto entre líneas: «Al menos no en voz alta»—. Lo único que digo es que había... circunstancias atenuantes. Han pasado muchas cosas aquí.

—Atenuantes —repitió ella, y la sonrisa de suficiencia asomó de nuevo a sus labios—. No tienes ni idea.

—Entonces ayúdame a entenderlo —le pedí—. Cuando llegué aquí, estabas...

—Estaba puesta con la droga que tu marido me pasó —concluyó por mí, mirando con rabia a Dwayne, que se quedó con la boca abierta.

—¡Porque tú me lo pediste! —la acusó—. En cuanto Ethan se marchó, ¡me preguntaste si tenía algo!

—¿De verdad? —preguntó Adrienne—. No sé yo si lo recuerdo de ese modo.

—Adrienne, por favor —le dije, y noté que se me notaba la desesperación en la voz—. Tenemos que pensar con claridad. No se trata solo de Dwayne. Si la policía cree que estuviste implicada, tendrás los mismos problemas que nosotros.

De hecho, no tenía ni idea de si eso era cierto. Pero el cuerpo de Ethan llevaba horas ahí tirado, con el moratón delator del puñetazo de Dwayne en la mandíbula, y Adrienne había estado presente cuando sucedió. Fue lo mejor que se me ocurrió, el plan surgido tras varias horas dándole vueltas: hablar con Adrienne e intentar convencerla de que lo mejor para todos sería decir que la muerte de Ethan había sido un accidente. Pensé que haría falta convencerla, coaccionarla un poco, pero aquello —esa sonrisilla extraña, los párpados entornados, el tono burlón y su manera de mirar a Dwayne— resultaba inquietante y no era lo que me esperaba. Me pregunté por un momento, de manera fugaz, si habría algo que no me había contado. Algo que el resto de los presentes en la habitación sabía y yo no.

Debería habérmelo preguntado un poco más. Debería haber hecho preguntas.

Pero no lo hice.

Porque entonces fue cuando Adrienne se levantó, me clavó un dedo acusador y dijo:

—Deja que te lo explique, Lizzie. A los dos. Yo soy la víctima. Soy la superviviente. ¿Creéis que la policía os va a creer a vosotros antes que a mí? El yonqui paleto de tu marido me chutó la droga y asesinó a Ethan. Y tú, hasta donde yo sé, estabas en el ajo. ¡Probablemente lo planeaste! A lo mejor yo ni siquiera debía volver a despertarme.

Entonces fui yo la que se quedó mirándola.

—¿Disculpa? —le espeté.

Ya incluso entonces estaba empezando a imitarla sin saberlo, utilizando la misma palabra que ella misma había empleado pocos minutos antes.

Adrienne se volvió hacia Dwayne.

—Ese pinchazo. Esta vez me ha parecido diferente. ¿Acaso no te lo dije? ¿Qué es lo que me diste?

—Nada —respondió él con incredulidad—. Es decir, nada diferente. —Me miró entonces con los ojos muy abiertos—. De verdad. Lo juro. No se me ocurriría…

—¡¿Qué?! —gritó Adrienne—. ¿No se te ocurriría qué? ¿Matar a alguien? ¿Le preguntamos a mi marido qué piensa de todo esto?

Respiré profundamente. Sentía que tenía las orejas ardiendo y notaba el pulso acelerado detrás de los ojos. Todavía podía arreglar aquello. Tenía que hacerlo.

—Adrienne, ha sido un accidente. Nadie ha intentado matarte —le aseguré.

—¡No te creo! —chilló. Nos miró a los dos y luego, de pronto, soltó una carcajada breve y negó con la cabeza—. Dios, y es que ni siquiera importa. Miraos. Miradme a mí y miraos a vosotros. Sois un par de jodidos paletos. Cuando le cuente a la gente lo que habéis hecho, nadie os creerá cuando digáis que no es cierto. Si digo que nos engañasteis para venir aquí, en mitad de la nada, para poder matarnos, violarnos y robarnos, me creerán a mí. —Hablaba cada vez más deprisa, agitando las manos, con la voz más aguda—: La policía, la prensa. Joder, menuda historia. La gente se volverá loca. Seguro que hasta me piden escribir un libro. En serio, Lizzie. Tú mira. Mírame a mí y mírate a ti.

Adrienne respiraba de forma entrecortada, igual que yo. Oía a Dwayne farfullando de fondo, pero lo ignoré. Me concentré. Porque estaba sucediendo algo importante: estaba haciendo lo que Adrienne quería.

Estaba mirándola. Estaba mirándola con mucha atención.

Tenía el pelo hecho un desastre, el maquillaje corrido. Llevaba su atuendo favorito, el bikini rojo y la camiseta holgada de rayas, prendas que me había comprado para mí pero que le había dado a ella antes incluso de llegar a ponérmelas, porque en el lago había tanta porquería y tanta brea que le preocupaba que se le manchara su carísima ropa del tinte. Tenía manchas en la piel. Los labios cuarteados. Incluso tenía un moratón en la rodilla.

Nos parecíamos más que nunca.

Adrienne sonrió con gesto triunfal.

Yo alcancé la escopeta.

Cuando era pequeña y mi padre estaba enseñándome a disparar un rifle, me dijo que lo más importante de la caza era esperar el momento preciso. Después de que el ciervo entrara en tu campo de visión, pero antes de que captara tu aroma y saliese corriendo. Me enseñó que tener buena puntería no servía de nada si además no tenías paciencia. Me dijo que lo de apretar el gatillo consistía sobre todo en no apretar el gatillo. Tenías que esperar. Tenías que encontrar el momento perfecto, pero entonces no podías vacilar. Cuando llegaba ese momento, solo podías respirar una vez y hacer lo que había que hacer.

Inspira.

Espira.

Aprieta.

Y tenías que estar preparada. No solo para el estallido de la bala y para el impacto del retroceso, sino para lo que venía después. El grito de la muerte. El giro final. La criatura que hacía unos segundos se movía y que ya se quedaría inerte para siempre. Irremediablemente.

Me dijo que quitar una vida, incluso la vida de un animal, era algo que ya no podía deshacerse. Pero, si tienes paciencia, si tienes fuerza, si escoges bien el momento: puedes hacer lo que hay que hacer. Y puedes saber, en el fondo de tu corazón, que has tomado la decisión correcta.

Yo estaba tomando la decisión correcta. La propia Adrienne no paraba de decirme que me merecía una vida mejor. No creo que lo dijera en serio. No creo que pensara mucho en mí. Pero supongo que, en algún momento, debí de empezar a creerme sus palabras.

Adrienne se había quedado muy quieta mirando la escopeta.

—Dwayne —dije—. Retrocede.

—¿Qué estás haciendo? —me preguntó él, perplejo. Pero, por una vez, hizo lo que le pedía. Retrocedió.

Cargué un cartucho en la recámara.

Adrienne levantó una mano y me señaló con el dedo índice. Nunca sabré lo que pretendía hacer, si acusarme o pedirme tiempo.

—Zorra loca —soltó y giró la cabeza para mirar a mi marido—. Dwayne —dijo entre dientes—. ¡Dwayne! ¡Dile que pare! ¡Haz algo!

Tomé aire. La luz en la habitación pasó del dorado al rosa a medida que el sol se ocultaba detrás de los árboles. «Inspira. Espira».

—No sé por qué le miras a él —respondí. Y la voz ya no se parecía a la mía.

«Aprieta».

La escopeta retrocedió contra mi hombro.

Fuera, un somorgujo gritó sobre el lago vacío.

Junto a mí, mi marido susurró el nombre de otra mujer.

Había tanta sangre.

CAPÍTULO 21

LIZZIE

EL LAGO

Intenté pensar que lo que tenía delante de mí era carne. Nada más. Como las ardillas que cazábamos y despellejábamos. Como los ciervos que desangraba, despellejaba y despiezaba yo para ganar algo de dinero extra. ¿Cuántas veces me había tapado la boca y la nariz con un pañuelo y me había puesto a despiezar un cuerpo? Retirar el ano, extraer las vísceras, colgarlo para dejar que cayese la sangre. Filetear el lomo, rebanar los costados. Empaquetarlo todo con film transparente, todo bien higiénico, todo bien limpio. Como si fuera algo que encontrarías en un supermercado.

Carne.

Después de apretar el gatillo, después de que Dwayne dijera el nombre de Adrienne y luego nada más, nos quedamos en silencio durante lo que pareció una eternidad. Debería haberme entrado el pánico, pero no fue así. El sonido de la escopeta había sido terriblemente fuerte, pero no había nadie por allí cerca que pudiera oírlo. Solo los somorgujos, y lo único que hacían era reírse y reírse, y sus gritos reverberaban sobre la superficie del agua a medida que el cielo iba pasando de rosa a morado. Estábamos solos. Lo hecho, hecho estaba. Y en mi cabeza habló entonces una voz fría y razonable: «Ya sabes lo que tienes que hacer».

Dwayne cambió el peso de un lado a otro. Se encontraba más cerca de Adrienne que yo cuando disparé la escopeta y tenía pequeñas salpicaduras de sangre dispersas como pecas sobre la frente.

—No la toques —empecé a decir, pero vi que no avanzaba hacia Adrienne. Estaba retrocediendo, mirándome con ojos de terror.

—Le has disparado —me dijo—. Hostia puta. ¿Por qué le has disparado?

Miré hacia la cama, donde Adrienne, o lo que quedaba de ella, había rebotado con la fuerza de la bala y había aterrizado despatarrada de medio lado. Había una salpicadura de sangre en la pared que tenía detrás, una mancha debajo que iba haciéndose cada vez más grande, empapando las sábanas. Sentí que me hervía la sangre, pero me contuve.

—Ya la has oído —le dije con calma—. Ya has oído lo que pensaba hacer.

—Sí, pero…

Me volví y le ofrecí el arma con las dos manos. Retrocedió como si pensara que fuese a morderle.

—Tómala —le dije—. Ponla en la camioneta. Después retira el cuerpo de las escaleras y mételo en el asiento del copiloto. No es un hombre grande. Deberías poder trasladarlo tú solo. Si hay sangre, no la pises. Ten cuidado.

—Pero —repitió, y yo me acerqué y empujé la escopeta contra su pecho—. Tómala. ¿Querías que tuviera una idea? Pues aquí la tienes. Esta es mi idea. Ya te explicaré el resto más tarde. De momento tenemos que acabar con esta parte mientras todavía quede algo de luz. Pon la escopeta y el cadáver en tu camioneta. Espérame fuera. ¿Dónde está tu cuchillo de caza?

—En el bolsillo.

—Dámelo.

Me obedeció sin decir palabra. Agarré el cuchillo contra mi pecho.

—Haz lo que te digo y luego quédate fuera. No quiero que vuelvas a entrar aquí.

Pensé que me discutiría, pero no lo hizo. En todo caso, pareció aliviado, y lanzó una última mirada de soslayo al cadáver sobre la cama antes de darse la vuelta con la escopeta en las manos. La última vez que veía a su amante, sabría después. Me pregunto en qué estaría pensando, si sería algo tierno. Me pregunto si de verdad le gustaba.

Esperé hasta oír cerrarse la puerta mosquitera y sus pasos en el camino de la entrada. No quería tener a Dwayne allí para lo que estaba a punto de hacer, pero incluso cuando me quedé sola vacilé. La voz de mi cabeza me presionaba, pero una parte de mí entendió en ese momento que no tenía por qué hacerle caso. Que había otras maneras de acabar con eso, incluyendo una versión de la historia en la que volvía a enchufar el teléfono, llamaba a la policía y dejaba que llegaran justo a tiempo de pillar a mi marido salpicado de sangre metiendo el cadáver de Ethan Richards en el asiento del copiloto de su camioneta, junto a una escopeta que había sido disparada recientemente. Una versión en la que yo contaba a todo el mundo que Dwayne los había matado a los dos y que yo había llegado demasiado tarde o estaba demasiado asustada para detenerlo. Sería mi palabra contra la suya, pero pensé que podía lograr que me creyeran. Si fuera necesario. Si deseara hacerlo. Desde luego, las probabilidades eran mejores que las de sacar adelante mi otro plan, que ni siquiera estaba todavía elaborado del todo y solo parecía que podía funcionar porque era totalmente descabellado: el hecho de que, en esos últimos momentos, Adrienne había sido como un reflejo distorsionado de mí misma.

La verdad es que no me precipité. Me lo imaginé de la otra forma, hasta el final. Pensé en cómo podría terminar: con Dwayne en prisión, o quizá incluso muerto, si la policía llegaba en mal momento o si era tan estúpido como para agarrar la escopeta. Y yo sola en nuestra casita mugrienta, contemplando el hueco del sofá donde el hombre al que había prometido cuidar y respetar, para bien o para mal, solía despatarrarse al final del día. Me imaginé las miradas, los susurros, la rabia, si él iba a la cárcel y yo quedaba libre. Dirían que le empujé a hacerlo. Dirían que debería haberme matado a mí también. Es posible que la policía me creyese, incluso un jurado, pero ¿mis vecinos? Jamás. ¿Podría quedarme en Copper Falls después de aquello? Y, si me marchaba, ¿adónde iría? Me imaginé tratando de empezar de nuevo, sin blanca, sin formación y con casi treinta años, en un lugar donde nadie supiera mi nombre; y entonces me di cuenta de que, después de lo ocurrido allí aquel día, ese lugar no existiría. Fuera donde fuera, seguiría allí. La arpía de la chatarrería. La zorra paleta. La que se fue de rositas después de que su marido se cargara a dos personas. Adrienne tenía razón: menuda historia. Al contrario que ella, a mí no me ofrecerían escribir un libro desde el punto de vista de la superviviente, no visitaría todos los programas de la tele para hablar de ello. No era esa clase de chica. Todavía oía sus palabras repetidas en mi cabeza, toda la verdad que encerraban.

«Mírame», había dicho. «Mírame y mírate a ti».

Agarré el cuchillo y me puse manos a la obra.

Dwayne tenía su cuchillo afilado. Me rebané el lunar de debajo del pecho con una punzada de dolor tan intensa que solté un grito ahogado. Un segundo, formaba parte de mí; al segundo siguiente, era solo una protuberancia pequeña y negra que sujetaba con el pulgar y el índice, y en el lugar donde había estado adherido solo quedaba una palpitación dolorosa. Me había preocupado que sangrara mucho, pero apenas lo hizo. Tenía un bote de pegamento instantáneo en uno de los cajones de la cocina; lo había utilizado aquel verano para arreglar el asa rota de la taza de café favorita de Adrienne. Solo hizo falta una gotita para que se le pegara el lunar; bueno, eso y una vida entera de rumores. Pensé en los chicos que me habían perseguido por el bosque tantos años atrás, los que me habían levantado la camiseta por encima de la cabeza y le habían contado a todos lo que habían encontrado allí debajo. La humillación de aquel momento me había perseguido toda la vida, pero ahora lo agradecía: resultaría absurdamente fácil hacer pasar el cuerpo de otra persona por el mío. Le quité el anillo de diamantes del dedo ensangrentado y, en su lugar, le puse mi alianza de oro. Di un paso atrás, cerré los ojos y tomé aliento. El corazón me latía desbocado, pero mis pensamientos mostraban una calma siniestra. Palpé a mi espalda en busca del interruptor de la luz. Para el siguiente paso, necesitaría ver con claridad.

«Mírame, y mírate a ti».

Encendí la luz. Y miré.

El tono rojizo de su melena bien podría pasar por el mío. Su cuerpo no era exactamente el mismo, tenía el torso un poco más largo y los pechos más redondos, pero no importaba mucho, porque nadie salvo Dwayne me había visto desnuda desde hacía años. Llevaba las uñas pintadas con un tono que no recordaba si tenía, pero ¿quién iba a molestarse en comprobarlo? Sobre todo cuando estarían seguros de que era yo, y estaba convencida de que así sería. El lunar estaba en su sitio. La ropa era la misma. Adrienne era de piel clara, igual que yo. Tenía ojos azules, como yo. Más abajo de eso, la escopeta le había destrozado los rasgos. Aunque la nariz… Entorné los párpados. Se le parecía. Quizás era un poco más respingona. Una diferencia sutil. Tenías que fijarte mucho. Estaba casi segura de que nadie se daría cuenta.

«No merece la pena correr el riesgo por un casi».

Fruncí el ceño. Vacilé.

«Carne», pensé. «Solo es carne».

Cuando hube terminado, le eché la colcha por encima, con cuidado de no esparcir la sangre, atenta a cada paso. Escuchando a la voz de mi cabeza, que me decía que me diese prisa, que fuera con cautela.

Encendí el interruptor del triturador de basuras con el codo: sin dejar huellas.

Me aseguré de levantar el asiento del váter antes de vomitar.

Tiré de la cisterna dos veces añadiendo un tapón de desinfectante, por si acaso.

Cuando me di la vuelta, vi un vestido holgado de manga larga colgado en la parte trasera de la puerta del baño, y unas botas de montar colocadas en el suelo junto a la bolsa de viaje de Adrienne: la ropa que llevaba puesta al llegar. Me lo puse todo, incluida la ropa interior que había arrugada en un bolsillo lateral de la bolsa. Solo las botas me quedaban ajustadas; el tanga de encaje se amoldaba a los huesos de mis caderas, los pechos entraban cómodamente en las copas del sujetador. La cremallera del vestido subió sin problema y la prenda se deslizó sobre mi cuerpo, con el dobladillo rozándome los muslos desnudos. Eché mi ropa en la cesta, para que cualquiera que lo viese diese por hecho que había hecho lo mismo que ella: había llegado a la casa una cálida tarde de otoño y me había puesto un traje de baño para disfrutar de lo que quedaba del sol vespertino. Cualquier rastro de Adrienne estaba en su bolsa. En su lugar dejaría mi bolso.

Cuando me volví para mirarme en el espejo, vi a una desconocida. Una mujer que se parecía un poco a mí, pero más a ella, como si hubiese empezado a transformarme en una versión más refinada pero hubiese salido de la crisálida antes de que se completara el proceso. Mi imagen del espejo aparecía erguida, con los hombros hacia atrás, la barbilla levantada en actitud de seguridad y los labios algo apretados. Busqué en la bolsa de Adrienne un pintalabios y me los pinté, aplicando el color en las comisuras con el dedo, como le había visto hacer a ella. Sonreí.

«Ahí estás».

Adrienne Richards me devolvió esa sonrisa de superioridad. Ladeé la cabeza; ella hizo lo mismo. Me llevé una mano a la cadera y ella me imitó.

Luego un golpe amortiguado me llegó desde el otro lado de la pared, y volví a verme en el espejo: petrificada, con una mano en el pecho y la boca abierta en forma de O.

Algo se movía en el dormitorio.

Me asomé por la puerta y dejé escapar el aliento. Solo era Dwayne. Le había dicho que se quedara fuera, pero, claro, no me había hecho caso. No solo eso, sino que estaba inclinado sobre la colcha, a punto de levantarla para mirar debajo. Salí del cuarto de baño y me aclaré la garganta.

Dwayne me miró y, si no hubiera estado ya convencida de

poder representar el papel que vendría a continuación, su reacción habría terminado de confirmármelo. Retrocedió con un grito, extendiendo las manos frente a él como si quisiera mantenerme alejada.

—¡Joder! —gritó.

Se agarró al borde de la cómoda, respirando con dificultad, mirándome desde el otro lado de la habitación. Me llevé una mano a la cadera.

—Te dije que esperases fuera —le dije.

—¡La madre que me parió! —exclamó—. Pensé que eras ella. Me has dado un susto de muerte, joder. Te juro que eres igual que... Espera un momento. ¿Esa es su ropa?

—Sí.

—¿Por qué?

—Hablemos fuera. —Vaciló, mirando de nuevo hacia la cama, el bulto inerte que yacía bajo la colcha ensangrentada. Di un paso al frente. Le tendí el cuchillo de caza, bien limpio, y él lo aceptó con una mirada inquisitiva—. Confía en mí —le dije—. No querrás ver lo que hay debajo.

Después de aquel momento en el dormitorio, no me fue difícil hacerle entender a Dwayne cómo iban a ser las cosas. Cómo iban a ser si teníamos suerte. En el transcurso de dos veranos, muchas conversaciones y docenas de botellas de vino, Adrienne me había dado —nos había dado— sin saberlo toda la información que necesitábamos para vaciar sus cuentas y desparecer. En una ocasión, cuando estaba muy borracha, me había confesado que Ethan y ella habían estado preparados para huir del país cuando parecía que a él iban a imputarle por sus delitos. Yo ni siquiera tuve que fingir que me sorprendía y, cuanto más la miraba con perplejidad, más hablaba ella.

—Chica, deberías verte la cara —me dijo riéndose mientras se rellenaba la copa—. Eres una ingenua. Qué adorable. Ay, me metería en un lío si Ethan me oyera hablando de esto, pero no me importa. ¿A quién se lo vas a contar tú, verdad? —Se rio y dio un largo trago al vino—. Ethan no iba a ir a la cárcel. Tiene contactos. Se habrían ocupado de todo. —Se encogió de hombros—. Pero luego el caso se cerró y pudimos quedarnos donde estábamos. Tanto mejor. Odio Moscú.

—Tienen dinero almacenado en todas partes —le dije a Dwayne. Estábamos apoyados contra su camioneta, fumando cigarrillos de un paquete que había logrado sacar de la guantera estirando el brazo por encima del cuerpo cada vez más rígido de Ethan Richards—. Quizá incluso tengan pasaportes, no sé. Más lo que tenga ella en sus cuentas… Si consigo hacerme con eso, estaríamos forrados.

—¿Te sabes su código del cajero o algo así? —me preguntó él con el ceño fruncido.

—Dwayne, la gente como esta no utiliza cajeros automáticos. Tienen asesores financieros. Si voy allí y le digo que tengo que liquidar algunos activos…

—¿No crees que se dará cuenta de que no eres ella?

—No —respondí y apreté los labios—. No, no lo creo. Solo la ha visto un par de veces y no creo que fuera hace poco. Si Adrienne Richards concierta una cita en su despacho y luego aparece una mujer que conduce el coche de Adrienne, que viste la ropa de Adrienne y camina y habla como ella… Creo que verá lo que espera ver. Me parezco tanto que a ti casi te engaño antes. Y eso que sabías que estaba muerta.

—¿De cuánto dinero estamos hablando? —me preguntó tras dar una calada al cigarrillo.

—Mucho. Quizá lo suficiente para que nos dure el resto de nuestra vida, si lo planeamos bien. —Mi voz empezaba a animarse y el corazón se me aceleraba. Después de los horrores de aquel día, de todas las cosas que ambos habíamos hecho y que no podíamos borrar, la idea de escapar bastaba para emocionarme. Había un cadáver en la camioneta a mi espalda y otro enfriándose en el dormitorio, pero yo estaba viva, igual que mi marido. Quizá no fuese demasiado tarde para nosotros. Quizá pudiéramos empezar de nuevo y, esta vez, lo haríamos bien—. Podríamos ir a cualquier parte, Dwayne —le dije—. Tendríamos que ir con cuidado, pasar desapercibidos durante un tiempo. Quizá un año. Tendríamos que ser listos. Pero podríamos empezar de nuevo. Tú puedes desintoxicarte… —Me dirigió una mirada severa y yo le agarré de nuevo la mano—. Puedes hacerlo. Sabes que puedes. Te ayudaré.

Dio una última calada al cigarrillo antes de tirarlo al suelo y apagarlo en la tierra. Me agaché para recogerlo, sorprendida por la rapidez con que mi cerebro se había acostumbrado a la idea de que no deberíamos dejar ningún rastro. Apagué mi cigarrillo también y tiré ambas colillas a la parte trasera de la camioneta. Dwayne se mordió el labio.

—¿De verdad crees que podrías hacer eso? —me preguntó—. Lo de conseguir ese dinero extra.

—Sí —respondí.

Parecía más convencida de lo que me sentía. La verdad es que no lo sabía a ciencia cierta. Pero, después de haber empezado a imaginar lo que podría ser posible, todo lo que podríamos tener si desempeñaba mi papel correctamente, me parecía absurdo no intentarlo al menos. Ya estábamos huyendo. Estaba corriendo un riesgo de igual modo. ¿Por qué no correr un riesgo ligeramente mayor a cambio de una recompensa mucho mayor?

—Florida —dijo de pronto Dwayne y me hizo volver a la realidad.

—¿Qué?

—Podríamos irnos a Florida. En el aserradero había un tipo que decía que puedes cazar cerdos salvajes en los pantanos. —Se encogió de hombros—. No sé. Has dicho que pasáramos desapercibidos, así que…

—Sí, por supuesto —respondí enseguida, ignorando el hecho de que la idea de Florida me ponía los pelos de punta. Mosquitos, caimanes, cucarachas del tamaño de un puto zapato, el calor interminable y sofocante. Pero necesitaba a Dwayne de mi parte y, si la idea de cazar cerdos salvajes en los pantanos le hacía colaborar… Así que sonreí—. Florida. Perfecto.

—Sí —convino él con un gesto afirmativo—. No se les ocurriría buscarnos allí.

—Bueno, si tenemos suerte, no nos buscarán en ninguna parte.

—¿Ah, no? —me preguntó con una mirada inquisitiva.

—Nadie va a buscarte si cree que ya estás muerto.

Era poco más de medianoche cuando nos marchamos, noche cerrada y oscura. La última vez que vi la casa del lago fue a través de mi espejo retrovisor, una silueta oscura rodeada de pinos que crujían y se mecían con la brisa. Conducía la camioneta de Dwayne, agarrando el volante con fuerza, trasladando con cuidado el cuerpo sin vida de Ethan Richards a su lugar de descanso eterno. Le había puesto el cinturón —lo último que quería era girar demasiado rápido y acabar con un muerto bocabajo sobre mi regazo—, pero no podía hacer nada con su cabeza, que se tambaleaba hacia delante y hacia atrás cada vez que pisaba un bache. Distinguía los faros del Mercedes detrás de mí en los tramos rectos; Dwayne iba al volante y me seguía a cierta distancia. No había necesidad de ir pegados; ambos conocíamos el camino.

La chatarrería estaba en silencio y las montañas de chatarra se alzaban como picos escarpados contra el cielo de medianoche. Los faros de la camioneta iluminaban mi camino, aunque podría haber conducido a ciegas. Después de todos esos años, todavía conocía aquel lugar, sus giros y recovecos grabados para siempre en mi memoria. La caravana, situada en el extremo más cercano a la carretera, estaba a oscuras, con las persianas bajadas, vacía, como ya me imaginaba. Mi padre estaría en Strangler's, bebiendo hasta las dos de la mañana antes de quedarse a dormir la mona en su camioneta hasta el amanecer. Para cuando regresara, el lugar estaría en llamas.

Había empezado a contar una historia en la casa del lago y este era el último capítulo. La historia iba así: Hace mucho tiempo, después de diez años de infeliz matrimonio, Dwayne Cleaves mató a su mujer y luego se suicidó, poniendo fin a su vida en la misma chatarrería donde años atrás se habían conocido. Encendió una bengala antes de apretar el gatillo. Lo redujo todo a cenizas. Me parecía la clase de historia que la gente se creería. No porque Dwayne y yo hubiésemos sido especialmente infelices, sino porque no lo habíamos sido, ¿y acaso esas parejas no parecen siempre lo suficientemente felices, hasta el momento en el que se produce el primer muerto?

Prepararía la escena, encendería el fuego y diría adiós para siempre a Lizzie Ouellette. Al pueblo al que nunca perteneció. A la chatarrería que solía llamar hogar. Al hacerlo, le lanzaría un beso al hombre que me creó, que me crio y que me dio la mejor vida que pudo. El que una vez me dijo que mataría por mí, y hablaba en serio.

Agarré la bengala con la mano. La encendí. Inspiré, espiré.

Quería creer que mi padre, de entre todas las personas, entendería las decisiones que había tomado esa noche. No las aprobaría, pero las entendería. Aquel sería mi último regalo para él. Al menos sabía que estaría bien cuidado. Incluso después de casarme y mudarme al pueblo, seguí echándole una mano allí con el mantenimiento de la finca, lo que incluía asegurarme de mantener actualizada la póliza del seguro. Mi padre siempre decía que deberíamos cambiarnos a una más barata, pero yo insistía en tener cobertura completa. Cuántas veces habría bromeado mi padre con eso, diciendo que ganaría el doble de dinero si el lugar se incendiase que si lo vendiese. Esperaba que fuese cierto. Esperaba que aceptase la indemnización, hiciera las maletas y se marchara sin mirar atrás.

Quizá no debería haberlo hecho. Quizá destruir todo lo que nos ataba a ese pueblo fuese mi sueño, no el suyo.

Pero el fuego ya estaba encendido.

Las llamas se reflejaban en los ojos abiertos de Ethan Richards, después ascendieron hasta envolverlo. Retrocedí, viendo cómo el fuego inundaba la cabina, a la espera de que la pila de chatarra más cercana se prendiese también antes de darme la vuelta y correr.

Regresé corriendo por el sendero por última vez, con el viento en las orejas y picor en los ojos, mirando sobre las montañas de chatarra hacia un cielo cuajado de estrellas titilantes. Corría tan deprisa que me parecía que volaba. No sabía lo que ocurriría después y, en ese momento, no me importaba en absoluto. A mi espalda, las llamas comenzaron a crecer, cada vez más altas. Frente a mí, nada salvo la noche infinita.

CAPÍTULO 22

LIZZIE

LA CIUDAD

Dwayne se estremeció cuando se disparó la pistola, después trastabilló hacia delante, tambaleándose, con los pies separados como los de un boxeador. Abrió la boca y, por un momento, pensé horrorizada que iba a hablar, que no había apuntado bien e iba a tener que volver a apretar el gatillo. No estaba segura de poder hacerlo. Peor aún, de pronto no estaba segura de querer hacerlo. Mi marido estaba delante de mí, con un pequeño agujero en la pechera de la camisa, donde le había disparado. Los bordes del agujero empezaban a teñirse de rojo y yo solo podía pensar en lo que me había dicho tantos años atrás, el día que mató a Harapos.

«Desearía no haberlo hecho. Lo deseé al instante».

Pero en mi caso no era así. Lo que fuera que sintiera respecto a lo que acababa de hacer no era algo tan puro o franco como el arrepentimiento. Yo no deseaba no haberlo hecho. No quería borrar mi decisión. Simplemente no deseaba tener que tomarla dos veces.

Y al final no me hizo falta. A Dwayne le fallaron las piernas y se desplomó con torpeza, hacia delante, golpeándose la cabeza contra la esquina del elegante escritorio de caoba de Ethan Richards. Se oyó un crujido húmedo porque se le rompió la nariz con el impacto, y un segundo golpe sordo al terminar de caer sobre la moqueta. Se le quedaron los brazos inertes a ambos lados del cuerpo, no los había levantado para amortiguar la caída. Creo que estaba muerto antes de tocar el suelo.

Espero que fuera así. Espero que fuese rápido. Por muy enfadada que estuviera con Dwayne, que me había jodido tanto la vida que casi había logrado joderme también la muerte, nunca quise que sufriera. No se trataba de deseo. Se trataba de supervivencia, de la certeza de que no podía salvarnos a los dos, porque no podía salvar a mi marido de sí mismo. Las drogas, las mentiras, la maldita foto del móvil con Adrienne que no había podido evitar mostrar por ahí, pero de la que tampoco se había atrevido a hablarme: habría seguido así, hasta cometer un error que yo no pudiera resolver, un error que nos destruiría a ambos. Con el tiempo, Dwayne la habría cagado y le habrían pillado. Y, si yo no hubiera encontrado ahora el valor de tomar un rumbo diferente, me habría visto arrastrada con él, sin soltarle la mano mientras los dos nos ahogábamos.

La única opción era soltarle.

Me quedé allí parada durante un minuto entero después de que cayera al suelo, con la pistola colgando sin fuerza de mi mano, comprobando que Dwayne no se movía, que no respiraba. Incluso conforme pasaban los segundos, sabía que no me hacían falta. Después de diez años compartiendo una casa, una cama, una vida, sabes distinguir la diferencia entre tu marido y la carcasa vacía donde antes habitaba. Se había ido.

Era el momento de empezar a contar una nueva historia.

Dwayne seguía llevando el cuchillo de caza en el bolsillo. Dejé a un lado la pistola mientras lo sacaba y lo apretaba contra mi pecho.

«Estaba allí cuando me desperté. Tenía un cuchillo».

«Dijo que había matado a mi marido».

«Dijo que quería dinero».

«No sabía que teníamos una pistola en la caja fuerte».

Me choqué de espaldas contra la pared y me apoyé en ella. Me deslicé hasta el suelo. Me quedé un minuto más viendo si se movía;

no porque pensara que fuese a hacerlo, sino porque eso era lo que haría ella. En mi cabeza, la voz de la superviviente calculadora seguía describiendo una versión alternativa y plausible de los acontecimientos.

«Le disparé. Le quité el cuchillo. Pensé que quizá volvería a intentar atacarme».

Respiré profundamente. Después otra vez. Al tomar aire, se me empezó a acelerar el corazón y empecé a ver estrellas plateadas en los márgenes de mis ojos.

«Esperé. Cuando estuve segura de que había muerto, salí huyendo».

Salí huyendo.

Utilicé el teléfono de Adrienne para llamar al 911. Le di la dirección y dije que necesitaba una ambulancia.

Después colgué, interrumpiendo a la operadora mientras me decía que me mantuviese al teléfono, y llamé a un abogado.

No solo porque eso sería lo que haría Adrienne, sino porque no soy tan idiota.

El abogado se llamaba Kurt Geller. Podría haberlo recordado de las noticias que salieron sobre el posible juicio de Ethan Richards, pero no me hizo falta. Adrienne guardaba notas de todos sus contactos: *mujer de la limpieza, maquilladora, entrenador*. Aquel mismo día había buscado el contacto de Anna, la rubia de Soul-Cycle; su nota decía: *zorra idiota de SC, pero es embajadora de Lulu*. Típico de Adrienne; no tenía amigas, solo gente a la que despreciaba pero que mantenía cerca porque podría serle útil. En mi contacto solo decía *casa del lago*, y el número de Dwayne ni siquiera estaba guardado, lo que me confundió hasta que me di cuenta de que nunca lo había necesitado: me tenía a mí. Todas esas tareas estúpidas que se inventaba para que pudiera hacer, todas las veces que me había pedido a mí que le dijera que fuera, y yo le decía que sí como si fuera la mayor imbécil del mundo. Debería haber añadido una segunda nota a mi nombre: *proxeneta*.

Geller figuraba como *Abogado de Ethan*, con varios números de teléfono: oficina, ayudante, emergencias. Llamé al último y escuché mientras daba tono. Respondió al segundo tono, con voz áspera.

—Kurt Geller al habla.

Tomé aliento de forma entrecortada y dejé que mi voz adquiriese un tono agudo.

—Señor Geller, soy Adrienne Richards. Lo siento si le he despertado. No sabía a quién más llamar.

—Adrienne —dijo. De fondo se oyó la voz amortiguada de una mujer que preguntaba «¿Quién?». Geller se aclaró la garganta—: Por supuesto, la mujer de Ethan. Pero ¿por qué…?

—Ethan ha muerto —respondí—. Y yo acabo de disparar al hombre que lo ha matado.

No sé qué me esperaba. Un grito de sorpresa, tal vez, o un silencio de perplejidad. En su lugar, descubrí por qué Kurt Geller era la clase de abogado que ofrecía a sus clientes un número de teléfono especial para emergencias legales de medianoche.

—De acuerdo —respondió con calma—. ¿Has llamado al 911?

—Sí.

—Bien. ¿A alguien más?

—Solo a ti.

—Bien —repitió—. Mejor que sea breve. Lo primero que examinarán será tu historial telefónico. Esto es lo que tienes que hacer.

Me dejé caer en el sofá del salón y escuché las instrucciones de Geller. Intentaba no pensar en Dwayne, tirado boca abajo, muerto, en el despacho del final del pasillo. La mano que no sujetaba el teléfono me empezaba a temblar. No por la violencia o por la pérdida, sino por la certeza de que estaba sola. De verdad. Por primera vez desde que comenzara todo, quizá incluso por primera vez en toda mi vida. Lo más curioso era que la identidad en quien debía confiar era la de alguien a quien apenas conocía. Había usurpado la vida de Adrienne, una representación que solo debía durar unos pocos días, pero que ahora se vería prolongada de manera indefinida, y para un público mucho más numeroso. Por un instante me imaginé que colgaba el teléfono, arramplaba con todo lo que pudiera llevar y salía huyendo. Había matado a Lizzie; también podría librarme de Adrienne. Y quizá debería. Podría volver a nacer en otra parte del mundo, elegir un nuevo nombre, crear una nueva identidad. Podría no ser nadie en absoluto. La bolsa del gimnasio con el dinero y los diamantes estaba en el armario, a pocos metros de distancia. Habían pasado menos de tres minutos desde que llamara al 911. Todavía me daría tiempo a largarme antes de que llegaran.

Algo se movía por el pasillo, más allá del difuso rectángulo de luz que salía por la puerta abierta del despacho. Me quedé sin respiración y después dejé escapar un leve gemido al ver aparecer al gato, que salió caminando en silencio de la oscuridad y atravesó la estancia hacia mí.

—¿Adrienne? —preguntó la voz de Kurt Geller con insistencia—. Deberíamos poner fin a la llamada.

El gato se me subió al regazo, ronroneando, y se estiró para frotar la cara contra mi barbilla. Volví a tomar aire. Despacio, con calma.

No iba a ir a ninguna parte.

—Entendido.

No sé cuánto tiempo me quedé allí sentada, acariciando al gato mientras ronroneaba, atenta al sonido de una sirena o de un golpe en la puerta. Esa noche estaba sola, pero al día siguiente me reuniría con Kurt Geller, y me preguntaba cuánto contacto habría tenido con Adrienne, cuánto tiempo habría pasado desde la última vez que la vio. Si la conocería lo suficientemente bien como para percibir que había algo raro. Intenté imaginar lo que diría ella. «Usted también parecería diferente si acabara de ser atacado por un maníaco en mitad de la noche».

Al final me puse en pie, con el gato en brazos, y regresé al despacho. Me quedé de pie en el umbral, en el mismo punto donde había estado Dwayne segundos antes de que le disparase. Lo último que dijo, la última palabra que salió de sus labios, fue mi nombre.

Intenté no pensar tampoco en eso.

Ya dije que nunca quise matar a Adrienne, que no se me pasó por la cabeza ni una vez, y era cierto. Pero prometí ser sincera y, sinceramente, sí que pensé en que Dwayne se muriera. Es así. Lo pensaba a todas horas. En una ocasión me imaginé que le tapaba la nariz y dejaba que su sueño de borracho se convirtiera en algo más permanente, pero no fue solo eso. Su muerte era una hipótesis constante en el fondo de mi cabeza. No tenía que ser que lo matara yo misma. A veces me imaginaba de pie en nuestra puerta mientras un agente de la policía se me acercaba con la mandíbula apretada y la gorra en la mano, claro indicador de malas noticias. Pensaba en accidentes de caza. En sobredosis. Un fallo de los frenos en el mismo tramo de carretera helada donde se había estrellado mi madre. Me imaginaba apoyando una mano contra la jamba de la puerta para estabilizarme, mientras el agente me preguntaba si había alguien a quien pudiera llamar. «No debería estar sola en un momento como este», me diría, porque eso es lo que dicen siempre.

Nadie se para nunca a pensar que «sola» también puede significar «libre».

Y libre era como me sentía. Todos los años que me había dejado arrastrar sin rumbo junto a Dwayne, los dos aferrados a nuestra vida de mierda como si fuera lo único que nos impedía ahogarnos. Ahora ya no me quedaba nada a lo que aferrarme. Estaba a la deriva y ya avanzaba mucho más deprisa que nunca antes, arrastrada por una corriente invisible. Sola, pero a flote.

Libre.

En el piso de abajo, alguien empezó a aporrear la puerta. Se oyeron gritos, «¡Policía!», y el gato se asustó, saltó de mis brazos y desapareció en la oscuridad de la casa. Me di la vuelta.

—¡Estoy aquí! —grité—. Ya voy.

Nunca he sido una persona sentimental. No sentí el deseo de detenerme para mirarlo por última vez, o darle un beso en la sien, que iría enfriándose por momentos. Lo dejaría atrás igual que había dejado atrás todo lo demás: sin despedirme. Agradecí que hubiera muerto boca abajo, para que no me siguiera con la mirada mientras salía. Para no tener que ver la mueca de sorpresa permanente grabada en su rostro. Salvo por la extraña postura de su cuerpo tirado en el suelo, bien podría haber estado dormido. Apenas había sangre.

Es lo que ocurre cuando alcanzas a tu objetivo en el corazón.

CAPÍTULO 23

BIRD

Bird había vuelto a ponerse en carretera cerca de las once de la noche, justo a tiempo de oír que los Sox casi echaban a perder una ventaja de cuatro a uno en la novena entrada. Agarraba el volante con fuerza, las luces de la ciudad se difuminaban a su espalda y ante él se abría la autopista oscura. En Nueva York, una multitud enfervorecida demostraba su aprobación conforme los Yankees acortaban la distancia.

Se encontraba a pocos kilómetros de la interestatal cuando Kimbrel, que se suponía que iba a igualar la puntuación, pilló a un bateador con las bases cargadas y obligó a realizar una carrera. Se preguntó si los Sox acabarían perdiendo pese a todo, regalando la victoria al enemigo en el último momento; y, cuando los Yankees volvieron a marcar, reduciendo la ventaja a una sola carrera, por un instante se permitió pensar que una derrota podría ser una especie de mal presagio. No solo para los Sox, sino para él personalmente. Corriendo de vuelta a Copper Falls con el rabo entre las piernas, maldiciendo la pérdida de tiempo que le había supuesto el largo trayecto hasta Boston. Adrienne Richards: una pista prometedora que, con un solo mensaje de texto, se había convertido en misión imposible.

Bird frunció el ceño. Debería haberlo sabido. El incendio de la chatarrería era demasiado raro para ser solo una coincidencia, y aun así había estado a punto de aceptar que había sido solo eso. Al fin y al cabo, las chatarrerías ardían a todas horas. Había sido una suerte que, mientras examinaba el destrozo linterna en mano, Earl Ouellette hubiera divisado la camioneta de Dwayne Cleaves medio enterrada bajo una pila de chatarra. La camioneta estaba calcinada, prácticamente irreconocible a no ser que supieras, como lo sabía Earl, que nunca había tenido una camioneta aparcada en ese lugar concreto de la chatarrería. La puerta del lado del conductor se había desprendido y el potente chorro a presión de las mangueras de los bomberos había despejado lo que había en la cabina, incluido un pedazo del cuerpo calcinado que se encontraba en su interior. Cuando Earl se acercó para investigar, algo crujió entre las cenizas bajo sus pies; le dijo a la policía que pensó que sería cristal, salvo que todo el cristal se había derretido y, cuando enfocó con la linterna hacia el origen del sonido, descubrió que estaba de pie sobre los trozos partidos de un fémur humano.

«Hay que joderse», pensó Bird. Se había pasado un día entero buscando al asesino de Lizzie Ouellette, había realizado docenas de entrevistas, había recorrido cientos de kilómetros con su coche y se aproximaba al ecuador de lo que parecía que iban a ser cuarenta y ocho horas sin dormir. Y, durante todo ese tiempo, parecía que el muy hijo de perra había estado justo allí, en Copper Falls, muerto ya, transformado por voluntad propia en un pedazo bien chamuscado de barbacoa humana. Esperando el palo de la brocheta. Fue un golpe de suerte; si Earl no hubiera escogido ese momento concreto para explorar las ruinas de su antigua vida, posiblemente habrían pasado meses hasta que encontraran el cuerpo.

Y entonces Gleyber Torres hizo un *ground out*, logrando las carreras de la victoria, y las preocupaciones de Bird sobre el béisbol y los malos augurios quedaron sofocadas por los gritos indignados de la multitud de Nueva York y los vítores esporádicos de los seguidores de Boston que habían acudido al partido. Solo en su coche, iluminado por el brillo de las luces del salpicadero, Bird apretó el puño y pisó el acelerador. El coche patrulla se abrió paso en mitad de la noche.

Para cuando los Sox terminaron de empapar su vestuario de champán, marcando el inicio de una celebración que se prolongaría hasta el amanecer, Bird estaba cruzando la frontera estatal con Maine y ya se sentía preparado para lo que viniera después. La muerte de Dwayne Cleaves suponía un final, aunque no justicia. Los policías solían preferir eso último, pero las familias a menudo pensaban de un modo distinto y Bird pensaba que Earl Ouellette se alegraría de aquel resultado. Un juicio tenía sus desventajas. Sentencias de conformidad, libertad condicional, la amenaza de que un asesino pudiera ser perdonado algún día y puesto en libertad, por no mencionar el tener que oír con todo lujo de detalles la manera brutal y despiadada en que se había puesto fin a la vida de un ser querido. Al padre de Lizzie no le convenía presentarse en un juzgado y escuchar a un experto forense describir la carnicería provocada por Cleaves y su escopeta en el rostro de su hija. Y, si bien el suicidio era un destino mejor y más limpio del que merecía ese cabrón, por lo menos Earl podría consolarse pensando que ya no tendría que compartir mundo con el asesino de su hija.

Eran las tres de la madrugada y el coche estaba recorriendo los últimos kilómetros de carretera antes de llegar a Copper Falls cuando el teléfono de Bird comenzó a vibrar.

—Aquí Bird.

—Qué hay, Bird —dijo Brady—. ¿Sigues en carretera?

—Ya casi he llegado —respondió disimulando un bostezo.

—Será mejor que te detengas.

—Qué va, estoy bien. Solo quiero llegar de una vez. Ver el lugar mientras esté reciente.

—No estoy hablando de echarte una siesta —repuso Brady con voz seca, y Bird notó el cosquilleo familiar en la nuca provocado por un presentimiento.

Había experimentado esa misma sensación horas antes, mientras dejaba atrás su infructuoso interrogatorio con Adrienne Richards, pero pensaba que ya se había olvidado de eso. Sin embargo ahora había vuelto, más fuerte que nunca. Era algo en el tono de voz de Brady, casi como si quisiera disculparse.

—Entonces ¿qué pasa?

—Acabo de hablar por teléfono con el Departamento de Policía de Boston —le explicó su jefe—. Con un tal agente Murray.

Instintivamente, Bird levantó el pie del acelerador. El coche patrulla comenzó a perder velocidad.

—Cuéntame.

—Ha habido un tiroteo en la residencia de los Richards. Hay un muerto. Murray dice que es nuestro sospechoso.

Bird pisó el freno, detuvo el coche y lo dejó aparcado de medio lado sobre la línea blanca que dividía el arcén de la carretera, con los faros apuntando hacia la noche vacía.

—¿Cleaves?

—Eso me dicen.

—Tiene que ser una broma. ¿Cómo es posible?

—No tengo más detalles, detective. Lo siento. Puedes considerarte afortunado de que se hayan puesto en contacto con nosotros.

—¿Están seguros?

—Yo diría que sí.

Bird dejó caer el teléfono sobre su regazo y se apretó el puente de la nariz con las puntas de los dedos. De pronto sentía la piel de la cara demasiado tirante, y además habían empezado a dolerle los ojos. Notaba como arenilla por los bordes, como si tuviera los párpados hechos de papel de lija. Soltó un gruñido. La voz metálica de Brady le llegó desde el regazo a través del teléfono.

—¿Bird? ¿Sigues ahí?

Se llevó el teléfono a la oreja.

—Sí. Perdón. Es que… —Se quedó callado. Pensando. Sacudió la cabeza—. Entonces ¿quién cojones está muerto en el coche de Cleaves en la chatarrería de Copper Falls? —preguntó y, nada más pronunciar esas palabras, se dio cuenta de que ya sabía la respuesta.

Hacía solo unas pocas horas había fantaseado con la idea de ser él quien le dijera a Ethan Richards que su mujer tenía una aventura. Ahora estaba bastante seguro de que había perdido la oportunidad.

No solo porque Richards ya lo supiera, sino porque Richards ya estaba muerto.

—Da igual —dijo con un suspiro.

—¿De verdad? —preguntó Brady con tono curioso—. ¿Así sin más, lo has resuelto todo?

—Es probable —respondió—. Quizá. —Hizo una pausa y después golpeó el volante con la mano. Una vez. Dos veces. Con fuerza.

—¿Bird?

—Sigo aquí. —Tomó aire y lo dejó escapar haciendo ruido entre los labios—. Maldita sea.

Pocos minutos más tarde, el coche patrulla volvió a incorporarse a la carretera y siguió avanzando. En dirección a Copper Falls, a la chatarrería, a la camioneta abandonada de Dwayne Cleaves y a los restos humanos calcinados que había en su interior. Restos que no serían los de Cleaves, al fin y al cabo; no podían serlo, porque Cleaves acababa de ser asesinado de un disparo a manos de su amante a trescientos veinte kilómetros de distancia. Bird negó con la cabeza. No tenía sentido darse la vuelta, incluso aunque hubiera querido; la policía de Boston había tenido la amabilidad de vigilar la residencia de los Richards, pero no les sentaría bien que un poli de otro estado se inmiscuyese en un homicidio cuando el cuerpo estaba todavía caliente. En vez de eso, terminaría aquel viaje justo donde lo había empezado, vería el amanecer de un nuevo día en la escena de un nuevo crimen y, con suerte, lo terminaría con el caso cerrado, o casi. Cerraría el círculo. Eso era algo bueno.

Al menos era agradable saber que su instinto estaba en lo cierto. Debía de haberse cruzado con Cleaves en Boston, como dos barcos que se cruzan en la noche, cuando él abandonaba la ciudad. Otra extraña coincidencia; o tal vez Cleaves había estado al acecho, vigilando, a la espera de que la policía llegase y se fuese antes de pasar a la acción. Eso también parecía acertado, salvo que implicaría que Cleaves debía de ser mucho más listo de lo que se le consideraba, y eso sí que era extraño.

Bird suspiró y deseó haber parado a tomar café antes de abandonar la interestatal. Tenía la sensación frustrante de haber estado a punto de descubrir algo interesante, un hilo suelto del que merecía la pena tirar, pero sus pensamientos estaban a medio gas y después se vieron interrumpidos por un enorme bostezo. Volvió a frotarse los ojos y entonces gritó y piso el freno al ver una silueta salir de la oscuridad frente a él, petrificada por el brillo de los faros de su coche. El vehículo se detuvo con un chirrido. Bird contempló al ciervo a través del parabrisas y el animal le devolvió la mirada, quieto en mitad de la carretera. Era una hembra, e instintivamente Bird escudriñó la oscuridad tras ella, esperando ver cervatillos u otros compañeros, pero estaba sola. Apretó el claxon, molesto, pero la cierva se limitó a girar la cabeza y mirar hacia el lugar del que había salido. Bird volvió a tocar el claxon, con más fuerza esta vez.

—Vamos, chica, decídete —dijo, y se rio un poco cuando la cierva volvió a girar la cabeza y sus ojos adquirieron un tono ambarino a la luz de los faros.

Como si le hubiera oído y estuviera sopesando sus opciones. Se quedó así, quieta, durante varios segundos. Después, con un salto elegante, se apartó del medio de la carretera y salió corriendo, con el rabo levantado, hasta desaparecer en la oscuridad.

CAPÍTULO 24

LIZZIE

—Fue en defensa propia.

Ensayé las palabras en mi mente porque quería estar preparada para decirlas. Sabiendo que aquello era lo que diría, la única cosa que diría, cuando me preguntaran. Pero, durante mucho tiempo, nadie me preguntó absolutamente nada. Un técnico de emergencias me había medido las constantes vitales, me había preguntado si estaba herida y luego había asentido con la cabeza cuando le respondí «Estoy bien». Me dijo que me quedara donde estaba, cosa que hice. Sentada en el bordillo de la calle oscura, una pequeña isla de calma en mitad del mar de luces estroboscópicas rojas y azules de los coches patrulla y de los agitados movimientos de los policías, que entraban y salían de la casa y me pasaban al lado como si yo fuera un arbusto o una boca de incendio. Parte del paisaje. Algunos me miraban, pero nadie me veía de verdad. No podía culparlos. Era la cosa menos interesante que había por allí, un bulto silencioso tapado por una manta; lo que todos querían ver era al hombre muerto que había dentro de la casa. Vi a un agente que caminaba calle arriba y abajo, subiendo y bajando los breves tramos de escalones de piedra que conducían a las elegantes viviendas de los vecinos de enfrente, que tenían la entrada decorada con coronas de parra o con bonitas macetas llenas de crisantemos. Era un hombre metódico, iba casa por casa, llamaba a la puerta y esperaba, mirando hacia las ventanas para ver si se encendía alguna luz. En una ocasión, se abrió ligeramente una puerta y alguien se asomó, mientras el policía señalaba hacia la casa que estaba detrás de mí y hablaba con rapidez. Preguntando si habían visto u oído algo, probablemente, pero la puerta volvió a cerrarse demasiado rápido como para que la respuesta hubiera sido algo más allá de un «no». A mí me había preocupado que un grupo de vecinos curiosos saliera a ver qué pasaba, tratando de ver algo digno de algún cotilleo, pero todos permanecieron en el interior. Observando desde la comodidad de sus hogares, si acaso estaban observando, con cuidado de que no se movieran las cortinas. Pero quizá salieran todos a hablar del tema cuando la policía se hubiera marchado, cuando se me hubieran llevado. Quizá dirían que siempre supieron que había algo extraño en esa mujer, en esa pareja. Algo oscuro y siniestro, algo que indicaba que era solo cuestión de tiempo que las cosas acabaran, y además de mala manera.

Quizá la ciudad se parecía más a Copper Falls de lo que había imaginado.

El agente que iba puerta por puerta llegó al final de la calle, se dio la vuelta y se detuvo a charlar con otro policía a pocos metros de distancia. Señaló las casas contiguas, negó con la cabeza y se encogió de hombros. Yo cambié el peso de un lado al otro sobre el bordillo, tratando de mover los dedos de los pies en los zapatos que alguien me había sacado de casa al darse cuenta de que estaba descalza. No me había percatado.

Pero, claro, estaba traumatizada. Lo sabía porque Kurt Geller me lo había dicho.

—Diles que ha sido en defensa propia y que quieres hablar con tu abogado antes de hacer cualquier declaración —me había dicho—. Intentarán persuadirte para que hables, pero no lo hagas. No puedes hacerlo esta noche.

—¿No puedo? —pregunté, y la voz de Geller adoptó un tono como de abuelo.

—Nadie en tu situación es capaz de mantener esa conversación, Adrienne. No de inmediato. Has perdido a tu marido y acabas de matar a un hombre. Estás traumatizada, lo notes o no. Cuando te digan que puedes irte, márchate.

Pero en realidad no lo notaba. No notaba nada, salvo cansancio, ese cansancio profundo que notas cuando te has pasado el día utilizando tu cuerpo para empujar cosas de un lado para otro. La clase de cansancio que tendría después de haber estado desbrozando maleza, raspando óxido, sacando el coche de un montón de nieve compacta después de que Dwayne, como un idiota, le hubiera echado la nieve por encima al pasar con la quitanieves y lo hubiera dejado enterrado por tercera vez ese invierno. Golpear con la pala como si fuera un mazo para romper la costra de hielo asqueroso, mezclado con tierra y grava, de modo que resultaba casi imposible de romper. Trabajaba hasta que me dolían las manos y tenía las axilas empapadas de sudor por debajo del abrigo de invierno. Cavaba y cavaba, y el mundo entero quedaba reducido al movimiento de la pala y a las nubes de vaho de mi propio aliento, absorta en la tarea hasta llevarla a término. Y entonces me invadía el cansancio, tan pesado que me atenazaba allí donde me sentaba en cuanto dejaba de moverme. De modo que no podía hacer nada más, ni siquiera doblarme hacia delante para desabrocharme las botas o levantar una mano para bajarme la cremallera de la chaqueta.

Mis veinticuatro horas como Adrienne Richards no me habían exigido agarrar una pala ni raspar óxido; ella tenía gente que le hiciera esas tareas; joder, si hasta el gato tenía un puto arenero robótico que se limpiaba solo cada vez que cagaba. Pero el cansancio era el mismo. Había estado paseándome todo el día de un lado a otro con la identidad de otra mujer como si fuera una segunda piel, y era una piel pesada. Lo único que deseaba era volver a entrar en casa, meterme entre las sábanas sedosas, cerrar los ojos y olvidarme del mundo. Pasar la noche siendo yo misma. Solo Lizzie, chica muerta viviente, libre del peso de Adrienne Richards durante unas pocas horas antes de levantarme y volver a ponerme su disfraz.

Pero no podía deshacerme de ella. Todavía no. Quizá tuviera que aguantar todavía mucho tiempo, y el cansancio se me hizo más profundo al darme cuenta de que no había nada que pudiera hacer salvo seguir avanzando a rastras.

Las palabras de Geller se repitieron en mi cabeza: «Estás traumatizada, lo notes o no». En mi vida anterior, habría querido abofetear al hombre que me dijera eso. Pero ahora lo agradecía, por muy condescendiente que fuera, o quizá precisamente por eso. Eso hacía que todo fuese más fácil. Adrienne no tenía amigas, pero sí tenía a gente como Kurt Geller o Rick Politano, personas que se mostraban encantadas de indicarle los detalles de su identidad, de cómo tenía que sentirse. Aquello me hizo pensar en una historia de miedo que había leído cuando era pequeña, esa en la que la mujer se despierta en mitad de la noche y descubre que su marido está desnudándola con cariño, entonces trata de alcanzar la lamparita de la mesilla, pero él le aparta la mano de un manotazo. Hay algo que resulta extraño, que no le parece familiar, pero está demasiado dormida para pensar en ello, e incluso resulta un poco sexi. Hacen el amor a oscuras, y a la mañana siguiente ella se despierta y encuentra al marido muerto en el suelo del dormitorio, muerto desde hace muchas horas. Ella tiene el cuerpo cubierto de huellas ensangrentadas y hay un mensaje escrito en el espejo del cuarto de baño: ¿NO TE ALEGRAS DE NO HABER ENCENDIDO LA LUZ?

Adrienne siempre había tenido gente a su lado que le diera la mano, que la guiase en la oscuridad, que se asegurase de que hacía lo que se esperaba de ella. Ahora esa gente me daba la mano a mí. Si deseaba saber cómo ser ella, lo único que tenía que hacer era preguntar; y, al contrario que la mujer de la historia, dudaba de que fueran capaces de distinguir la diferencia.

—¿Señora Richards?

Levanté la mirada. Había un hombre de pie frente a mí. Primero le vi los zapatos, marrones y con marcas, luego levanté la barbilla para mirarle la cara. Tenía ojos cansados, un rostro de mediana edad, y una barba rubia y descuidada que me hizo sentir un poco de pena por él, no solo porque la barba estuviese fatal, sino porque al parecer no había nadie en su vida que le quisiera lo suficiente para decirle que no le quedaba bien. No llevaba alianza de boda, pero sí una placa dorada colgada al cuello donde se leía Detective. Me quedé mirándolo y asentí, preguntándome si debería intentar aparentar que estaba asustada, pero entonces me di cuenta de que no tenía que aparentar nada. Las indicaciones de Geller eran una genialidad: estaba traumatizada, lo notara o no, lo que significaba que el trauma podía tener los síntomas que yo quisiera. Si gritaba y me tiraba del pelo, eso era el trauma. Si parecía demasiado calmada, eso también era el trauma. El trauma habría dejado grabado en mi mente cada detalle de aquella noche terrible, a no ser, claro, que en mi historia hubiera incongruencias, en cuyo caso el trauma me habría fragmentado los recuerdos. El trauma lo explicaba todo. El trauma era mi nueva religión.

—Señora Richards, soy el detective Fuller —dijo el hombre.

Me ofreció una mano y yo le tendí la mía, pero en vez de estrechármela me puse en pie. La manta resbaló de mis hombros al levantarme, me estremecí y me rodeé con los brazos, a mi espalda oí el sonido de las ruedas sobre la piedra: me volví a tiempo de verles sacar una camilla por la puerta de la entrada, con una bolsa de goma negra enganchada con arneses. Alguien la había cerrado ya y Dwayne no era más que un bulto en su interior. Ni siquiera sabía con seguridad qué extremo era la cabeza. «Nada de últimos vistazos», pensé. Y tampoco despedidas: la camilla desapareció en el interior de una furgoneta y uno de los policías cerró la puerta de golpe.

Me volví para mirar al detective, que me observaba con las cejas enarcadas.

—Fue en defensa propia —dije.

—Ya llegaremos a eso, señora Richards. Pero nos gustaría hablar con usted en la comisaría.

—¿No debería tener conmigo a un abogado?

—No es más que una charla informal. No tiene que declarar. Pero los del CSI estarán todavía un rato largo en su casa, así que vamos. Podemos irnos a un lugar más cómodo, ¿de acuerdo? Puede ir en el coche conmigo.

Hizo un gesto y lo seguí, arrastrando los zapatos de Adrienne, que me apretaban demasiado. Dejé la manta donde se había caído, aunque la noche era fría y ya extrañaba su peso sobre los hombros. Me pregunté si Geller querría que me mostrase tan cooperativa, pero era demasiado tarde para preguntar. Si volvía a llamarlo esa noche, sería porque me habían detenido.

La comisaría de policía estaba a poca distancia, pero yo ya estaba desorientada al alejarnos unas pocas manzanas del vecindario de Adrienne. Giraba el cuello en busca de algún punto de referencia, pero no veía nada y noté un nudo claustrofóbico en el estómago. A plena luz del día, rodeada de otras personas, el anonimato de la ciudad me había parecido una liberación; ahora, los kilómetros de calles desiertas me hacían sentirme atrapada y vulnerable, perdida en un mar de fachadas de ladrillo idénticas, vestíbulos vacíos detrás de ventanales de cristal en los que se reflejaba el brillo pálido de las farolas. Entonces tomamos una curva y apareció un plantel de edificios más altos.

—Ya estamos aquí —dijo Fuller, y yo respondí con un «Mmm», porque no sabía cuál de los edificios que teníamos delante era «aquí» y tal vez debería. La comisaría era inmensa, una construcción de ladrillo con una única hilera de ventanas estrechas situadas a un lado. Parecía más una fortaleza que una cárcel, diseñada para evitar que entrara la gente, y no al revés. Fuller me condujo a través de las puertas, pasamos frente al mostrador de seguridad, tras el cual había sentado un agente somnoliento, entramos en un ascensor y allí pulsó un botón y subimos en silencio hasta la sexta planta. Cuando se abrieron las puertas, salimos y giramos a la derecha por un largo pasillo flanqueado por puertas abiertas que daban a salas vacías—. Esta noche andamos un poco escasos de personal —comentó con tono informal—. Cada vez que vencemos a los Yankees en un campeonato, hay personas que se emocionan un poco e intentan quemar la ciudad.

—Ah —respondí.

—No le interesa el béisbol, ¿verdad?

—Ah —repetí—. Béisbol. No. No mucho. —Era cierto en el caso de Adrienne, aunque mentira en mi caso.

Ver el béisbol era una de las pocas cosas que Dwayne y yo siempre habíamos hecho juntos, y seguíamos haciéndolo; él llevaba años sin lanzar una pelota, pero le gustaba gritarle a la tele, sobre todo cuando uno de los árbitros se mostraba tacaño respecto a la zona de los *strike*. De no ser por los acontecimientos de los dos últimos días, esa noche habríamos estado viendo el partido, y fue extraño darme cuenta de que se me había pasado. De que el mundo había seguido su curso como de costumbre mientras yo lo echaba todo por tierra.

—¿Quiere un café? —me preguntó Fuller.

—No, gracias.

Deseaba uno más que nada, no por la cafeína sino por el calor de la taza, por la amargura familiar y reconfortante de aquel primer trago. El café era café, sin importar lo mucho que hubieras viajado, sin importar quién fueras. Pero en una ocasión vi una película en la que engañaban a alguien de ese modo, se llevaban la taza y la usaban para analizar su ADN. No sabía si era real, ni tampoco qué harían con mi ADN en caso de tenerlo, pero esa voz superviviente de mi cabeza, que se parecía cada vez más a Adrienne conforme pasaban los minutos, me decía que era mejor prevenir que curar.

—Si cambia de opinión —dijo Fuller, y se dio la vuelta sin terminar la frase. Señaló por un pasillo hacia una hilera de sillas—. Siéntese durante unos segundos, señora Richards. Agradezco su paciencia.

Me aclaré la garganta.

—Adrienne —dije—. Por favor, llámeme Adrienne.

Es lo que habría dicho ella.

No tuve que esperar mucho hasta que Fuller regresó con otro agente, este de uniforme y con pinta de haber terminado el instituto la semana anterior. Me miró y sentí que se me erizaba el vello de la nuca. Tenía una expresión extraña, expectante, como si tal vez debiéramos conocernos de algo. Sentí un escalofrío de pánico trepándome por la espalda: ¿Tendría Adrienne amigos en el Departamento de Policía de Boston? O peor aún, ¿más que amigos? De pronto se me ocurrió que tal vez Dwayne no fuese el único con quien Adrienne tenía una aventura; hasta donde yo sabía, podría haberse follado a aquel poli con cara de crío y a todos sus amigos.

—El agente Murray nos acompañará —me explicó Fuller.

—Hola —dije.

—Encantado de conocerla —respondió Murray, y noté que todo mi cuerpo se relajaba: «No la conoce».

La emoción debió de notárseme en la cara, porque el policía joven negó con la cabeza, inquieto—: Quiero decir, encantado no. No pretendía…

—Da igual, agente —zanjó Fuller.

Hizo un gesto y entramos en una sala que parecía diseñada para hacer que la gente quisiera contarle a la policía lo que esta quisiera oír con tal de poder marcharse. Estaba vacía y demasiado iluminada, con una ventana sucia que daba al pasillo. Una mesa y unas sillas metálicas constituían el único mobiliario, y había una cámara instalada en lo alto de un rincón. Volví a oír la voz de Adrienne en mi cabeza: «Nadie sale bien desde ese ángulo».

Me estremecí.

—De acuerdo, señora Richards —dijo Fuller y se sentó en una de las sillas.

Murray, que era muy educado o fingía serlo, apartó una silla de la mesa frente a Fuller y me hizo un gesto para que me sentara. Obedecí.

Fuller sonrió. Tenía unos dientes bonitos; una pena lo de la barba.

—Puede irse sin ningún problema —me dijo, y pensé en las indicaciones de Geller. Aquel era el momento que había estado esperando. «Lo ha dicho. Puedo marcharme». Pero ¿podría levantarme ahora, cuando acababa de sentarme? Traumatizada, aterrorizada y esperando saber que su marido había muerto, ¿se mostraría Adrienne tan ansiosa por volver a la casa vacía donde acababa de disparar a su amante? No estaba tan segura. Todavía no—. De acuerdo —agregó—. Sé que es tarde y todos queremos irnos a casa, así que intentaremos que sea rápido. Pero lo mejor para todos sería si pudiéramos tener cuanto antes su versión de la historia, mientras siga reciente en su cabeza.

—Fue en defensa propia —repetí. Se suponía que eso era lo único que podía decir, pero ambos se quedaron mirándome, a la espera de más, y el silencio se prolongó hasta hacerse incómodo. Fue en defensa propia. ¿Qué más podía decir? Tragué saliva y me agarré los brazos cruzados. Quizá debería hacer también yo alguna pregunta—. Ha matado a…, dijo que había matado a mi marido. ¿Lo han encontrado? ¿Han encontrado a Ethan? —pregunté.

Fuller y Murray se miraron.

—Estamos investigándolo —respondió Fuller—. Pero no hay razón para creer necesariamente…, bueno…

—¡Pero él lo dijo! —grité, y a lo mejor fue por el cansancio, pero noté que se me llenaban los ojos de lágrimas.

Me sorbí la nariz y me sequé las lágrimas, recordando entonces que Adrienne solía ponerse un dedo debajo del párpado inferior y lo arrastraba hacia fuera, porque frotarse los ojos como una persona normal habría hecho que se le corriera el rímel. Fuller se inclinó hacia delante.

—Escuche, intente no preocuparse ahora por eso. Encontraremos a su marido. Se lo prometo. Retrocedamos un poco, ¿de acuerdo? ¿Por qué no nos habla un poco de usted? Sin presión. Es del sur, ¿verdad?

Volví a sorber la nariz.

—De Carolina del Norte.

—Bien —dijo Fuller—. Eso está bien. ¿Raleigh?

—No —respondí, y oí la voz de Adrienne. Primero en mi cabeza y luego saliendo de mis labios—. Del oeste. Cerca de Blue Ridge Mountains.

—«Carreteras rurales que me conducen a casa» —canturreó de pronto Fuller, con una voz algo ronca pero sorprendentemente afinada. Después sonrió—. Disculpe, no he podido evitar acordarme de la canción. Es un lugar bonito. ¿Va a allí con frecuencia?

—No —respondí mirándolo.

—¿Sus padres siguen allí?

—Solo mi madre. —Me detuve a pensar. Sabía mucho sobre el tema; Adrienne había sido muy franca conmigo respecto a la enfermedad de su madre, respecto a lo que sentía y lo poco que le importaba. Pero ¿hablaría abiertamente de ello con aquel hombre? No. Jamás—. Está en… una residencia. Tiene alzhéimer.

—¿No va a visitarla?

Negué con la cabeza y volví a sorberme la nariz por si acaso.

—Está en muy mal estado. Solo la disgustaría.

—Claro, claro —convino Fuller—. ¿Y no tiene más familia? ¿Ni por esta zona?

—Solo a mi marido.

—¿Lleva mucho tiempo casada? —me preguntó ladeando la cabeza.

—Diez años.

—Es mucho tiempo —comentó—. Yo no duré tanto. ¿Tiene algún consejo?

Estuve a punto de responder. La pregunta era tan informal, tan trivial, que a punto estuve de no darme cuenta de que estaban desviando el tema hacia el matrimonio de Adrienne, su felicidad y su relación con Dwayne, porque sin duda estarían al corriente de aquello, ¿no? Debían de estarlo. Miré a Fuller y después a Murray, preguntándome si el otro policía intervendría, pero no parecía tener ninguna frase que decir. Fuller se aclaró la garganta y abrió la boca para hacer otra pregunta, pero entonces alguien golpeó la ventana y el detective parpadeó con fastidio. Fuera había otro hombre vestido de paisano que tenía una mano levantada con el pulgar y el meñique estirados, el símbolo universal de una llamada telefónica.

—Disculpe —dijo Fuller—. Solo tardaré un segundo.

Salió de la sala y cerró la puerta tras de sí. En la milésima de segundo que tardó en hacerlo, le oí gruñir al que le había interrumpido:

—Más vale que sea… —empezó a decir, pero después la puerta se cerró y se hizo el silencio.

Me quedé a solas con Murray, que ahora me miraba con

nerviosismo y desprecio a partes iguales, como si fuera un charco de vómito en una alfombra que tal vez le tocase limpiar a él. Miró hacia la cámara, después otra vez a mí. El pasillo al otro lado de la ventana se veía vacío, Fuller y el policía que le había interrumpido ya no estaban. Pasaron varios segundos sin que nadie hablara. Me rodeé con los brazos con más fuerza.

—¿Tiene frío? —me preguntó Murray.

—Un poco.

—Mmm —murmuró.

Miró hacia la puerta, después hacia el pasillo al otro lado de la ventana, aún vacío, y cambió de postura. La nuez no paraba de subirle y bajarle en el cuello, como si estuviera preparándose para decir algo, pero después se lo pensara mejor. Me pregunté si le habrían ordenado no hablar conmigo y, de ser así, por qué.

—¿Sabe? —me dijo al fin—. Estuve antes frente a su casa. De hecho estuve allí un buen rato.

Intenté mantener una expresión neutra.

—¿Ah, sí? No le vi.

—Bueno, yo a usted sí —me dijo, y me sonrió con suficiencia—. ¿Qué tal su cena? ¿Qué pidió? ¿Japonés?

Estaba empezando a sudar. ¿Cuánto tiempo habría pasado allí, observándome?

—Sí. Estaba rico. —Mentira: pensaba que la comida japonesa se parecería en algo a la china, grasienta y salada, pero, claro, Adrienne no comía esas cosas.

Su pedido para la cena resultó ser una bandejita llena de pescado crudo y una segunda llena de algo viscoso, probablemente algas. Me lo había comido por desesperación. Murray seguía sonriéndome con suficiencia.

—No es la primera vez hoy que habla con un agente de policía, ¿verdad?

Me dio un vuelco el estómago; amenazaba con vomitar las algas.

—¿Qué? —pregunté.

—El policía estatal. ¿Qué pasa? ¿Pensaba que no lo sabíamos?

Pensaba que ese tal Cleaves podría pasarse por su casa para visitarla. Supongo que tenía razón.

—Yo no llamaría «visita» a alguien que se cuela en mi casa en mitad de la noche —respondí, y Murray enarcó las cejas.

—En el informe dice que tenía llave.

—Debió de haberla robado.

—¿No se la dio usted? He oído que tenían una relación.

—¿Qué es lo que está...? —empecé a decir, y al mismo tiempo me di cuenta de que estaba mordiendo el anzuelo, que debería cerrar la boca, pero entonces el picaporte de la puerta se giró y ambos vimos entrar de nuevo a Fuller.

Lucía una expresión extraña y llevaba una libreta en la mano. Cerró la puerta y se quedó apoyado en ella en vez de sentarse.

—Señora Richards —dijo—, me llamaban de la policía del estado de Maine.

—Vale —respondí despacio, parpadeando.

—Esperaba poder hablar de esto con usted. —Parecía cansado—. Según tengo entendido, antes de que disparase a Dwayne Cleaves, un agente de la policía vino a su casa buscándolo, y también creo que Cleaves y usted habían mantenido una aventura. ¿Tenía pensado contárnoslo?

—Pensaba que... —Me quedé callada y negué con la cabeza. Aquel habría sido un buen momento para volver a ponerme a llorar, pero de pronto tenía los ojos completamente secos—. No recuerdo lo que dije y lo que no dije —gimoteé—. Esta noche he pasado por muchas cosas.

—Por supuesto —convino Fuller. Pero, mientras me miraba con los labios apretados, pensé: «Sí, ahí está».

Había visto antes esa expresión. Solo hacía unas pocas horas, de hecho, en la cara de Ian Bird. Era el enfado arrogante de un hombre que cree saber exactamente quién eres, que está del todo convencido de ser el tipo más listo de la habitación. Bien, perfecto. Esperaba que Fuller pensara que Adrienne era idiota. Cuanto peor fuese su impresión de ella (de mí), menos tiempo perdería preguntándose de lo que era capaz.

Fuller suspiró.

—De acuerdo, señora Richards. Lo siento, no hay manera fácil de decir esto. La policía de… —miró la libreta que tenía en la mano—, de Copper Falls ha encontrado la camioneta de Dwayne Cleaves y unos, eh, restos humanos.

Me quedé con la boca abierta y pensé: «Maldita sea». Había contemplado aquella posibilidad, la de que algún perito del seguro pudiera toparse con el cuerpo, pero pensé que pasarían semanas. Tiempo suficiente para que Dwayne y yo desapareciéramos. Pensé que estaba siendo muy lista: sabiendo cómo funcionaban las cosas en Copper Falls, a nadie se le ocurriría nunca pensar que el de la camioneta pudiera no ser Dwayne. Su madre presionaría para que le dejasen el cuerpo y poder así enterrarlo en el terreno de la familia de detrás de la iglesia antes de que cayera la primera helada; y la policía local presionaría con ella, ansiosa por dejar atrás ese asunto sórdido. Se dirían muchas chorradas sobre no remover las cosas para que la comunidad pudiera empezar a sanar. No habría ninguna razón para relacionar un caso de asesinato y suicidio en un pequeño pueblo rural de Maine con la desaparición de un multimillonario sospechoso y su esposa en una ciudad a cientos de kilómetros de distancia. Y, con un poco de suerte, pensaba, ahí era donde acabaría: con Adrienne y Ethan enterrados en tumbas con nuestros nombres, y Dwayne y yo rodeados de dinero en algún pantano, comiendo cecina de cerdo salvaje y planificando nuestro próximo paso.

Ese plan se había ido a la mierda con un solo disparo, por un sinfín de razones. Pero para mí era una suerte que hubiera sucedido así: ese debía de ser el motivo por el que Ian Bird se había marchado con tanta prisa y por el que no estaba deambulando alrededor de la casa cuando Dwayne regresó en mitad de la noche.

Fuller y Murray se habían quedado mirándome y yo me llevé las manos al corazón, tratando de parecer consternada.

—¿Restos humanos? —repetí—. Dios mío. ¿Quieren decir que… Ethan? ¿Es Ethan?

—No lo sabemos con seguridad, señora. Hubo un incendio

y los restos…, bueno, puede que tarden un tiempo en identificarlos. Pero, dadas las circunstancias, y teniendo en cuenta lo que dice usted que le dijo Cleaves… —Hizo una pausa y asintió con los labios apretados—. Creemos que podría tratarse de su marido, sí.

Me llevé las manos a la cara. Seguía sin tener lágrimas. Todo iba demasiado deprisa. Debería haberme marchado en cuanto me dijeron que podía; lo segundo mejor sería marcharme ya. Justo en ese momento.

Aparté las manos del rostro y miré a Fuller con rabia.

—¿Ha dicho que podía irme?

—Sí, señora —respondió, desconcertado—, pero…

—No puedo hacer esto. Es demasiado. Necesito dormir, tengo que hablar con mi abogado antes de poder darle una declaración y necesito irme a casa.

—Señora, si me permite preguntarle —empezó a decir Fuller.

Y por fin los ojos se me empezaron a humedecer de nuevo. Y era porque aquello último que había dicho era verdad: sí que necesitaba irme a casa. Con urgencia. Solo que, cuando dije la palabra «casa», la imagen que me vino a la cabeza no fue la de la vivienda adosada donde vivía Adrienne, ni siquiera la casucha mugrienta donde había convivido con Dwayne. Fue la chatarrería lo que me vino a la cabeza, nuestra pequeña caravana con las montañas de chatarra detrás, con mi padre dentro recostado delante de la tele. Dormitando de esa forma tan ridícula como solía hacer por las noches, con una lata de cerveza en la mano y un cuenco de cacahuetes haciendo equilibrios sobre su tripa. Un hogar que ya ni siquiera existía, porque yo lo había reducido a cenizas.

—Por favor —le dije y, como si estuviera ensayado, como si fuera algo sacado de una puñetera película, mis dos ojos se desbordaron al mismo tiempo y derramaron dos lágrimas perfectas que me resbalaron por las mejillas.

Los dos hombres compungieron el rostro y supe que había ganado.

* * *

Adrienne tenía una aplicación en su teléfono para pedir un coche. Pensaba que sería complicado pero, para cuando el ascensor se abrió en la planta baja, en el teléfono había un mensaje: *¿Dónde desea ir?*, y me limité a seleccionar la opción de más arriba. Era una respuesta sincera, aunque para el teléfono y para mí significasen cosas diferentes. El pequeño coche gris que aparecía en la pantalla iba marcando mi camino a través de la ciudad, retrocediendo por el camino que había recorrido antes. ¿Dónde quería ir?

A casa.

Significara lo que significara eso.

Me preocupaba que la calle estuviese cortada, pero estaba tranquila y casi desierta. La furgoneta de los técnicos forenses y los coches patrulla se habían ido. Solo quedaba un SUV y un hombre y una mujer con chaquetas azules de CSI apoyados contra él. Ella estaba fumando; él se reía. Ambos me miraron con expresión de curiosidad cuando me bajé del coche. Les mostré las llaves.

—Es mi casa.

—Ah —dijo la mujer—. Sí, claro. Ya hemos acabado. Puede entrar.

—Vale —respondí.

El teléfono vibró en mi mano, invitándome a calificar mi trayecto. Qué insistencia. Me hizo pensar en los policías, que me avasallaban para hablar antes incluso de que se hubiese enfriado el cadáver de Dwayne. «Lo mejor para todos sería si pudiéramos tener cuanto antes su versión de la historia, mientras siga reciente en su cabeza». Empecé a subir los escalones de la entrada y metí la llave en la cerradura.

—Oiga —dijo el hombre de la chaqueta de CSI—. Sabe lo que se va a encontrar ahí dentro, ¿verdad?

Me volví justo a tiempo de ver como la mujer le daba un codazo en el costado a su compañero y le chistaba para que se callara. El hombre hizo un gesto de dolor.

—¿Qué? —pregunté con cautela.

—Me refiero —explicó el hombre, alejándose de su compañera para evitar otro codazo— a que nosotros solo embolsamos las pistas. Ya sabe. No limpiamos.

—Ah. —Asentí como si lo entendiera y giré la llave.

La puerta se abrió y después se cerró a mi espalda. Observé a través del cristal mientras la mujer apagaba el cigarrillo y ambos se montaban en el coche, ponían en marcha el motor y se alejaban. Subí las escaleras a oscuras.

Tuvieron que pasar varios minutos, cuando me detuve frente a la puerta del despacho de Ethan Richards, hasta que me di cuenta de lo que había querido decir el técnico del CSI. Se habían llevado el cuerpo, por supuesto —yo misma les había visto llevárselo en camilla—, pero todavía había restos de Dwayne en la habitación. Un manchurrón en la esquina del escritorio de caoba, una manchita roja casi circular sobre el suelo enmoquetado. El gato salió de entre las sombras y empezó a enredarse entre mis piernas mientras yo contemplaba todo lo que quedaba de mi marido. Sangre reseca con un tono óxido sobre la moqueta. Su último desastre.

Y, por supuesto, tendría que ser yo la que lo limpiase.

«O quizá —dijo la voz de Adrienne en mi cabeza— puedas pagar a alguien para que frote por ti. O que la queme. O que la tire. Lo que sea. Siempre dije que esa moqueta me parecía una horterada».

A mis pies, el gato se alzó sobre las patas traseras, maullando, pidiendo atención. Me agaché, lo tomé en brazos y lo estreché contra mi pecho antes de cerrar la puerta del despacho. El sol saldría en pocas horas y, entonces, yo tendría trabajo que hacer. Pero al final del pasillo, en ese dormitorio azul oscuro, no había otra cosa que hacer más que dormir, y eso hice. Profundamente. Sin soñar. Como un tronco.

CAPÍTULO 25

BIRD

El fuego había consumido a aquel hombre como solo el fuego puede hacerlo: desde fuera hacia dentro, empezando por las extremidades. Las partes más pequeñas siempre son las primeras en desaparecer, tragadas por las llamas. Orejas, nariz, dedos de las manos y de los pies. Todo reducido a cenizas. El cuerpo encontrado en la camioneta de Dwayne Cleaves había estado ardiendo de manera ininterrumpida durante mucho tiempo y no tenía pies, ni manos, ni, lo más inquietante de todo, cara, solo una masa amorfa de carbón con dos pequeñas muescas donde habían estado los ojos. Para cuando el sol comenzó a salir sobre las copas de los pinos de la linde oriental de la chatarrería, los técnicos pudieron hacer poco más que remover las cenizas en busca de algún pedazo que hubieran podido pasar por alto, con los dedos entumecidos por el frío. En general no encontraron nada. Solo cenizas encima de cenizas, todo empapado y apestando a humo, a alquitrán y a goma fundida. El equipo forense estatal estaba centrado en su trabajo; los policías locales se miraban unos a otros con incomodidad por encima de las mascarillas que les habían obligado a ponerse para protegerse los pulmones de partículas tóxicas. La atmósfera en el lago la mañana anterior había sido casi jovial en comparación, con ese imbécil rubio riéndose del lunar y del hecho de que todos lo reconocían, de que la difunta Lizzie Ouellette había sido una pobre golfa. Ese mismo hombre estaba allí ahora; Bird lo reconoció solo por sus ojos pequeños y brillantes, y la pequeña porción de piel que se le veía por encima de la mascarilla y por debajo del ala del sombrero parecía pálida y sudorosa. «Ya no te ríes tanto, ¿eh, jefe?».

Costaba trabajo saber qué incomodaba más a los lugareños: el hecho de que el cadáver no fuese uno de ellos o el hecho de que su buen amigo Dwayne Cleaves fuese oficialmente un asesino múltiple que ahora yacía muerto en un depósito. Bird se lo había contado al *sheriff* Ryan, Ryan se lo había contado al resto y la noticia había caído como un saco de ladrillos cuando los policías de Copper Falls se dieron cuenta de lo que significaba y de lo que estaba por llegar. La prensa todavía no se había hecho eco del suceso, pero era solo cuestión de tiempo. Cuando lo hiciera, caerían sobre Copper Falls como buitres carroñeros, hurgando hasta arrancar el último resquicio de carne de los huesos de la tragedia del pueblo. El forense le había dicho a Bird que tal vez quedasen algunos dientes disponibles para realizar una identificación, ocultos tras la máscara negra que antes era la cara del hombre. El médico forense tendría que disponer del historial dental, pero, en opinión de Bird, no era más que una formalidad. Los tipos de Augusta no harían sino confirmar lo que él ya sabía: que aquel cuerpo calcinado de brazos sin manos levantados como si siguieran intentando protegerse de las llamas pertenecía a Ethan Richards.

El *sheriff* Ryan, que tenía los ojos rojos y parecía haber envejecido quince años desde la mañana anterior, se bajó la mascarilla y se frotó la barba incipiente con la mano.

—La madre que me parió —comentó—. Sé que la gente siempre dice esto, pero, maldita sea, conocía a Dwayne Cleaves desde hace mucho tiempo. Todos lo conocíamos. Cuesta creer que le pegara un tiro a su esposa. Y cuesta más creer que hiciera una cosa así. Quemar a un hombre hasta matarlo. Jesús.

—Bueno, es más probable que ya estuviera muerto antes de que se iniciara el fuego —dijo Bird—. O inconsciente, tal vez. Pero entiendo lo que quiere decir.

—Dicen que por aquí ya han terminado. Debbie Cleaves se

243

levanta temprano. Me gustaría pasarme por allí y llamar a su puerta antes de que lo haga otro. Le espera un día muy difícil. —Sacudió la cabeza—. Lo de Boston… Joder. ¿Están seguros de que es él?

—Eso parece —confirmó Bird—. La madre tendrá que ir allí para identificarlo, por supuesto.

—Por supuesto.

Bird vio salir el sol rojo por encima de las copas de los árboles y ascender hasta derramar su luz, iluminando las ruinas ennegrecidas y apestosas de la chatarrería, alejando con su calor los últimos vestigios de niebla matutina. Vio recoger al equipo, los policías locales encogiéndose de hombros con incomodidad mientras se frotaban las manos heladas y evitaban mirarse a los ojos. Myles Johnson no se hallaba entre ellos y Bird se preguntó si sabría lo que estaba ocurriendo. Lo que había ocurrido. Dwayne Cleaves y él ya no irían juntos a cazar; aunque, tras los últimos días, tal vez Johnson ya no fuese tan aficionado a matar cosas por placer. Bird se encogió de hombros. En cualquier caso, no era asunto suyo. Si se salía con la suya, se habría marchado de Copper Falls al caer el sol. Esperó hasta que arrancó el último de los coches, después se montó en el suyo y los siguió hacia el pueblo, donde aparcó en una plaza ubicada en el extremo más alejado del edificio municipal donde se encontraban las oficinas de los cuerpos de seguridad de la zona. Dejó el motor en marcha, subió la calefacción y cerró los ojos. Más tarde habría que volver a interrogar a los amigos y familiares de Dwayne Cleaves, habría que rellenar el papeleo y habría que comprar café con urgencia, cuanto antes. Pero, al menos durante la próxima bendita hora, no había nada que hacer salvo dormir.

La vibración del móvil le despertó algún tiempo después; no el suficiente, pensó, miró el reloj y descubrió que solo habían pasado veinticinco minutos. Era un correo electrónico: el informe preliminar de la autopsia de Lizzie Ouellette estaba completo. Bajó rápidamente por la pequeña pantalla. En general, era una confirmación de las cosas que ya sabía o que ya suponía. CAUSA DE LA MUERTE: HERIDA DE BALA, CABEZA.

La información que buscaba se hallaba hacia el final del informe, y frunció el ceño al leerla.

Hay una herida de pinchazo en la cara del antebrazo izquierdo consistente en una inyección.

Marcas de aguja. Así que Lizzie sí que consumía drogas. Tanto ella como Dwayne, probablemente —así solían ser esas cosas—, pero le disgustó verlo sobre el papel, le hizo sentirse casi decepcionado con ella. Intentó imaginárselo: Lizzie en el dormitorio, con una aguja en el brazo. Dwayne, de pie junto a la cama con una escopeta. Y entonces, como una incongruencia humana, entra en escena Ethan Richards. Bird gruñó y se frotó los ojos. Seguía necesitando café, pero al mismo tiempo no necesitaba un café para saber que, cuando se tomara uno, la historia que parecía contar aquel caso seguiría sin tener ningún sentido. Abrió la puerta del coche y se dio un par de golpes en los muslos para activar la circulación, después caminó con rigidez hacia el edificio municipal. Primero fue al lavabo y echó una meada junto a dos hombres que reconocía de la escena de la chatarrería y que evitaron mirarlo o hablar con él mientras se subían la bragueta y abandonaban la estancia. Los siguió poco después y encontró la comisaría más tranquila de lo que había esperado. Algunos se habrían ido a casa a cambiarse, quizá, o a quitarse la peste adquirida después de tantas horas rebuscando entre cenizas. Había una jarra de café recién hecho en la sala de descanso y se llenó un vaso hasta el borde. Después regresó a su coche y llamó a Brady. Oyó su voz áspera después del tercer tono.

—Qué hay, Bird.

—Hola, jefe. ¿Qué pasa, estabas durmiendo?

—Jamás se me ocurriría hacer algo así —repuso Brady—. Solo un segundo. —Se oyeron ruidos cuando dejó el teléfono y Bird oyó la cisterna de un retrete.

—Sabes que hay un botón para silenciar el teléfono en momentos así —le dijo cuando Brady volvió a ponerse al aparato.

—Tomo nota —respondió Brady con un resoplido—. ¿Qué tienes?

Bird le hizo un resumen: los hechos tal cual estaban, la sensación frustrante de que se le escapaba algo. Esperó mientras su superior leía el informe del forense, que le había reenviado. Volvió a pensar en Lizzie, en las marcas de aguja en su brazo pálido y muerto, en el tono de arrepentimiento de la voz de su antiguo jefe al decir: «Lizzie nunca me pareció de esas».

«De esas», pensó Bird. Había algo en esas palabras, la idea de las categorías, del tipo de mujer que era Lizzie, del tipo de esposa que era, del tipo de víctima. Y entonces dijo:

—Claro. Es verdad.

—¿El qué? —Brady sonaba distraído—. ¿El informe? No veo que...

—No, no. Es que acabo de darme cuenta de que sigo investigando esto como si fuera un incidente doméstico.

—Bueno, claro —respondió Brady—. Esposa muerta, marido desaparecido. Tiene sentido.

—Si solo estuvieran ellos dos implicados, vale. Pero, si el que hemos encontrado en la camioneta es Ethan Richards, y estoy bastante convencido de que así es, entonces he estado estudiando este caso desde la perspectiva equivocada.

—No te sigo.

Bird dejó el café reflexionando.

—Adrienne Richards dijo que su marido no sabía lo de la aventura. ¿Y si estaba equivocada en eso? ¿Y si Richards lo sabía y quería hacer algo al respecto? A lo mejor todo esto se desencadenó porque se enteró de que su mujer le ponía los cuernos y vino aquí para enfrentarse a Cleaves en persona.

—Mmm —murmuró Brady—. ¿El tipo no era banquero o algo así? Me parece demasiado provocativo.

—Como me recordó alguien hace poco, la gente hace locuras por amor —dijo Bird, y Brady se carcajeó.

—Cierto. O por dinero. Hay una foto de la esposa por alguna

parte, ¿no? Una foto en pelotas. Podría ser un asunto de chantaje. Vas al marido y le dices: «Danos un millón de pavos o enviaremos esta foto de tu esposa a… eh…».

—¿A la página de chismorreos TMZ? —sugirió Bird.

—Sí, claro. Lo que sea. Así que Richards se presenta allí él solo para gestionar el asunto y la cosa se va de madre.

—Tiene sentido —dijo Bird asintiendo con el teléfono pegado a la oreja—. Pero entonces… crees que Lizzie también estaba en el ajo.

—No te decepciones tanto, Bird. No existen las víctimas perfectas. Pero no, no necesariamente. Quizá apareció por casualidad. ¿Has visto lo que dice el informe forense sobre las marcas de aguja?

—Sí.

—Pues a lo mejor fue a la casa del lago a chutarse, sin saber que su marido está allí reunido con Richards. Quizá se enteró de lo de la aventura. Se produce una disputa, los ánimos se acaloran…

—Y Cleaves tiene la escopeta —intervino Bird.

—Cierto. Joder, quizá siempre planeó matarla, llevarse el dinero de Richards y huir.

—Me parece un plan bastante estúpido —comentó Bird.

—Correcto —convino Brady—. Pero es la clase de plan estúpido que una persona estúpida considera inteligente.

—De acuerdo, sí —respondió Bird—. Si Cleaves quería dejar atrás su vida, y se le presentó la oportunidad… y no te olvides de la nariz. Quien fuera que hiciera eso, fue algo personal.

—Cierto —admitió Brady—. Pero, si odiaba a su esposa lo suficiente para matarla…

Pasaron varios segundos en los que Bird estuvo bebiendo café en silencio mientras pensaba. Al otro lado de la línea, Brady guardó silencio. Cuando Bird volvió a hablar, lo hizo en tono contemplativo.

—Joder, la nariz. Supongo que no hay forma de saber…

—¿Si fue *post mortem* o no? —concluyó por él Brady—. No.

Sobre todo al tener el rostro tan desfigurado en general. Pero, por su bien, esperemos que sucediera después. —Hizo una breve pausa—. De hecho, espera un momento. Acabo de darme cuenta de…

Volvió a oírse un ruido cuando dejó el teléfono. Bird oyó un cajón abrirse, el roce de papeles y después Brady volvió a ponerse al aparato.

—El informe inicial de la policía de Boston dice que encontraron un cuchillo de caza en la escena del crimen. La esposa de Richards dice que Cleaves la amenazó con él.

—Ah —respondió Bird—. Si es el mismo que usó para…

—Sí, exacto —dijo Brady—. Haré la solicitud. Quizá incluso lo analicen por nosotros y nos ahorren algo de dinero en laboratorios. Te apuesto lo que sea a que encuentran ahí algo de sangre que encaje con la de nuestra fallecida. Entre eso y la escopeta en la camioneta de Cleaves, diría que tienes todas tus armas. Puedes cerrarlo; sin cabos sueltos. Enhorabuena, detective.

—Sí. Demasiado deprisa —respondió Bird con un suspiro—. Pero aun así me gustaría saber qué ocurrió realmente en esa casa. Cleaves mata a dos personas, después su amante le dispara y ahora está todo aclarado, caso cerrado. Y ella es la única que queda viva.

—Apuesto que sí.

—Y hablando de apostar —dijo Bird irguiéndose en su asiento—, ¿cuánto crees que hereda ahora que el marido está fuera del mapa?

—Vaya cambio de tema —contestó Brady con una risotada—. ¿Qué pasa? ¿Crees que lo planeó ella?

—No —respondió Bird—. Quizá. No lo sé. —El sueñecito no había sido muy largo y la cafeína no estaba ayudándole a aclarar sus ideas.

—Solo intento imaginármelo. Pongamos que eres Adrienne Richards. Quieres ver muerto a tu marido. Así que te follas al manitas de tu casa de vacaciones y, cuando ya lo tienes en tus redes, le pides que mate a tu marido. Quizá le prometes que huiréis juntos cuando todo acabe. Luego, cuando ya está hecho, no cumples con tu parte del trato, lo matas de un disparo y te quedas con un montón de dinero. —Brady hizo una pausa—. Sí, bueno, ¿por qué no? Bastante frío.

—Sí —convino Bird, pero su mente ya iba varios pasos por delante, diciendo «sí, pero no». Brady tenía razón: era bastante frío. Y también bastante estúpido: confiarle a alguien como Cleaves una misión que tenía tantas probabilidades de salir mal. Y Adrienne Richards, por fastidiosa y manipuladora que pudiera ser, desde luego no era una persona estúpida—. Vale, al oírtelo decir en voz alta, no parece tan plausible.

Brady se rio y le dijo:

—Mira, te entiendo. Los cabos sueltos forman parte del trabajo, pero eso no significa que no vayan a atormentarte. Si de verdad crees que hay algo más que rascar, cuenta con mi apoyo.

—Pero... —dijo Bird.

—Pero a veces tienes que conformarte con saber el quién, el qué y el cuándo, y no tiene sentido que te obsesiones con el porqué. Por no mencionar que los que llevan las estadísticas de casos resueltos no entenderán por qué andas mirándole el diente a un caballo regalado, cuando podrías ponerle un lazo ya mismo y acabar con esto. Por aquí no es que escasee el trabajo, precisamente. Iba a esperar para mencionártelo a que hubieras acabado con este caso, pero antes de ayer recibiste una llamada relativa a uno de tus casos abiertos. ¿El testigo que buscabas para el asunto de Richter? ¿Pullman o algo así?

—Pullen —respondió Bird, espabilado de pronto, al recordar la granulosa fotografía de periódico de aquel expediente judicial.

Era la única foto que existía de George Pullen, y aparecía casi fuera del encuadre; la única razón por la que uno se fijaría en él era que se trataba de la única persona que miraba a la cámara, un hombre de cara muy redonda y mediana edad, de pie entre un grupo de mirones que se habían reunido para ver cómo dragaba la policía una cantera en busca del cuerpo de una mujer desaparecida llamada Laurie Richter. George Pullen había llamado a la policía dos veces, asegurando que tal vez supiera algo del caso, pero, inexplicablemente, nunca fue interrogado. Pasó inadvertido en 1983; llegado el año 1985, había desaparecido por completo. Era la clase de error que no soportabas ver; para cuando Bird empezó a buscar a Pullen, era a sabiendas de que lo más probable sería encontrarlo en un cementerio. Pero ahora...

—Pullen —repitió Brady—. Sí, eso es. Esto te va a encantar: resulta que es una celebridad local en el este. El residente más anciano de una residencia de Stonington.

—No me jodas —respondió Bird—. Ha permanecido en el estado todo este tiempo.

—Sí. Y, si quieres interrogarlo, será mejor que vengas aquí cuanto antes. Ya sabes lo que dicen de la gente que tiene el récord de longevidad.

—Que nunca lo mantienen demasiado tiempo —repuso Bird entre risas—. Sí. Tiene sentido. Iré cuanto antes.

—Me parece un buen plan —convino Brady—. Y, mira, no es por nada pero, a no ser que tengas algo blindado, y me refiero a blindado de verdad, nos costaría mucho trabajo convencer al juez para que nos dejara abrir un caso contra Adrienne Richards. Está forrada, tiene contactos. La gente está atenta a este caso. ¿Y que uno de nuestros agentes estatales acose a una viuda de luto que acaba de ser atacada en su casa? Eso es lo que llaman una «mala imagen».

—Entendido —contestó Bird con un suspiro—. Pero, por curiosidad, cuando dices «blindado»...

—Por casualidad no te encontrarías con una polla y unos huevos cortados en su triturador de basuras, ¿verdad?

Bird se rio con fuerza y después se sintió mal por ello, incluso aunque le costó trabajo parar. Pobre Lizzie. Muerta, desfigurada y ahora objeto de chistes de esos que sabes que no deberías hacer, y mucho menos reírte de ellos; la clase de chistes que cuentan los policías porque a veces es la única manera de seguir levantándote por las mañanas para hacer tu trabajo, enfrentarte a la faceta más horrible de la humanidad, un día detrás de otro. Lizzie se merecía algo mejor.

Pero era demasiado tarde para ella. Estaba muerta y, para bien o para mal, también lo estaba el hombre que la había matado. El hombre que había matado a Laurie Richter, por otra parte, podría seguir por ahí. Después de cuarenta años, y eso también parecía demasiado poético para ser casualidad. Allá por 1983, en el caso Richter abundaron las mismas mierdas típicas de pueblo pequeño de Nueva Inglaterra que abundaban también en este: habitantes del pueblo que sabían algo pero no querían hablar, o que mentían para encubrir sus propios secretos. Había rumores sobre un posible novio, o quizá varios novios, pistas fantasma que se desvanecían cuando alguien intentaba seguirlas. Rumores de que el coche de Laurie estaba hundido en una cantera cerca de Greenville, o de The Forks, o incluso en lugares tan hacia el oeste como Rangeley; el dragado al que había asistido George Pullen había sido uno de los muchos que se llevaron a cabo el verano en que Laurie desapareció. Pero, por aquel entonces, había demasiadas canteras y demasiados rumores, demasiadas bocas y puertas cerradas. Saber ahora que podría hacerse justicia, que podría proporcionarse alivio a una familia que llevaba demasiado tiempo esperando respuestas…

Se llevó el pulgar y el índice a ambos lados de la nariz y se masajeó los senos. Hacia el este, entonces. Si trabajaba con eficiencia, podría estar camino de la costa pasado mañana. Vería si George Pullen todavía recordaba lo que había querido decirle a la policía en 1983. Quizá hiciese una parada en Bucksport en el camino de vuelta. Había allí un sitio al que solía ir con sus padres cuando era pequeño. Tenían buen marisco, que siempre era mejor fuera de temporada, cuando no había turistas, que no sabían lo que se perdían. Las langostas eran mucho más dulces en invierno.

Al otro lado de la línea, Brady terminó de reírse de su pésimo chiste. Se produjo una pausa larga y cómoda. Después su superior tosió.

—Ay, santo Dios —comentó.

—¿Qué?

—La esposa de Richards —dijo Brady—. ¿Cuánto te apuestas a que acaba escribiendo un puto libro?

CAPÍTULO 26

LIZZIE

Durante todo este tiempo, pensé que conocía bastante bien a Adrienne Richards. Lo suficiente para anticipar sus necesidades, lo suficiente para desear esa vida para mí. Lo suficiente, claro está, para usurpar esa vida y vivirla como si me perteneciera. Y pensaba, de verdad que sí, que conocía las desventajas además de las ventajas. La soledad. El resentimiento. El anhelo: de atención, de aceptación, de seguridad. De un bebé que su marido admitió demasiado tarde que nunca tendrían.

No sabía ni la mitad del asunto.

Me desperté a mediodía al oír el ruido del teléfono de Adrienne al caer al suelo. Me incorporé de golpe, con dolor de cabeza, el corazón desbocado y un nudo en el estómago provocado por un terror inmediato e instintivo. El gato, que había estado dormido en el hueco entre mis muslos y mi tripa, saltó de la cama y salió del dormitorio con un maullido de indignación. Por segundo día consecutivo, me despertaba en aquella habitación, en su habitación, pero me sentía, si cabe, aún más nerviosa y fuera de lugar que el día anterior. Aquella primera mañana, Dwayne había estado durmiendo a mi lado, seguíamos siendo nosotros y yo seguía siendo yo. Ahora ya no. Toda la estancia parecía un campo de minas: la cómoda estaba cubierta de fotografías de lugares en los que nunca había estado, de joyas que nunca me había puesto, de recuerdos de una vida que no había vivido. Me quedé mirándolo con la piel de gallina. Había cinco perfumes en botes de cristal colocados sobre una bandeja, y tuve un absurdo ataque de pánico al darme cuenta de que no tenía ni idea de cómo olían. Me parecía imposible que hubieran pasado solo dos días desde que apuntara a Adrienne Richards con una escopeta mientras ella me apuntaba a mí con un dedo. Dos días desde toda esa sangre, desde el incendio, desde el largo y silencioso trayecto de vuelta a casa, dejando Copper Falls a nuestra espalda, perdido en la oscuridad.

Saqué las piernas de la cama y respiré profundamente, tratando de calmarme, pero cada vez que tomaba aliento me inundaban la nariz aromas que no me pertenecían. Las sábanas, la ropa que llevaba puesta, incluso mi propio pelo; olía a la peluquería donde me lo había teñido para parecerme más a Adrienne, donde el estilista había fruncido el ceño y me había preguntado si estaba segura de querer hacerlo cuando mi color natural era tan bonito. Me levanté la camiseta para cubrirme con ella la nariz, volví a tomar aire y suspiré aliviada. Apestaba, pero al menos era un olor que me resultaba familiar, como a levadura, un poco agrio, como si algo en mi interior estuviese mal y hubiera empezado a salirme por los poros. Al menos mis axilas todavía sabían a quién pertenecían.

El teléfono se había colado por el estrecho hueco entre la cama y la pared y, cuando me arrastré bajo la cama para alcanzarlo, entendí por qué: parpadeaba con diversas alertas y la vibración incesante había ido acercándolo cada vez más al borde de la mesilla de noche hasta hacerlo caer al suelo. «Se ha suicidado», pensé, así, de pronto, lo que me dio ganas de reír hasta que el teléfono volvió a iluminarse y recibió un nuevo mensaje.

Decía, todo en mayúsculas: MÁTATE.

—Qué cojones —dije en voz alta, aunque, claro está, no hubo respuesta.

Estaba sola en casa de Adrienne y era la única allí para recibir los mensajes que el mundo deseara enviarle. Volví a mirar a mi alrededor y me fijé en todas las cosas que había allí que no me pertenecían, que ahora eran mías de todos modos. Llevaba la mano colgando con el teléfono agarrado, vibrando periódicamente. Salí al pasillo y me dirigí hacia la parte delantera de la casa.

Algo ocurría fuera. Lo oí nada más acercarme a la cocina, el murmullo de voces que llegaban desde la acera. Me acerqué al ventanal y miré; abajo había un grupo de periodistas apostados junto a la puerta. Uno de ellos levantó la mirada cuando me asomé, gritó e hizo un gesto, y docenas de cabezas siguieron el curso de su dedo. Y me miraron. Retrocedí, pero era demasiado tarde. Me habían visto. Así que ya estaba: mientras dormía, alguien debía de haber filtrado a la prensa la noticia de Dwayne. Ignoré los mensajes y abrí el buscador del teléfono. No me costó encontrar la noticia, publicada durante la noche. LA POLICÍA ACUDE A LA VIVIENDA DE ETHAN RICHARDS TRAS UNA LLAMADA AL 911 POR UN TIROTEO. Alguien, un vecino tal vez, me había sacado una foto sentada en el bordillo en mitad de la noche, envuelta en una manta mientras la policía deambulaba a mi alrededor. Era una fotografía de mala calidad, sacada desde lejos; no se veía nada salvo mi pelo, que me caía como una cascada cobriza a ambos lados del rostro. El pie de foto rezaba: *Adrienne, esposa de Ethan*, lo cual fue un alivio, pese a saber que a Adrienne le habría enfurecido: después de todo ese tiempo, la mala reputación de su marido seguía siendo lo más interesante de ella.

—Y ahora él ha muerto —murmuré.

La noticia era imprecisa en ese sentido: quien fuera que hubiese tomado la fotografía sabía lo del cuerpo, pero no de quién era, y el periodista se había cuidado de emplear palabras como «presuntamente» al describir lo que podría haber ocurrido. Los comentarios de la noticia, en cambio, no se mostraban nada cuidadosos. Estaban totalmente seguros de que Adrienne Richards había matado a su marido, y unos cuantos parecían molestos porque no se hubiera matado ella también. *Esa zorra era tan culpable como él.*

Me pregunté si la situación mejoraría o empeoraría cuando la verdad saliese a la luz. No la verdad real, claro está, sino la «verdadera historia» sobre una aventura extramatrimonial entre una mujer de la alta sociedad y un paleto que había terminado con un tiroteo. Probablemente empeoraría. Adrienne llevaba razón en una cosa: menuda historia era aquella. Pero, tal como la había imaginado, ella iba a ser la víctima. La superviviente. La heroína.

Quizá lo hubiera sido. Quizá la verdadera Adrienne habría encontrado la manera de ganarse la compasión de todas esas personas que deseaban verla sufrir. Pero, a medida que me vibraba su teléfono en la mano, conforme leía las ristras de mensajes que no paraban de llegar cargados de malicia, me pareció que debía de haber estado engañándose a sí misma. No me extraña que estuviera follándose a Dwayne y consumiendo drogas; no me extraña que nunca se quejara de que no hubiera cobertura ni wifi en la casa del lago. Debía de ser el único lugar donde podía escapar de sí misma; o de la parte de sí misma que otras personas imaginaban para ella, algo tan grotesco y horrendo que guardaba solo un leve parecido con la verdadera Adrienne. Una mujer tan perversa que un desconocido no se lo pensaría dos veces antes de decirle que se matara. Empecé a negar con la cabeza. Adrienne Richards era una zorra privilegiada, pero, joder, no era ningún monstruo. Veía los mensajes iluminando el teléfono igual que uno contemplaría el incendio de una casa ajena, salvo que yo no podía permitirme el lujo de quedarme mirando. Estaba atrapada dentro del edificio en llamas. Era mi cara la que notaba el terrible calor, mi piel la que empezaba a cubrirse de ampollas.

El teléfono comenzó a vibrar con urgencia en mi mano y estuve a punto de lanzarlo por los aires antes de darme cuenta de que era una llamada: el nombre de Kurt Geller aparecía en la pantalla. Me dejé caer en el suelo y toqué la pantalla.

—¿Diga?

—Adrienne, ¿estás bien? —Geller parecía molesto—. Te he dejado varios mensajes.

—Lo siento —respondí con voz temblorosa—. No… no lo había visto. Anoche alguien sacó una foto mientras estaba fuera con la policía y ahora está en Internet. El teléfono…, es horrible lo que me está enviando la gente.

—Oh —respondió Geller y suavizó el tono—. Siento oír eso. Por desgracia, tenía que ocurrir. Recuerda lo que pasó con Ethan.

No tenía ni puta idea de lo que había pasado con Ethan.

—He intentado olvidarlo —dije con cautela, y Geller soltó una risita.

—Bueno, lo gestionaremos del mismo modo. Enviaré a alguien a buscarte; te sacará por la puerta. ¿Puedes venir al despacho esta tarde a las tres? Esta mañana he pasado un rato al teléfono con un amigo de la oficina del fiscal del distrito. Tenemos cosas de las que hablar, pero soy optimista.

—De acuerdo —le dije—. La prensa...

—No hables con ellos —me ordenó Geller—. No hables con nadie. Redactaré cualquier declaración en tu nombre después de vernos.

Tras colgar el teléfono, me quedé donde estaba, viendo con impotencia que las notificaciones seguían iluminando la pantalla del móvil. El teléfono fijo de la mesa sonó una vez y me puse de rodillas para descolgarlo.

—¿Señora Richards? —dijo una voz de mujer—. Soy Rachel Lawrence. Soy periodista de...

Colgué. Después desenchufé el aparato.

Al volver a mirar los mensajes de Adrienne, de pronto se me ocurrió lo extraño que era que su móvil no estuviese sonando sin parar. Tenía cientos de contactos guardados, pero, salvo las tres llamadas perdidas y dos mensajes de voz de Kurt Geller, ni una sola persona con contacto directo con Adrienne había intentado llamarla o escribirle un mensaje. En su lugar, el dispositivo estaba inundado de mensajes de desconocidos. La fotografía que había subido a la cuenta de Adrienne el día anterior acumulaba docenas de comentarios. Tenía más de cien correos sin leer, los más recientes de periodistas o productores de televisión con la esperanza de conseguir una entrevista. La policía no parecía tener nada que decir por el momento —todas las noticias que leía se limitaban a decir que un varón no identificado había resultado muerto en el tiroteo—, pero eso no duraría mucho. Me di cuenta de que, tal y como estaban las cosas, lo único que podrían hacer a partir de ahí era empeorar. Después de tantos años en Copper Falls, pensé que sabía lo que se sentía cuando todos te odiaban. Pero aquello...

«Sorpresa», dijo la voz de Adrienne en mi cabeza. «Deberías verte la cara ahora mismo».

El coche de Kurt Geller llegó puntual a las tres menos cuarto y acercó el morro al bordillo mientras la manada de periodistas tomaba posición. Yo estaba lista, duchada y vestida, ataviada con un sombrero de fieltro de ala ancha y unas enormes gafas de sol que había encontrado en el armario de Adrienne. Eran las mismas que llevaba varios años atrás, cuando Ethan y ella fueron fotografiados saliendo de casa durante el escándalo financiero de Ethan, cosa que sabía porque había buscado la foto en línea hacía una hora. Era como un disfraz encima de otro: yo, disfrazada de Adrienne Richards disfrazada de nadie. Tenía un aspecto ridículo, pero claro, así era ella. A ninguna de las dos nos sentaban bien los sombreros y probablemente tuviese que pasarme semanas enteras con ese. Con aquel sombrero en particular cada vez que saliera de casa, durante el tiempo que la prensa quisiera acampar delante de mi puerta.

En esa foto de años atrás, Adrienne y Ethan contaban con la protección frente a las cámaras de un hombre corpulento de hombros anchos, piel marrón oscuro y pelo muy corto. Al asomarme por la ventana, vi al mismo hombre, ahora con el pelo un poco más gris y la cintura un poco más ancha, bajarse del coche que estaba detenido junto al bordillo. Se abrió paso a empujones entre la multitud y llegó hasta la puerta. Empezó a sonarme de nuevo el teléfono. Respondí mientras miraba por la ventana. El hombre estaba en la escalera de la entrada, con su teléfono pegado a la oreja, mirándome. Formó con la boca las palabras que yo oí a través del auricular.

—¿Señora Richards? Soy Benny. Su conductor.

—Estoy preparada.

—Baje y la llevaré hasta el coche.

Enfilé las escaleras con cuidado, sujetándome con fuerza a la barandilla, con el paso antinatural que me provocaban los tacones de Adrienne. Había estado orgullosa de mí misma por haber pensado con antelación, probándome todos sus zapatos hasta encontrar unos que me quedaran más o menos bien, pero se me había olvidado la parte en la que tendría que caminar con ellos puestos. Me costaba gran esfuerzo no tambalearme. Una vez fuera, me apoyé en Benny todo lo que pude y empecé a negar con la cabeza cuando los periodistas nos rodearon gritando preguntas, poniéndome grabadoras delante de las narices. A mi alrededor oía el ruido incesante de los disparos de las cámaras. Mantuve la cabeza gacha y la mirada fija en los pies, con el corazón en la garganta mientras alcanzábamos el final de los escalones de piedra y cruzábamos la acera. Vi la puerta del coche frente a mí y, sin pensar, alcancé el picaporte.

—¿Señora?

Levanté la mirada: Benny estaba de pie a mi izquierda, sujetando la puerta que había abierto para mí. Observé la expresión extraña de su rostro.

—Ah, sí. Gracias —le dije, y él parpadeó y frunció las cejas como si hubiera dicho algo mal, porque claro que lo había dicho. Adrienne nunca daría las gracias.

En ese momento escuché en mi cabeza su voz incrédula: «¿Desde cuándo le das las gracias a la gente por hacer su trabajo? Para eso está el dinero». Pero aquel momento incómodo solo duró un instante, después Benny se echó a un lado. Me lancé hacia el asiento trasero y recogí acto seguido los pies doloridos. La puerta se cerró. Volvía a estar a salvo, invisible tras las lunas tintadas del vehículo. En la parte delantera, la puerta del conductor se abrió y luego volvió a cerrarse.

—Hola —dijo Benny. Levanté la cabeza y nuestras miradas se cruzaron en el espejo retrovisor. Seguía con el ceño fruncido—. No se acuerda de mí, ¿verdad?

Me dio un vuelco el estómago. Me pregunté qué le habría

dicho Adrienne a aquel hombre la última vez que lo vio; no tenía ni idea, aunque seguramente fuese algo horrible. Pero Adrienne no habría dudado. A ella le habría dado igual. Así que me encogí de hombros y aparté la mirada.

—Creo que no. ¿Debería?

Noté que Benny se quedaba mirándome durante varios segundos más. Después él también se encogió de hombros y puso el coche en marcha.

—Supongo que no —respondió—. Supongo que acordarse no forma parte de su trabajo.

El trayecto hasta la oficina de Kurt Geller en el centro duró veinte minutos y se produjo otro momento incómodo en el bordillo cuando Benny abrió la puerta y me tendió una mano para ayudarme a salir del coche. Esta vez me contuve las ganas de darle las gracias. Me pregunté si Geller podría conseguir a otra persona para que me llevase a casa y luego me planteé si aquello sería peor; hasta donde yo sabía, Adrienne también podría haber sido descortés con esa persona. Quizá incluso más descortés. Ya empezaban a dolerme otra vez los pies mientras atravesaba las puertas del vestíbulo. Alguien gritó el nombre de Adrienne, me volví y vi a una mujer delgada con traje de falda y chaqueta que me ofrecía la mano a modo de saludo.

—Soy Ilana, ayudante del señor Geller —anunció—. Me envía a buscarla.

—¿Nos conocemos? —pregunté con cautela, todavía paranoica después de mi encuentro con Benny, pero la mujer sonrió con educación.

—Creo que no. No trabajaba aún para la empresa cuando su marido... —Se detuvo con la frase a medias y frunció el ceño con gesto compasivo—. Disculpe, lo siento mucho. Esto debe de ser muy difícil para usted.

—Gracias —respondí.

—Si tiene la amabilidad de seguirme —me dijo Ilana señalando los ascensores.

Subimos en silencio, hasta arriba del todo. Cuando se abrieron las puertas, volví a seguirla. Pasamos junto a una recepcionista que levantó la mirada y pareció reconocerme —le hice un gesto con la cabeza y ella me lo devolvió— y después entramos en el despacho donde se hallaba Kurt Geller de pie tras su escritorio para estrecharme la mano. También había visto fotos suyas, pero aun así me desconcertó su aspecto. En Copper Falls, la gente era joven, de mediana edad o vieja, y siempre era fácil saber a qué categoría pertenecía cada uno; cada año de dolor se te quedaba grabado en el rictus como una cicatriz. Pero Geller parecía salido de otro planeta: podría tener treinta y cinco años y canas prematuras o sesenta bien llevados, con un atractivo atemporal que yo nunca había visto en la vida real. Le hizo un gesto a Ilana, que abandonó la estancia cerrando la puerta tras ella.

—Siéntate, por favor —me dijo, a lo que yo obedecí dejándome caer en la silla más cercana.

Me quité el sombrero y las gafas, todavía paranoica, quizá incluso con el temor de que Geller fuese a señalarme y a gritarme como el tipo larguirucho al final de *La invasión de los ladrones de cuerpos*. Sí que señaló, pero a la silla vacía que había a mi lado.

—Puedes dejar ahí tus cosas —me dijo. Mantuvo la sonrisa, pero la suavizó—. Es un placer verte, Adrienne, aunque, por supuesto, lamento que sea en estas circunstancias. Valoraba mi relación con tu marido y pienso encargarme personalmente de tu caso. —Apretó entonces los labios—. Según tengo entendido, ¿habrían... encontrado a Ethan?

—Dicen que no lo saben aún con seguridad —respondí—. Pero Dwayne, el hombre al que disparé, el que se coló en mi casa, dijo que...

—Entiendo —me interrumpió Geller—. Lo siento muchísimo. Tendremos que hablar de eso, por supuesto, pero primero vamos a zanjar el aspecto económico. Mi tarifa previa al juicio se ha incrementado un poco desde el caso de tu marido...

—El precio no importa —le aseguré, y oí que era la voz de Adrienne la que salía por mi boca.

Me había dicho esas mismas palabras muchas veces, siempre con una despreocupación que me sorprendía, que me parecía muy ajena. Pero Geller se limitó a decir que sí con la cabeza. Garabateó una cifra en un trozo de papel y lo deslizó hacia mí por encima de la mesa. Conté los ceros y mantuve una expresión neutra. Fingí que no me sorprendía en absoluto descubrir que el hombre que tenía delante costaba lo mismo que una casa de tres dormitorios.

—¿Quieres que te extienda un cheque ahora? —le pregunté.

—No pasa nada —respondió con un gesto despreocupado de la mano—. Tenemos muchos temas que tratar. Cuéntame todo lo que sucedió anoche.

Y así lo hice. Me refiero a que le conté una historia. No una historia verdadera, pero sí una buena historia. Un cuento de hadas en el que la hermosa princesa se despierta sola en su castillo en mitad de la noche con la punta del cuchillo de un intruso pegada a la garganta. Pero con un toque moderno para complacer a las masas: en esta historia, el príncipe no estaba y la princesa tuvo que salvarse sola gracias a su ingenio y a una bala disparada con tino.

«Dijo que Ethan había muerto».

«Dijo que quería dinero».

«No sabía que teníamos una pistola en la caja fuerte».

Le conté la historia. La conté bien. La conté tan bien que hasta yo me la creí, ¿y por qué no? Aquel era justo el tipo de juego que siempre me había encantado, el que solía ocupar mis horas en aquellos largos y polvorientos días de verano en la chatarrería. Siempre se me había dado bien convencerme de que era otra persona y estaba en otro lugar, y siempre había preferido hacerlo sola. Los demás siempre lo echaban todo a perder, agujereaban la fantasía hasta romperla. Los demás siempre se empeñaban en decirte por qué tu historia estaba mal, que era mentira y una estupidez, que te estabas engañando a ti misma y que por mucho que fingieras nunca podrías cambiar quién y qué eras. ¿Una princesa? ¿Una heroína? ¿Un

261

vivieron felices y comieron perdices? En sueños. Quizá después de un millón de dólares gastado en cirugía plástica.

Kurt Geller me escuchó mientras hablaba, tomando notas de vez en cuando, pero sobre todo se limitó a afirmar con la cabeza. Cuando terminé, golpeó con el bolígrafo el papel sobre el que había estado escribiendo.

—¿Cuándo comprasteis la pistola? —me preguntó.

Fruncí el ceño y sentí una punzada de resentimiento hacia aquel hombre tan caro que pretendía buscarle un agujero a mi historia. Haciéndome una pregunta cuya respuesta desconocía.

—No sé —respondí—. Teníamos la licencia. Eso es lo que importa, ¿no?

—Y, cuando le disparaste, ¿dónde estaba él? En relación contigo, quiero decir.

—A pocos metros. Entre la puerta y yo.

—Impedía que huyeras —comentó Geller con un gesto afirmativo—. Entendido. ¿Y le disparaste en el pecho?

Cerré los ojos y vi a Dwayne tambaleándose hacia delante. El agujero en la pechera de la camisa, volviéndose rojo por los bordes.

—Sí.

—Eso está bien —contestó y asintió de nuevo. Volvió a revisar sus notas—. Antes de que sucediera eso, llevabas sola en la casa, ¿cuánto?, ¿casi dos días? ¿No se te ocurrió preguntarte dónde estaría Ethan, por qué no había llamado?

—Es algo habitual. Quiero decir que lo era. Solía viajar mucho. A veces, sobre todo si se trataba de un viaje corto, no se molestaba en llamarme. —Vacilé—. Y a veces yo tampoco quería saber nada de él.

Cesaron los golpecitos del bolígrafo de Geller contra el papel. Enarcó las cejas. Dejé que el silencio se prolongara entre nosotros durante varios segundos. Tenía sentido que me mostrara reticente a contarle la siguiente parte, pero no tuve que fingir dicha reticencia. No quería decirlo. Decirlo significaba tener que pensar en ello, en ellos dos juntos. Me estremecí.

Geller se inclinó hacia delante y su sonrisa desapareció.

—Adrienne —me dijo—, voy a decirte lo que les digo a todos mis clientes: no me mientas. Cuando le mientes a tu abogado, haces que yo sea el más estúpido de la habitación. Eso está mal cuando estamos solos los dos. Pero es mucho peor si esto va a juicio. Sea lo que sea...

—Ya sabes que tenía una aventura —le espeté, y el abogado se recostó en su asiento.

—Continúa.

—Tenía una aventura con Dwayne Cleaves. Era el manitas de la casa del lago donde nos alojamos en verano. Me aburría y era infeliz, fue algo impulsivo y... ni siquiera lo sé. —Pensé que Geller me reprendería por haber esperado tanto a contarle esa parte, pero se limitó a asentir.

—De acuerdo —dijo—. Y ayer recibiste una visita de la policía del estado de Maine, ¿es correcto? Porque Dwayne Cleaves ya estaba en busca y captura para ser interrogado por el asesinato de su mujer.

—Eso fue lo que dijo el detective. Se llamaba Ian Bird.

Geller resopló con los labios apretados.

—Está bien. Mira, Adrienne, esta es la situación. —Volvió a recostarse con una expresión extraña y a mí me dio un vuelco el estómago.

Me preparé. Iba a levantar el dedo, iba a señalarme y a gritar: «Esta es la situación. TÚ NO ERES ADRIENNE».

En vez de eso, se encogió ligeramente de hombros y dijo:

—No me preocupa.

—¿No... te preocupa? —repetí parpadeando por la sorpresa.

—Dwayne Cleaves mató a dos personas, incluido tu marido. Condujo el coche de Ethan hasta la ciudad, se coló en tu casa con una llave robada, te amenazó con un arma, intentó robarte. Es un caso claro de defensa propia. Dando por hecho que en balística nos digan lo mismo, y basándonos en lo que me han contado esta mañana mis fuentes en el departamento, no, no me preocupa. La fiscal del distrito se presenta el mes que viene a la reelección y los jefes sienten cierta indiferencia hacia ella según el sondeo de departamento que llevó a cabo en verano. Lo último que querrá es caldear los ánimos metiendo a la policía en otro caso mediático que sin duda perdería.

—No lo entiendo —le dije, porque era cierto, y él se encogió de hombros.

—No pretendo ser insensible, pero has de darte cuenta de que eres una acusada que despierta mucha simpatía. Eres una mujer joven y guapa que acaba de perder a su marido y que tuvo el valor de disparar al asesino que se coló en su casa en mitad de la noche.

—¿Y lo de la aventura?

—Te repito que no pretendo ser insensible… pero estamos en la era del #MeToo, Adrienne. Si alguien intentara emplear eso en tu contra, barreríamos el suelo con él.

Me agarré a los reposabrazos de la silla con todas mis fuerzas. Geller me miró con gesto compasivo.

—Tienes mucho que asimilar —me dijo—. ¿Quieres un pañuelo?

Me limité a decir que sí con la cabeza.

Pero no estaba tratando de contener las lágrimas. Estaba intentando no reírme.

Geller atravesó la estancia, tomó un paquete de pañuelos de papel de una balda y me lo alargó.

—Siento mucho tu pérdida —me dijo—. Y todo lo que has tenido que pasar. Sé que no ha sido una conversación fácil y te agradezco la sinceridad. Es raro que un cliente sea tan directo de forma tan inmediata.

—Gracias —le dije sacando un pañuelo. Me lo llevé a la cara y entonces me di cuenta de que Geller seguía de pie junto a mí, mirándome.

—Y eso hace que me pregunte —dijo con la misma voz pausada de siempre— por qué estoy tan seguro de que hay algo que no me has contado.

El mundo pareció encogerse de golpe. Notaba la presión de la sangre en los oídos, que parecían estar a punto de explotar, y me quedé mirando a Geller con la boca abierta y los ojos más aún. Se me cayó el pañuelo, que aterrizó en el suelo. Se agachó para recogerlo y volvió a ponérmelo con amabilidad en la mano. Automáticamente lo aferré con los dedos, que eran la única parte de mi cuerpo que parecía funcionar con normalidad. Seguía con la mandíbula desencajada y se me habían quedado las piernas dormidas. Geller se limitó a volver detrás de su escritorio y aposentarse de nuevo en su sillón. Su rostro atemporal, tan atractivo hacía unos instantes, se me antojaba ahora terrorífico, como una máscara tras la cual me observara el verdadero Kurt Geller. Viéndome. Viéndolo todo. Solo la expresión de sus ojos me resultaba familiar: era la misma que había visto en el rostro de Benny, en las caras de los agentes de policía, incluso en el gesto desconfiado de Anna mientras charlábamos de naderías en mitad de la calle. Había estado demasiado distraída por mis propias mentiras, demasiado preocupada por la idea de que me descubrieran, para entender lo que eso significaba. Ahora no entendía que hubiera tardado tanto en darme cuenta: no era de mí de quien desconfiaban. Desconfiaban de Adrienne.

Todos aquellos que conocían a Adrienne, desde su compañera de clase de SoulCycle hasta su abogado, absolutamente todos la odiaban.

—Como ya te he dicho —estaba diciendo Geller—, no me preocupa tu caso *per se*. Y, si la fiscal del distrito intenta presentar una acusación, tengo muchas maneras de disuadirla. Pero me gustaría saber la verdad, Adrienne.

Por fin logré cerrar la boca y tragar saliva.

—Verás, es que no lo entiendes —le dije, y Geller alzó de nuevo las cejas. Percibía la rabia en mi voz, una rabia que era solo mía y no era nada propia de Adrienne. Pero no podía contenerme. No quería. Tenía que ver, tenía que saber qué ocurriría si no interpretaba mi papel a la perfección. La gente siempre estaba dispuesta a decirle a Adrienne lo que se esperaba de ella. ¿Y si ella decidía desafiar a las expectativas?—. Incluso aunque quisiera contártelo todo, no podría —agregué—. Sé que Ethan está muerto en una chatarrería calcinada en mitad de la nada. Sé que Dwayne lo mató. Pero no sé la verdad. No sé por qué y ahora ya nadie lo sabrá, porque no esperé a que Dwayne me explicara sus motivos o se justificara antes de apretar el gatillo. ¿Quieres la historia completa? La única persona que podría habértela contado está muerta. A mí eso no me importa. Si no puedes soportar la incertidumbre, entonces quizá debería buscarme otro abogado.

Parpadeó. Yo contuve la respiración.

Entonces sonrió, la sorpresa se borró de su rostro y dijo:

—Oh, no será necesario. Y sí, aceptaré ahora ese cheque.

Cuando todo hubo terminado, con el dinero en manos de Geller y sin nada que hacer salvo esperar, esconderme y conservar la esperanza, pensaría una y otra vez en ese momento de insensatez en el despacho del abogado. Pensaría en ese minuto en el que había entreabierto la puerta a mi antigua vida para permitir que Lizzie se asomara, hablara y se dejara ver. Un riesgo peligroso y del todo innecesario, pero que tenía que correr, aunque solo fuera para demostrarme la verdad a mí misma. Porque creo que sabía, antes incluso de intentarlo, que nadie la vería allí escondida. Creo que ya por entonces lo sabía, antes de apretar el gatillo, quizá incluso antes de que Adrienne entrara en mi vida. Se me daba bien fingir, imaginar. Cuando me veía a mí misma, veía posibilidades. Pero creo que sabía que nadie más las veía.

La gente ve lo que espera ver cuando cree saber quién eres. Sus ideas son un fantasma que te precede y se cuela en cada habitación, que espera hasta que llegas para pegarse a ti, sucio y oscuro. Va formándose a tu alrededor a lo largo de la vida, capa tras capa, hasta que lo único que la gente ve es esa versión fantasma de ti fabricada por los juicios de los demás. La golfa paleta. La arpía de la chatarrería. La zorra privilegiada. Y tú estás atrapada en el centro, invisible. Gritando «¡Estoy aquí!», pero el sonido de tu reputación es tan fuerte que nadie te oirá jamás. Para cuando Lizzie Ouellette acabó con esa escopeta en las manos, era como un disfraz que no podía quitarme, y nadie echará de menos nunca a la chica que vivía dentro de él. Nadie la conoció siquiera.

Quizá mi nuevo disfraz me siente mejor.

Quizá logre ser una mejor Adrienne Richards de lo que la propia Adrienne Richards fue jamás.

Sostuve su teléfono entre las manos y toqué la pantalla una vez, dos veces. Vacilé. Bajo mi dedo apareció un cuadro de diálogo. *¿Estás segura? Esta acción no puede deshacerse.* Me hizo pensar de nuevo en ese estilista que frunció el ceño cuando le expliqué lo que quería. ¿Estaba segura?

No lo estaba. No estaba segura en absoluto. Aquel era un territorio desconocido. Hasta aquel momento me había guiado por la pregunta de qué habría hecho Adrienne en mi lugar, porque era importante hacer lo que habría hecho ella, sin tener en cuenta lo que fuera. Eso lo sabía. Lo había sabido desde que apreté el gatillo: que para salir impune debía ceñirme al papel. No salirme del personaje. Si quería ser Adrienne, tendría que tomar las decisiones de Adrienne, no las mías. Y aquella decisión, aquella acción que no podría deshacerse, no era lo que habría hecho Adrienne. En absoluto. Jamás.

Pero, claro, Adrienne estaba fuera de sí últimamente. Adrienne estaba en *shock*. Había vivido una experiencia traumática y, si de pronto se comportaba de un modo extraño, ¿no estaba acaso en su derecho? ¿Tú la culparías? ¿Te preguntarías acaso por qué?

—A la mierda —dije en voz alta y pulsé la pantalla con el dedo.

El diálogo desapareció y fue sustituido por un mensaje nuevo.

Tu cuenta ha sido borrada.

TERCERA PARTE

SEIS MESES MÁS TARDE

CAPÍTULO 27

BIRD

El cuchillo estaba en una bolsa de plástico, con el sello del número del caso y cerrada con una cinta roja de seguridad que indicaba que no se había abierto desde el año anterior. Embolsado, etiquetado y olvidado. Parecía un cuchillo de caza cualquiera, sin nada de especial; salvo que supieras, como sabía Bird, que se había empleado no hacía tanto tiempo para cortarle la nariz a una mujer.

La agente situada detrás del escritorio iba vestida con el uniforme, pero parecía más una bibliotecaria que una policía, con el pelo recogido en un moño apretado a la altura de la nuca y los ojos muy grandes tras unas gafas redondas y pequeñas. Le alargó a Bird la tabla sujetapapeles.

—Firme y es todo suyo —le dijo—. Ha tardado mucho en venir a buscarlo.

—No es que viva por el barrio, precisamente —contestó él encogiéndose de hombros—. Confío en que no estuviera ocupando demasiado espacio en sus estanterías.

—No hay problema —dijo la mujer con una sonrisa—. ¿Todo listo? ¿Necesita un impreso de cadena de custodia?

—No es necesario —respondió Bird—. Cerramos el caso. Solo estoy atando unos cabos sueltos. Este de aquí —dijo blandiendo el cuchillo— va directo a una caja.

Era un día cálido de abril en la ciudad, tempestuoso y medio gris. El sol de la tarde se asomaba a ratos entre las nubes, tibio e incoloro como un té flojo. Bird volvió la cara hacia él de todos modos. El estado de Maine seguía en época de deshielo tras un invierno largo y triste, pero a trescientos kilómetros hacia el sur, la primavera ya se dejaba notar. Días más largos, temperaturas más suaves, el olor a tierra mojada en el aire. Los Sox estaban en Fenway, jugando el partido de inauguración de la temporada. Bird podría parar a cenar pronto, ver el final del partido y aun así estar de vuelta en casa antes del anochecer.

Abandonó la ciudad en coche, distanciándose un poco del ajetreo de la hora punta de Boston. Habían pasado seis meses desde la última vez que recorriera ese camino, tras dejar la casa de Adrienne Richards y dirigirse hacia el norte, antes de que ella disparase a Dwayne Cleaves en lo que el Departamento de Policía de Boston enseguida catalogó como un caso cerrado de ataque en defensa propia. A Bird le había sorprendido en su momento la poca atención que despertó, sobre todo entre la prensa, sobre todo con una superviviente tan detestable, tan ansiosa de publicidad y tan telegénica como era Adrienne Richards. No podía negarse que era una historia jugosa. Los residentes de Copper Falls se vieron abrumados durante días, cerrándoles la puerta en las narices a todos los periodistas que viajaron al norte con la esperanza de obtener un comentario de amigos y familiares de Lizzie. Nadie dijo nada, por supuesto. Al final los periodistas se marcharon. Pero Adrienne…; uno esperaría que exprimiese sus quince minutos de fama. En vez de eso había declinado todas las ofertas para realizar entrevistas y prácticamente se había esfumado de la vida pública. Durante un tiempo los periódicos sensacionalistas exigieron saber dónde se escondía y qué ocultaba, pero al final se aburrieron y encontraron otra historia que perseguir. Cesaron los gritos. La vida siguió. Salvo para Ethan Richards, por supuesto, pero nadie fingió siquiera sentirse demasiado destrozado por esa noticia.

Tampoco es que Bird hubiera estado muy pendiente. Había tenido muchas cosas de las que ocuparse durante los meses posteriores al cierre del caso de Lizzie Ouellette, meses que había pasado siguiendo las pistas de su conversación con George Pullen. El centenario Pullen no era capaz de decirte lo que había desayunado esa misma mañana, pero aún recordaba los inicios de la década de 1980 y a Laurie Richter con una claridad asombrosa. Sobre todo recordaba que un amigo suyo había estado actuando de manera extraña aquel verano, y se volvió más extraño aún tras desaparecer la muchacha. Se quedaba mirando al vacío, pasaba las noches en vela y desaparecía durante varios días seguidos. Pullen dijo que no sabía cómo interpretar aquello; ni siquiera estaba seguro de que el amigo conociese a Laurie, que era mucho más joven que ellos y llevaba una vida muy discreta. Pero le resultó muy extraño cuando le preguntó al amigo dónde se metía todos esos días y, al hacerlo, el tipo puso mirada de loco, «como un caballo de carreras asustado», fueron las palabras exactas de Pullen, y dijo que había ido a pescar a la cantera que había cerca de Forks. Describió el lugar con todo lujo de detalles, de forma casi reverencial. La claridad del agua, los colores moteados de la roca, que podías colocarte de pie sobre un saliente, mirar hacia abajo y contemplar las profundidades. Decía que era un lugar lleno de paz. Muy tranquilo. Cuando Pullen le preguntó por los peces, el amigo le dirigió una mirada curiosa y dijo que no lo sabía, que nunca había pescado nada.

Gracias a esa conversación, Bird había localizado cuatro canteras de pizarra por la zona que pensaba que merecía la pena investigar.

Encontraron el coche de Laurie Richter hundido en el tercer lugar de la lista. Su cuerpo, o lo que quedaba de él, estaba encerrado en el maletero.

Le quedaban aún meses de trabajo por delante antes de encontrarse con otro golpe de suerte, sobre todo porque el amigo de George Pullen, al contrario que el propio George, ya no estaba vivo para poder confesar. Pero el hallazgo del coche despertó de nuevo el interés por el caso y, al final, George Pullen vivió lo suficiente para descubrir que su amigo no era culpable de nada salvo de no querer romperle el corazón a su hermana pequeña.

El sobrino del amigo, por otra parte —el hijo de la hermana pequeña—, era un maldito cabrón asesino.

«Aunque no tanto un mentiroso», pensó Bird con una sonrisa de suficiencia. En cuanto tuvieron al tipo bajo custodia, confesó todo a los pocos minutos. Simplemente estaba cansado, les dijo. Todos esos años guardando aquel terrible secreto, a la espera, preguntándose si alguien lo descubriría. Para él fue un alivio poder contar por fin la verdad.

Bird seguía dándole vueltas a los recuerdos del último medio año —Lizzie Ouellette, Dwayne Cleaves, Adrienne Richards, Laurie Richter» cuando se desvió de la autopista y siguió las indicaciones hacia un restaurante perteneciente a una cadena, la apuesta más segura para conseguir una hamburguesa decente y un asiento con vistas a la tele. De no ser por el hecho de que acababa de estar pensando en ella, tal vez hubiera entrado y salido sin siquiera reconocer a la mujer sentada a la barra. Estaba sentada a cuatro taburetes de distancia, junto a la pared, con el cuerpo ladeado ligeramente hacia él y el rostro levantado. Estaba bebiendo una cerveza y miraba la televisión, donde los Sox perdían por una carrera. Ahora llevaba el pelo diferente, cortado por encima de los hombros y con un color castaño rojizo, pero no cabía duda de que era ella. Bird sacudió la cabeza con asombro.

Cuando Adrienne Richards desapareció de la vida pública, todo el mundo dio por hecho que estaría viviendo una vida de lujo en algún retiro paradisíaco junto al mar. Pero allí estaba: en un Chili's de las afueras, bebiendo Coors y viendo el béisbol.

Bird estuvo a punto de darse la vuelta y salir. No es solo que quisiera evitar ese inevitable momento incómodo cuando ella lo viera, si acaso lo veía. Era la expresión de su cara: no feliz, exactamente, pero sí cómoda. Tranquila. En casa. Aunque pareciera una locura, Bird sintió que estaría invadiéndola.

Entonces ella levantó la mirada, lo miró con los ojos muy abiertos y el trago de cerveza que había estado a punto de dar se le derramó por la pechera.

—Mierda —murmuró, dejó la botella de golpe sobre la barra

y alcanzó una servilleta. Bird recorrió la distancia que los separaba y levantó las manos en gesto de arrepentimiento.

—Qué hay —dijo—. Lo siento.

Adrienne estaba secándose la cerveza derramada de la blusa y levantó la mirada solo un segundo para devolverle el saludo.

—Hola, detective Bird —dijo. Las comisuras de sus labios se curvaron hacia abajo; no se alegraba de verlo.

—Hola, señora Richards —respondió él, y ella se apresuró a negar con la cabeza mientras miraba a su alrededor. Como si no quisiera llamar la atención.

—No —le dijo—. Ahora soy Swan. Es mi apellido.

Bird miró también a su alrededor; el nerviosismo de ella era tan palpable que resultaba contagioso, pero los demás clientes tenían la vista fija en la televisión o en sus bebidas. En cualquier caso, bajó la voz.

—¿Se ha cambiado el apellido?

—Me lo he vuelto a cambiar. Adrienne Richards tenía demasiada... historia —respondió, y Bird se rio a pesar de todo.

—Adrienne Swan —comentó, para ver cómo quedaba—. Claro, tiene sentido. Suena bien. Swan, cisne. Son unas aves bonitas.

—Matan a una docena de personas cada año —le informó ella.

—Se lo está inventando —repuso Bird, pero de hecho no lo sabía y eso le molestaba. Cuando había interrogado a esa mujer seis meses atrás, había sido capaz de interpretarla con facilidad; aún recordaba el momento de confianza en que ella había perdido el control, había hablado demasiado, y estaba seguro de haber obtenido la verdad. Ahora, en cambio, se quedó mirándola sin saber si estaba bromeando o no. Ella le devolvió la mirada, inexpresiva, y entonces sonrió y se encogió de hombros.

—Búsquelo si no me cree. —Dio un trago largo a su cerveza y después se volvió para mirarlo con el ceño fruncido—. Dios, lo siento. ¿Esto está... permitido? Que yo hable con usted y usted conmigo. Es raro.

—Mire, lo siento —respondió Bird, arrepentido—. No

debería haberme acercado. Estaba a punto de marcharme, de hecho, pero al principio ni siquiera estaba seguro de que fuera usted. Está... muy cambiada.

—Sí, bueno, ha sido esa clase de año —respondió ella—. Esta mierda te provoca unas arrugas en la cara que ni todo el bótox del mundo puede arreglar.

—No me refería a eso —se explicó él, pero ella volvió a encogerse de hombros—. Pero bueno, siento haberla sobresaltado. De verdad, ya me marcho. —Se dio la vuelta para irse y oyó su voz por encima del hombro.

—¿No iba a sentarse?

—Puedo ir a otra parte.

—No —le dijo ella y vaciló cuando se volvió de nuevo para mirarla. Se mordió el labio, sopesando su próximo movimiento, y después señaló con la cabeza el taburete que tenía al lado—. Mire, he venido aquí porque nadie me conoce. Las probabilidades de que nos encontráramos..., en fin, que es demasiado extraño. Es como si, no sé, como si fuera una especie de prueba. Del universo o algo así. Así que siéntese si quiere y le invito a beber algo. Si quiere. A no ser que esté de servicio.

Bird vaciló. Incluso aunque hubiese esperado ver allí a Adrienne Richards, no, Swan, no habría esperado que le invitase a sentarse y beber con ella. No había sido precisamente amable con ella la última vez que se vieron y tampoco lo había sentido en exceso. El caso estaba cerrado pero, pensando en ello —y sí que pensaba en ello, muy a menudo—, creía que Adrienne siempre había sabido algo más de lo que le había contado. Pensaba que tal vez se hubiera salido con la suya en cierto modo.

Pero también había pensado en su momento que era una auténtica petarda. Una zorra arrogante, incluso. Alguien, sin asomo de dudas, desagradable.

Pero ahora ya no sabía qué pensar.

—De acuerdo, gracias. Suena bien —reconoció y, curiosamente, se dio cuenta de que era cierto.

Adrienne le hizo un gesto al camarero y mantuvo la vista fija en el partido mientras Bird hacía su pedido.

—Tomaré lo mismo que ella —dijo, y vio con asombro que el camarero respondía con un «Claro» y le ponía delante un tercio de cerveza sin siquiera mirar a la modesta celebridad que estaba sentada en el taburete de al lado. No parecía reconocerla. Dio un trago a la cerveza, giró la cabeza y vio que Adrienne estaba observándolo.

—Le parece extraño que no me reconozca —adivinó.

—Un poco —admitió Bird, y ella sonrió.

—La gente ve lo que espera ver —explicó—. Y, si no saben qué esperar, ven lo que les enseñas. Tardé un tiempo en entenderlo. Cuando todo ocurrió, los periodistas siempre intentaban seguirme a todas partes y solía ponerme un atuendo concreto para evitar las cámaras. Gafas de sol enormes, sombrero gigante, alguna prenda holgada que me envolviera entera, ya sabe, como un jersey hecho con una manta. El *look* de «incógnito» —explicó dibujando comillas con los dedos—. Y, por alguna razón, pensé que eso me serviría.

Bird se carcajeó y ella lo imitó.

—Era ridículo —admitió, se llevó el dorso de la mano a la cara y levantó el mentón como si fuera modelo—. ¡Oh, no! ¡Fotos no, por favor! ¡Soy famosa! ¡No me miréis!

—Es curioso cómo funciona eso —comentó Bird.

—Es como un código secreto. Qué ropa ponerte cuando quieres que te fotografíen y que parezca que no quieres que te fotografíen.

—Pues parece que al final lo ha conseguido.

—Eso parece —dijo ella—. Al menos de momento. Tengo la impresión de que, de aquí a seis meses, ya no llamaré la atención de nadie.

—Lo dice como si fuera algo malo —bromeó Bird y ella negó con la cabeza.

—No, no. Es lo que deseo. Es lo único que deseo. —Se volvió para mirarlo, estudiándolo—. Detective Bird, ¿cuál es su nombre de pila?

—Ian.

—Ian. Ian, ¿qué haces aquí?

—Atar un cabo suelto —respondió.

No le contaría lo del cuchillo, que seguía en su bolsa, metido en una caja de seguridad en el maletero del coche patrulla. Pensó que tal vez incluso lo reconociera. Según el informe policial, se había despertado alrededor de las dos de la madrugada y se había encontrado a Dwayne Cleaves en su dormitorio, de pie junto a ella, blandiendo el cuchillo.

—¿Algo relacionado con…?

—Sí —repuso él.

—Supongo que no estás autorizado a hablar de ello.

—¿Querías hablar de ello?

—No —respondió ella antes de dar un largo trago—. Me encantaría no tener que volver a hablar de ello jamás. Enhorabuena, por cierto.

—Gracias —dijo Bird tras apurar la cerveza—. ¿Por qué?

—Por lo de Laurie Richter. En algún sitio leí que habían atrapado al tipo. Ese caso fue… —Negó con la cabeza y dejó la frase inconclusa.

Bird se preguntó qué habría estado a punto de decir, cómo se habría enterado de ello. Adrienne Richards no parecía ser de las que se interesan por los crímenes reales, aunque tal vez ese fuese un fallo de su propia imaginación. «La gente ve lo que espera ver», pensó.

—Ah, sí. Bueno, pues gracias. Tuve suerte.

—Supongo que fue algo más que eso —le dijo ella con una mirada curiosa—. ¿Quieres otra cerveza?

Miró el reloj y después su cara.

—Por mí sí, si tú quieres —respondió.

La conversación se volvió más fácil conforme le hablaba de Laurie Richter, de los golpes de suerte —y sí, de las horas y horas de trabajo preliminar— que le habían conducido primero hasta el cadáver y después hasta el hijo de perra que la había asesinado. Le habló de la confesión, le contó que el viejo pareció aliviado al descargar su culpa, libre por fin de aquella losa, el terrible secreto de un joven que había estado guardándolo durante demasiado tiempo.

—Cuarenta años —comentó Adrienne—. Dios mío.

—Mucho tiempo para cargar con algo así —convino Bird con un gesto afirmativo—. Pero ¿qué hay de ti? Quiero decir, ¿cómo lo has llevado todo?

—Los abogados se encargaron de casi todo —contestó—. Ethan era muy organizado; lo tenía todo planificado, en caso de que ocurriera algo, ya sabes. Una vez que identificaron el cuerpo, lo único que tuve que hacer fue firmar cosas.

—¿Se celebró un funeral?

Negó con la cabeza.

—Una misa privada. Solo los abogados y yo. Me parecía que, después de lo ocurrido…

—No hace falta que te expliques —se apresuró a decirle Bird, pero ella pareció no oírlo.

—Fue muy raro —dijo con voz pausada—. Recibí muchas tarjetas de pésame, muchas flores, pero eran todas de… empresas. La gente sentía perder el dinero de Ethan. Creo que a nadie le importaba que hubiera muerto.

Bird no dijo nada, ella dio un trago y dejó la botella sobre la barra con un golpe ligero.

—El caso es que ya todo pasó. O pasará. Los abogados me han dicho que no tardará en quedar todo resuelto.

—¿Haces algo por vacaciones? —le preguntó Bird, con la esperanza de cambiar de tema, y Adrienne sonrió.

—De hecho he estado unos días en el sur —le dijo—. Fui a ver a mi madre. Aunque ella no lo sabe. Está en una residencia. Tiene alzheimer.

—Lo siento mucho. ¿Cómo está?

—Está bien —respondió—. Pero creo… creo que quiero trasladarla. Debería estar en un lugar mejor. Un lugar más agradable.

Transcurrido algún tiempo, Bird miró hacia la calle y se dio cuenta de que ya se había puesto el sol. En el bar abundaban ahora los clientes que habían salido de trabajar, mientras que los aficionados al deporte se habían marchado ya tras una decepcionante derrota de los Sox que ni Adrienne ni él habían visto. Se habían tomado otra ronda de cerveza, y después otra; en algún punto Adrienne se había pasado al agua, mientras que él tiraba la casa por la ventana y se pedía un *whisky*, y acabaron girando los taburetes y sentándose muy cerca, tan cerca que sus rodillas no paraban de rozarse, tan cerca que era capaz de oler su perfume. «¿Qué es esto? ¿Qué está pasando?», pensó Bird, y luego se preguntó si serían imaginaciones suyas. Quizá no estuviera pasando nada en absoluto. Quizá solo estuviera piripi, más que piripi —«piripi» era una palabra que se alejaba por el espejo retrovisor conforme doblaba la esquina y enfilaba el camino directo hacia el término «borracho»—, pero ella lo miraba con los ojos muy abiertos y los labios ligeramente separados, y eso era lo que estaba pasando, eso y el cosquilleo que notaba en el abdomen, ese chisporroteo eléctrico que parecía inundar el aire. Levantó la mano, que se movía tan despacio que parecía pertenecer a otra persona, y vio que recorría la distancia que los separaba hasta tocarle la rodilla con suavidad. Ella dejó caer la mirada, observó la mano posada en su pierna y después volvió a mirarlo. Sus labios entreabiertos comenzaron a moverse.

—¿Quieres que nos larguemos de aquí? —le preguntó.

«¿Qué está pasando? ¿Qué está pasando? ¿Qué cojones está pasando?», le preguntaba su cerebro.

—Sí —respondió—. Sí, quiero.

La rodilla desapareció de debajo de su mano cuando Adrienne se levantó y se puso la chaqueta. La siguió hacia el exterior y ambos se detuvieron con gesto incómodo en el aparcamiento cuando Bird se dio cuenta de que no tenía ni idea de adónde ir. Se hizo un silencio interrumpido solo por los coches al pasar por la carretera cercana y el leve clic de un semáforo al cambiar de verde a rojo.

—¿En tu casa? —le preguntó.

—No —respondió ella—. Ahí no. No puedo. Además, está lejos.

—¿Mi... coche? —sugirió y empezó a reírse.

Ella también se rio y la tensión que había entre ellos se diluyó. Se inclinó hacia él y Bird la rodeó con un brazo.

—Mis días de hacerlo en el asiento trasero quedan ya muy atrás —le dijo Adrienne—. Pero mira eso. —Bird siguió la dirección del dedo con el que señalaba y distinguió el logo familiar de una cadena de moteles baratos en un cartel iluminado sobre sus cabezas. Justo al lado, a menos de cincuenta metros.

—Es el destino —murmuró y ella se carcajeó.

—Es una broma cósmica.

—¿No es lo suficientemente elegante para ti?

—Que te jodan —respondió Adrienne—. Vamos. Que aquí fuera hace frío.

Diez minutos más tarde, Bird introducía la tarjeta en la cerradura electrónica seguido de Adrienne. Estaba a punto de hacer otra broma —algo relativo a la escasa probabilidad de encontrar champán y caviar en el menú del servicio de habitaciones—, pero cuando se volvió para dejarla pasar, ella estaba justo ahí, a su lado, y entonces cerraron la puerta, echaron el pestillo y ella pegó su cuerpo al de él y sus labios se rozaron con deseo mientras él buscaba a oscuras el interruptor de la luz.

—Déjala apagada.

El letrero del hotel brillaba como una luna alargada frente a la ventana. Adrienne se apartó de él y se puso frente a la ventana, a contraluz, levantó los brazos y se sacó la blusa por encima de la cabeza. Él se quitó la chaqueta.

—Quiero verte —le dijo, pero ella se rio.

—Quizá yo no quiera que me vean.

Bird se acercó a ella, le puso las manos en los hombros y las deslizó hasta rodearle la cintura. Olía el aroma cálido y dulce de su cuerpo por debajo de las notas ligeras del perfume de su champú, y el cosquilleo que sentía en el bajo vientre se convirtió en una palpitación. La arrastró hasta la cama, tiró de ella hacia abajo y sintió la suavidad de su piel bajo sus labios, el roce áspero de la manta del motel contra la espalda. Ella tenía las manos en su cintura, le desabrochó el cinturón y le bajó los pantalones por encima de las caderas. Bird sintió el roce de las yemas de sus dedos y dijo «oh», y luego ya no hablaron más.

Cuando hubieron terminado, Bird extendió la mano para encender la lámpara de la mesilla de noche. Esta vez ella no se quejó, se limitó a acurrucarse en el hueco de su brazo. Le miró la coronilla. El color castaño rojizo le quedaba bien, pero siempre le había parecido curioso que las normas fueran diferentes para las mujeres; si eras chica y no te gustaba el pelo que Dios te había dado, podías escoger cualquier color que te gustara de una caja. Pero los hombres jamás. Había algo vagamente sospechoso en un tipo que se teñía el pelo, aunque solo fuera para taparse las canas. Algo indigno. Bostezó. Tenía calor y sueño, y notaba los primeros indicios de un dolor de cabeza que iba rodeándole los ojos. El *whisky* había sido un error aunque, claro, de no habérselo tomado, tal vez no estuviera allí, viviendo aquel momento poscoital tan salvaje e inesperado como agradable. Sí que era agradable. Los últimos meses habían sido productivos en lo profesional, pero solitarios en lo personal. Había tenido una serie de primeras citas que habían acabado con una noche de sexo mediocre, ningún segundo encuentro y la incómoda sensación de que probablemente fuese culpa suya. Bostezó de nuevo. Tal vez durmiera allí un rato antes de regresar. Junto a él, Adrienne bostezó también.

—Es culpa tuya —dijo ella—. Es contagioso. Debería irme. No puedo dormir aquí.

—Bueno, sí podrías.

—No —respondió con una sonrisa—. Es mala idea.

—Al menos no te muevas todavía —le pidió, apretándola más contra su cuerpo—. Me gusta tenerte aquí. Das mucho calor.

—Cinco minutos.

—Vale —le dijo él—. Cinco minutos. —Ambos se quedaron

callados durante un rato. Bird giró la cabeza para apoyar la barbilla en su coronilla—. ¿Y qué vas a hacer ahora? —preguntó al fin.

—Bueno, durante los próximos cinco minutos, nada —bromeó ella.

—No, me refiero a...

—Ya sé a qué te refieres. —Suspiró—. Y no lo sé. La gente no para de sugerirme cosas. Hay muchas opciones. Pero no me gusta ninguna.

—Hay gente que conozco que pensaba que te ofrecerían escribir un libro —le comentó Bird y ella se rio.

—Es una de las muchas opciones. Me lo ofrecieron, pero pasé.

—¿No quieres ser famosa?

—Dios, no —respondió con el ceño fruncido.

—Venga. Sé sincera.

—Lo soy. Supongo que te parecerá extraño. Pero Adrienne Richards es la que quería ser famosa. Y no soy ella. Dejé atrás a esa persona.

Bird cerró los ojos. Empezó a respirar más despacio y pensó que no pasaría nada si se quedaba dormido. Se quedaba dormido y se despertaba solo. Los cinco minutos que le había pedido seguían su curso y, si bien ninguno de los dos lo había dicho de forma explícita, en el aire se percibía una sensación de cierre. Como si fuera el final de algo, no el comienzo. Debería mantenerse despierto para verlo hasta el final, pero le pesaban mucho los párpados.

—¿Quieres sinceridad? —le preguntó Adrienne—. ¿Quieres saber algo realmente jodido?

—Mmm —respondió.

—Una vez le dije a mi marido que esperaba que se muriese.

Bird abrió entonces los ojos y se giró sobre un costado para mirarla. Estaba tumbada boca arriba, mirando fijamente al techo.

—Dios mío, ¿en serio?

—El caso es que todavía no sé si lo decía en serio. No lo creo. Pero después todo se fue a la mierda. Y ahora él no está.

—Sientes que es culpa tuya.

—Claro que es culpa mía —respondió, con tanta determinación que lo único que pudo hacer Bird fue darle la razón para sus adentros.

No es que la muerte de Ethan Richards fuese solo culpa suya; una cosa así nunca lo era. Pero también era evidente que las cosas habrían sido diferentes si ella hubiera tomado otras decisiones. Si cualquiera las hubiese tomado. Había culpa suficiente para repartir.

—¿Lo echas de menos? —le preguntó, y entonces sí que lo miró.

—Qué pregunta más extraña, joder —le dijo.

—Sí que lo es —convino él—. No sé por qué…

—No —le dijo Adrienne—. Me alegra que me lo preguntes, porque quiero decirlo. Quiero decirle a alguien que sí, que echo de menos a mi marido. Claro que sí. Lo echo de menos y, al mismo tiempo, sé que no habríamos podido seguir juntos. Al final iba a ocurrir algo; quizá no esto, pero algo. Éramos como una bomba casera, ¿entiendes? Como cuando tienes dos cosas que por sí solas no son nada pero las juntas y obtienes un potingue tóxico que mata todo lo que toca.

—Puaj —dijo Bird, y ella se rio sacudiendo la cabeza.

—Sí, ya lo sé. Así era nuestro matrimonio. Pero ya nos habían juntado. Esa es la cuestión. Incluso aunque nos separásemos, no podríamos… liberarnos.

—Hasta que la muerte os separase —comentó Bird,

—Sí. Hasta entonces. Debería irme.

La colcha resbaló cuando se incorporó y le dio la espalda, sobre la que él le puso una mano.

—Lo siento —dijo.

—¿El qué? —preguntó ella.

—Tu pérdida. Signifique lo que signifique para ti.

Entonces se volvió hacia él, se inclinó y lo besó en los labios.

—Gracias.

La observó mientras se ponía en pie, se subía los tirantes del sujetador por los hombros y estiraba las manos hacia atrás para cerrárselo. Tenía una pequeña cicatriz en la cara interna del pecho derecho, más pálida que el resto de la piel y ligeramente arrugada.

—¿Varicela? —le preguntó él, señalándolo con un dedo.

—Herida de guerra —respondió Adrienne de forma inexpresiva.

—De otra vida —bromeó él, y tal vez fuese por lo cansado y mareado que estaba, pero nunca llegaría a entender lo que sucedió después: Adrienne le guiñó un ojo, después echó la cabeza hacia atrás y se rio como si hubiese hecho la broma más graciosa del mundo.

Pero si algo había aprendido esa noche era que había muchas cosas que no entendía de Adrienne Richards. La vio ponerse los zapatos y después echarse la chaqueta sobre los hombros. Sacó una goma del bolsillo y se recogió el pelo con ella mientras echaba un último vistazo a la habitación.

—Bueno, entonces, ¿el mes que viene a la misma hora? —le preguntó él, porque sentía que tenía que decir algo, pero en esa ocasión Adrienne no se rio.

—Esa sí que es buena —respondió, con una sonrisa que venía a decir: «Tú y yo sabemos que no iremos más allá».

Por un momento se quedó parada, cambiando el peso de un pie al otro, y Bird pensó que tal vez le pidiera su número después de todo, o al menos se acercara para darle un beso de despedida. Pero entonces se encogió de hombros, se dio la vuelta y abrió la puerta.

—Adrienne —le dijo, y ella se detuvo con la mano aún en el picaporte.

No se dio la vuelta, se limitó a mirarlo por encima del hombro. Con los labios entreabiertos, las mejillas todavía sonrosadas después de la pasión del sexo, el pelo recogido con descuido en lo alto de la cabeza. Y esos ojos azul pálido enmarcados por unas pestañas espesas. Unos ojos muy abiertos. Como si la hubiera pillado por sorpresa.

—Buena suerte. Lo digo en serio.

Adrienne hizo un gesto afirmativo con la cabeza.

Después cerró la puerta y desapareció.

CAPÍTULO 28

LIZZIE

Mi nombre es Lizzie Ouellette, o lo era, antes de regalarlo. Ahora lo tiene otra mujer; está escrito dos metros por encima de su cabeza, en una lápida del cementerio de Copper Falls, donde está enterrada con la ropa que la mujer del director de la funeraria decidió que le sentaría mejor. La vieja señora Dorsey habría hecho su trabajo, revolviendo mi armario en busca de un vestido para el sepelio, igual que había revuelto el armario de mi madre muchos años atrás, evaluando el peso y el tejido de las opciones con sus dedos artríticos mientras mi padre asentía de forma mecánica, aceptando cualquiera de sus sugerencias. Seguramente habría tenido cuidado, aunque no importaba mucho. Después del destrozo que le hice a Lizzie en la cara, la única opción era un ataúd cerrado. Aunque a veces me pregunto qué escogió. Si pasó los dedos por aquel vestido de seda verde, miró la etiqueta y se preguntó cómo había llegado a tener yo algo tan caro. Me pregunto si la gente susurró después del funeral sobre todos esos vestidos preciosos y carísimos, cosas que no pintaban nada en mi armario. Mi mejor ropa era la que Adrienne me había regalado. Me pregunto si ella acabó así: pudriéndose en una tumba con el nombre de otra persona, con un vestido del que había intentado deshacerse, mientras yo continúo con la vida que le robé. Envuelta en su identidad como una niña que juega a disfrazarse.

Fue a finales de primavera, con la hierba del cementerio bien verde y crecida, cuando regresé a Copper Falls. Ataviada con mi disfraz de Adrienne Richards disfrazada, al volante de su ridículo coche. Era arriesgado regresar al lugar del crimen, como si aquello no fuese más que el cliché de una historia de asesinatos, pero creo que siempre supe que lo haría. Tenía que hacerlo. Había cosas que tenía que hacer y cosas que tenía que demostrar. Tenía que demostrarme a mí misma que Lizzie estaba tan muerta, tan olvidada, que podría pasearse por delante de sus narices dejando una ráfaga de su perfume sin que ni siquiera se dieran cuenta. Tenía que regresar, aunque solo fuera para estar segura de que jamás podría volver realmente a casa. Colocar la mano sobre la lápida y recorrer con mis dedos la forma de un nombre que nunca volveré a escribir. Ver las dos lápidas que hay al lado, una grande y la otra pequeña, ambas con el mismo apellido, y sentir una satisfacción triste ante la idea de que se hagan compañía mutuamente. Pasar con el coche por delante de todos los sitios en los que había vivido y ver que ya no estaba allí. Comprobar a través de los ojos de otra persona que la vida continuaba sin mí.

Resultó que tenía razón a medias: nadie vio a Lizzie aquel día. Ni en los pasillos del supermercado, donde una vez monté un número gritándole a Eliza Higgins. Ni en la heladería del pueblo, donde Maggie seguía vendiendo cucuruchos, siempre con el ceño fruncido y poniendo siempre mala cara a cualquiera que le pidiera probar los sabores. Ni en el cementerio, donde sabía que no debería entretenerme, aunque no pude evitar pararme para dejar un pequeño ramo de balsamina y tréboles en la tumba del bebé. Ni en la oficina de correos, donde metí una postal y un sobre lleno de dinero en efectivo dentro de otro sobre más grande, sin firma, sin remite. Lo eché al correo y después me pregunté si tal vez no debería haberlo hecho. Me pregunté qué me daba más miedo: que él lo entendiese o que no lo entendiese.

Nadie vio a Lizzie. Pero se me había olvidado que Adrienne, con aquel estúpido sombrero y esas gafas de sol gigantescas, siempre llamaba la atención como jamás podría hacerlo yo, y como jamás lo hice.

No me di cuenta de que me estaba siguiendo hasta que ya me marchaba del pueblo y me detuve en la gasolinera a llenar el depósito del Mercedes. No oí sus pasos a mi espalda; no me di cuenta de que la voz que gritaba «¡Eh, tú!» iba dirigida a mí. Pero entonces me clavaron con fuerza un dedo en el omóplato, me di la vuelta y vi a Jennifer Wellstood, con las piernas separadas, las manos en las caderas y una mirada de auténtico desprecio.

—¿Te acuerdas de mí? —me preguntó, y tuve que contener las ganas de reírme, porque claro que sí.

Claro que me acordaba, y lo que me dieron ganas de decir fue: «Zorra, me acuerdo de todo».

«Recuerdo como te mordías los carrillos mientras me rizabas el pelo el día de mi boda, y me dijiste que el vestido me quedaba bien, aunque no fuese blanco».

«Recuerdo la cara tan ridícula que pusiste cuando te pillé con mi marido, y que, cuando se me pasó el cabreo, no podía parar de reírme, preguntándome de dónde cojones habías sacado la idea de que hacían falta dos manos para hacerle una paja a alguien».

«Recuerdo la vez que te emborrachaste en una fiesta y desafiaste a Jordan Gibson a dejarte depilarle el vello de la espalda, y él estaba tan pedo que te dejó intentarlo».

«Recuerdo que me caías bien, pese a todo eso».

«Recuerdo que eras más decente que la mayoría».

Pero Adrienne Richards no se acordaría de Jennifer y, de hacerlo, nunca lo admitiría. De modo que le dediqué la clásica sonrisa de labios apretados de Adrienne y me dejé puestas sus gafas de sol.

—Ay, lo siento, pero no. No me acuerdo —respondí con la mayor arrogancia que pude.

Jennifer dejó escapar una carcajada y respondió entre dientes:

—Sí, bueno, pues yo sí que me acuerdo de ti. Maldita zorra pretenciosa. Hay que tener muchos cojones para volver a este pueblo. ¿No has hecho ya suficiente?

—¿Disculpa? —le dije.

—¡Lizzie y Dwayne están muertos por tu culpa! —me gritó—.

Nadie te quiere aquí. ¡¿Por qué no te montas en tu coche y te marchas para no volver nunca?!

—Oh, eso es justo lo que pienso hacer —respondí con una sonrisa afectada, aunque el corazón me latía acelerado—. No te preocupes, cielo. No volverás a verme nunca.

Me di la vuelta y volví a montarme en el coche. Al girar la llave en el contacto, una mano se estampó contra la ventanilla del conductor, con tanta fuerza que solté un grito. Levanté la mirada; Jennifer estaba de pie junto al coche, mirándome con odio a través del cristal. Su rostro adquirió una expresión extraña y, por un momento, me pregunté si me habría reconocido después de todo. En vez de eso, abrió la boca y gritó:

—¡Sigues teniendo un pelo de mierda!

Apenas paré de reírme mientras salía del pueblo.

También lloré un poco.

Por mucho que Copper Falls me odiase, seguía odiando más a los forasteros.

Pero puedo vivir con eso. Seguro que puedo. Eso es lo bueno de estar muerta. Que ya me puede dar igual todo, me dan igual todos ellos, salvo uno, pero él estará bien. Estoy segura de ello. Creo que sabe que estoy en un lugar mejor.

Pero ojalá no me sintiera tan sola.

No le mentí a Ian Bird cuando le dije que había ido a ver a la madre de Adrienne. Fue así. Quise hacerlo. La prensa había dejado de acosarme en algún momento antes de Acción de Gracias. Llegado mediados de diciembre, ya había nieve en el suelo y solo la huella ocasional de algún fotógrafo con la esperanza de sacarme una foto cuando iba o venía, un adelanto del momento que sabía que llegaría, algún día, cuando ya a nadie le importase Adrienne Richards. Kurt Geller me miró de un modo extraño cuando le conté mis planes, pero estaba ya acostumbrándome a eso, a que la gente en la vida de Adrienne se asombrara cuando ella decidía hacer algo inesperado. Estaba aprendiendo que podía responder.

—¿Hay alguna razón por la que no debería visitar a mi madre? —le pregunté, y él apretó los labios.

—Supongo que no —dijo al fin—. Si fuera tú, no saldría del país por el momento, pero Carolina del Sur…

—Del Norte —le aclaré de inmediato.

—Claro —respondió con suavidad—. Fallo mío.

Sonreí y le dije que no tenía por qué disculparse, pero aun así me lo pregunté, como hago siempre. Me pregunté si sospecha algo, si me está poniendo a prueba. Si está jugando conmigo. No creo que Kurt Geller haya confiado nunca realmente en mí, aunque tal vez nunca confió tampoco en Adrienne. Tampoco creo que le importe demasiado, siempre y cuando se le sigan abonando los cheques y reciba su comisión del reparto de la herencia de Ethan. Y entonces pienso en lo que me dijo aquel día, antes de marcharme: un regalo, aunque nunca lo sabrá.

—Pareces muy cansada, querida —me dijo—. Por supuesto, nadie te culparía por descuidar determinadas cosas, y la tragedia puede echarte muchos años encima. Pero ¿te has planteado quizá ponerte un poco de bótox? Solo para que vuelvas a parecer un poco tú misma. Puedo recomendarte un dermatólogo excelente.

—No será necesario —respondí, con lo que esperaba que fuese un tono agraviado.

Era una de las jugadas clásicas de Adrienne: criticar el aspecto de una mujer camuflándolo de preocupación; hasta yo sabía que «cansada» era un código no tan secreto para decir «pálida, flácida y vieja». Pero en realidad no me sentí agraviada. Me sentí aliviada. Había estado preguntándome cuándo sucedería, cuándo alguien vería más allá del pelo, de la ropa y de las gafas de sol de Adrienne y se daría cuenta de que otra persona había ocupado su lugar. Cada vez que alguien me miraba con los ojos entornados, cada vez que alguien se me quedaba mirando durante demasiado tiempo, empezaba a sentir el miedo: «Me están viendo».

Pero, claro, no era verdad. No me veían. Solo veían a una mujer cuyos rasgos siempre habían sido una obra en constante evolución, y se preguntaban qué clase de trabajo se había hecho ahora. Adrienne era de las que se van de la ciudad un fin de semana y regresan «retocadas», con la cara sutilmente manipulada de un modo que resulta casi imperceptible. ¿La mandíbula más afilada? ¿La frente más lisa? Por eso la sugerencia de Geller me pareció un chiste tan brillante: hacía años que Adrienne no parecía ella misma.

Estaba a salvo.

Y además entendí por fin por qué el rostro perfectamente atemporal de aquel hombre no parecía moverse nunca.

El vuelo hacia el sur supuso para mí la primera vez que montaba en avión y, cuando las ruedas se elevaron de la pista, me sentí aterrorizada y emocionada. Ingrávida. Volé en primera clase porque así lo habría hecho Adrienne, pero también porque quería hacerlo. Una auxiliar de vuelo me sirvió una copa de champán y me preguntó si volvía a casa para las vacaciones. Le dije que iba a ver a mi madre y fue curioso, porque no me pareció una mentira. Sigue sin parecérmelo. El director de la residencia me recibió en la puerta y me advirtió que la visita podía ser difícil, y lo fue, pero no como ellos se temían: Margaret Swan me rodeó con los brazos mientras sonreía y exclamaba «¡Ay, eres tú!», y yo le devolví el abrazo con fuerza y noté que algo se rompía dentro de mí. Apoyé la cabeza en su hombro. Oí que me temblaba la voz al decir «mamá», aun sabiendo que Adrienne siempre la llamaba «madre».

De todas las cosas que Adrienne nunca supo apreciar, de todas las prendas y cosas de las que se deshizo, esta es la que más me enfada. Y me hace sentir agradecida. Y asustada.

Cuando terminó la hora de visitas, me detuve en el servicio. Una de las enfermeras que me había acompañado al entrar estaba de pie frente a los lavabos, con sus zuecos y su bata blanca, hurgándose los dientes con una uña. Me dedicó una sonrisa fugaz, de esas que no llegan a los ojos, y me dijo:

—Sabes que estaba fingiendo, ¿verdad? Todos fingen. Unos

minutos antes les decimos que van a ver a quien sea, y entonces fingen reconocer a su hija, o hijo, o mujer, o lo que sea. Lo sabes, ¿verdad?

El caso es que sí que lo sabía. Claro que lo sabía. Lo percibí en los ojos de Margaret segundos antes de que me abrazara, ese miedo a dar un paso en falso. A no saber qué se esperaba de ella. Como intentar cantar una canción cuya letra has olvidado, con la esperanza de que los ruidos que haces se parezcan lo suficiente a las palabras para que nadie se dé cuenta, preguntándote si la forma de tu boca te estará delatando, dibujando un «ooooh» cuando debería ser «aaaah». Sí, conozco la cara que pone alguien cuando está fingiendo.

Pero, por amor de Dios, hasta yo sé que no se le dice eso a una persona. No en voz alta, no en un lugar como ese, no en referencia a su propia madre. Adrienne se habría puesto furiosa. No por su madre, sino por ella misma. Santo cielo, qué grosería. Qué falta de respeto. Se habría erguido como una auténtica reina de hielo, habría mirado a la mujer con desdén y le habría dicho: «Karen, me gustaría hablar con tu encargado».

Eso es lo que habría dicho Adrienne.

Lo que dije yo fue:

—Que te jodan, zorra de mierda.

Todavía oigo la voz de Adrienne en mi cabeza, pero eso no significa que la emplee siempre.

Sí que quiero trasladarla a un sitio más agradable. A Margaret. A madre.

A mamá, quizá.

Antes de marcharme, el último día de mi visita, Margaret Swan se inclinó hacia mí y me agarró ambas manos.

—Eres una muchacha muy dulce —me dijo—. Me recuerdas a mi hija.

Me digo a mí misma que puedo vivir así. Rick Politano dice que lo de la herencia se aclarará pronto y, cuando se distribuyan los activos de Ethan Richards, podré irme a cualquier parte que quiera. Debería sentirme aliviada, lo sé. Emocionada incluso. Pero esas dos palabras, «cualquier parte», contienen muchas posibilidades, demasiadas, y eso me paraliza, sobre todo cuando van acompañadas del resto de la frase. «A cualquier parte que quiera». Como si supiera qué es lo que quiero. Como si supiera quién soy. ¿Podría tratar de cumplir los sueños de Lizzie Ouellette y ser feliz? Me da miedo descubrirlo. Me da miedo rascar la superficie. Me da miedo que la persona que yo era en realidad se haya asfixiado y haya muerto en mi interior, pequeña y olvidada, mientras yo jugaba a los disfraces poniéndome en la piel de Adrienne. Me aterra que, si intento retirar las capas, se pudra y caiga hecha pedazos en cuanto le dé la luz.

Sigo durmiendo en la casa donde vivía Adrienne, donde murió Dwayne, y sí, eso también me da miedo. Me da miedo quedarme allí y me da miedo marcharme. Es algo morboso que no me haya mudado, lo sé, pero es el único lugar que tengo ahora que se parece un poco a un hogar. Que es un poco mío. No pasé aquí con Dwayne el tiempo suficiente como para que su recuerdo me persiga por cada rincón. Mantengo cerrada la puerta del despacho. Finjo que al otro lado no hay nada. Nunca llegué a limpiar la sangre y ahora ha pasado demasiado tiempo; habrá que cambiar la moqueta y restaurar el suelo en las partes donde se filtró la sangre.

No debería quedarme. Ya lo sé. Quizá no en la ciudad, pero desde luego no en esta casa. Sé que a la gente le resulta extraño que Adrienne Richards siga viviendo en la casa donde mató a su amante de un disparo. Sé que debería irme a un sitio más pequeño. Debería hacer caso a esas personas que se muestran tan dispuestas a decirme lo que tengo que hacer, y hacer lo que me dicen. Los consejeros y los asesores. Los agentes inmobiliarios, como el que le vendió esta casa a Ethan hace años, que me llamó el día después de que se publicara la esquela. Quería darme el pésame… y su sincera opinión de que la casa era demasiado grande para una sola persona. Le dije que era demasiado pronto, murmuré algo relativo a las paredes llenas de recuerdos, la clase de mierda sensiblera que a veces publicaba Adrienne en sus redes sociales cuando no tenía otra cosa que decir. Pero la verdad es que lo que me gusta del lugar es que esté vacío. Todo este espacio me resulta tranquilizador, como si fuera una almohada entre el mundo y yo. Por las noches, me sirvo una copa de vino y contemplo la ciudad centelleante. Podría perderme aquí, o quizá encontrarme a mí misma.

O tal vez alguien me encuentre primero y ponga fin a todo esto. Pienso en Jennifer Wellstood, mirándome a la cara, gritándome sin verme. Pienso en Ian Bird, en sus dedos acariciando mi cuerpo, en su aliento cálido y urgente mientras me susurraba al oído el nombre de Adrienne. Pienso en el hombre al que atrapó, ese que mató a Laurie Richter, tan desesperado después de pasar décadas cargando con sus crímenes que la confesión le pareció un alivio.

Si creyera en el destino, diría que esa historia fue un mensaje del universo. Una advertencia de lo que vendría. Pero, claro, si creyera en el destino, probablemente pensaría que todo esto estaba predestinado. Que iba a apretar ese gatillo y después volver a hacerlo. Que Adrienne entró en mi vida para que yo pudiera usurpar la suya, ¿y acaso era culpa mía si solo me limitaba a seguir el camino que el destino había establecido para mí?

Pero no creo en esas cosas. Fueron mis manos las que sujetaban el arma, fue decisión mía robar esta vida. No soy víctima de las circunstancias. Y he soportado cargas mucho peores que esta.

Aun así, dejé de ir a ese Chili's. Por si acaso.

No sé cuánto tiempo durará esto. He tenido suerte; quizá siga así. Sentada en esta casa enorme, bebiendo el sancerre de una mujer muerta, acariciando al gato, al que no parece importarle en absoluto que ahora sea yo su familia. No llevaba collar ni nada, así que le puse nombre; no sé cómo se llamaba antes, pero ahora es Baxter. Ya sé lo que te estabas imaginando, pero no, no le he llamado Harapos. ¿Me tomas el pelo? Dios, como si quisiera revivir ese recuerdo cada vez que abro una lata de comida para gatos. Como si quisiera volver a pensar en Harapos, o en la chatarrería, o en Dwayne.

Aunque aún sigo pensando en Dwayne.

La bolsa del gimnasio de Adrienne sigue en el armario, todavía llena de dinero y diamantes, y también un cepillo de dientes, por si alguna vez tengo que salir corriendo. Me marcharía al norte, creo. Después de todo esto, sigo prefiriendo el frío. Me gustan los inviernos duros, la bofetada del viento en una mañana gélida y oscura, cuando el cielo comienza a clarear por el este. El quejido del lago cuando se asienta el hielo. Un manto de nieve recién caída, los árboles bien cargados, el mundo blanco, reluciente y limpio. Me llevaría al gato conmigo. Todo lo demás lo abandonaría. Eso es lo que haría, lo que haré, si a alguien le da por curiosear. O si meto la pata. O si ya no lo soporto más.

Pero voy a intentarlo. Esta vida que he robado debería ser vivida por alguien; bien podría ser yo. Y, en cuanto a Lizzie Ouellette, deja que te diga una cosa: no traía más que problemas. Era la basura que alguien debería haber sacado hace años. Esa zorra paleta, la chica de la chatarrería. Ya no está, por fin, qué alivio.

Nadie la echará de menos, ni siquiera yo, y esa es la verdad.

Casi me la creo.

EPÍLOGO

BIRD

La chatarrería que había constituido el hogar de la infancia de Lizzie Ouellette no era ya más que una parcela vacía, negra y desierta como el alvéolo donde antes había un diente podrido. Bird aparcó a un lado de la carretera, se bajó del coche, se apoyó en él y se quedó mirando el espacio vacío del otro lado de la calle. No le hacía falta acercarse más para saber que el sitio estaba abandonado y, a su debido tiempo, sería invadido por el perímetro del bosque que rodeaba la parcela. Los árboles lucían verdes y frondosos y algunas hierbas se habían atrevido a empezar a brotar entre las grietas y en los rincones que en otro tiempo habían estado enterrados bajo montañas de chatarra. El lugar no tardaría en fusionarse con el paisaje, salvo para la gente que siempre había vivido allí, que siempre recordaría lo que era antes. Bird tomó aliento, sonrió y dejó escapar el aire. La última vez que había estado en aquel lugar, el aire estaba cargado de cenizas y era irrespirable incluso con la mascarilla puesta. Ahora olía diferente. Dulce, incluso un poco embriagador, como si acabaran de cortar el césped después de haber estado todo el día calentándose bajo el sol del mes de julio.

Earl Ouellette vivía ahora en el pueblo, en un pequeño apartamento situado sobre el garaje de Myles Johnson. Bird creyó ver a Johnson al bajarse del coche, una silueta de pie en la penumbra, dentro de la casa, tras la sucia puerta mosquitera. Le saludó con la mano. La silueta desapareció. Se preguntó cómo le iría, aunque sabía que sería inútil tratar de averiguarlo. Los policías a los que había visto durante aquella visita se habían mostrado educados, pero bajo sus comentarios correctos se percibía la sensación palpable de que querían que se fuese, de que su presencia en el pueblo no hacía más que recordar cosas que estaban intentando olvidar. «Es comprensible», pensó. Con un poco de suerte, aquel sería su último viaje a Copper Falls.

Earl salió por la puerta cuando Bird subía las escaleras hacia el apartamento. Levantó una mano para saludarlo, Bird miró hacia arriba y entornó los ojos para protegerse del sol.

—Earl. ¿Cómo estás?

Earl se encogió de hombros y se echó a un lado para dejarle pasar.

—No estoy mal. ¿Y usted?

—Yo bien. Gracias por dedicarme tu tiempo.

Earl lo siguió al interior de la vivienda. El apartamento era viejo, pero estaba ordenado. Un sofá hundido situado junto a una pared constituía el único mobiliario de la estancia. Earl se sentó en un extremo mientras Bird echaba un vistazo a su alrededor: había una pila de ropa doblada en un rincón y una encimera que recorría la pared delantera, con algunos papeles encima, un hornillo, un fregadero y un frigorífico pequeñísimo. Se fijó en los papeles —parecían del seguro, y había un sobre grande y blanco con el nombre POLITANO ASOCIADOS impreso en una esquina— y se agachó para examinar el frigorífico. En la puerta había dos fotos sujetas con un imán, entre la tarjeta de visita de un perito de seguros y una vieja postal donde se leía ¡SALUDOS! DESDE ASHEVILLE, CAROLINA DEL NORTE. Una de las fotos ya la había visto antes Bird, esa en la que aparecía Lizzie con el vestido amarillo, mirando por encima del hombro. En la otra aparecía más joven, de niña, con las rodillas costrosas, sentada sin sonreír en los peldaños de la caravana con un gato de aspecto tiñoso en brazos.

A su espalda, Earl se aclaró la garganta y Bird lo miró.

—Bonitas fotos —comentó.

—Pues sí. Solo tengo esas dos —le dijo Earl.

—¿Qué hay en Asheville? —le preguntó Bird señalando la postal.

Earl hizo una mueca con la boca, como si fuese a sonreír, pero entonces se lo pensó mejor y volvió a ponerse serio.

—Un amigo.

Bird aguardó una explicación, pero Earl se limitó a sentarse y a dejar que se alargara el silencio. «No le va la charla insustancial», pensó. No importaba. Su padre también había sido así. Y tampoco había necesidad de quedarse allí más tiempo. Cambió el peso de un pie al otro para sacarse un sobre del bolsillo.

—Bueno, iré al grano. Como ya te dije por teléfono, los de la indemnización a las víctimas por fin han aprobado esto. Siento el retraso. Normalmente no tardan tanto tiempo.

Earl aceptó el sobre con un gesto de cabeza y lo dejó a un lado sin abrir.

—Lo agradezco. No hacía falta que viniera hasta aquí.

—Es mejor así —repuso Bird encogiéndose de hombros—. Así tengo la oportunidad de ver cómo está la familia, si les va bien. En fin, espero que el dinero te ayude.

Earl volvió a poner esa mueca y asintió.

—Cualquier cantidad, por pequeña que sea, ayuda —dijo, pero Bird no pudo evitar fijarse en que todavía no se había molestado en mirar el cheque.

Como si en realidad le diera igual. Era una extraña muestra de seguridad en sí mismo para un tipo que vivía encima de un garaje y pasaba las noches en un sofá. Volvió a mirar el frigorífico.

—¿Qué tal se porta tu seguro con lo de tu negocio? ¿Cumplen con su parte?

—Hemos tenido nuestros tira y afloja. Me dicen que lleva más tiempo cuando se trata de un incendio provocado, aunque no seas tú quien lo ha provocado.

—¿Crees que recuperarás lo que valía el sitio?

Entonces Earl sí que sonrió, pero solo un poco.

—Es difícil saberlo. Había muchos recuerdos ahí. Es difícil poner una cifra a una cosa así.

—Bueno, si puedo hacer algo más por ti...

—No es necesario, detective. Tengo gente que cuida de mí. —Apretó los labios y asintió ligeramente.

—Me alegro —dijo Bird, pero Earl no pareció oírle. Seguía asintiendo.

—Mi Lizzie siempre cuidaba de mí —murmuró.

Y Bird asintió también.

—Lo siento mucho —dijo.

—Ya —contestó Earl poniéndose en pie.

Así que eso era todo, pensó Bird. Una conversación breve, pensándolo bien, pero a veces eran así. No eran solo los policías del pueblo; las familias de los fallecidos no siempre se alegraban de verlo, sobre todo después de haber transcurrido tanto tiempo. Algunos de ellos lograban aguantar unos minutos de charla insustancial hasta que algo se les cruzaba por la mirada y prácticamente lo echaban por la puerta. Otros ni siquiera llegaban a abrirle la puerta. Lo entendía. No a todo el mundo le gustaba que le recordaran lo que había perdido. Para algunas personas, lo único que se podía hacer era dejar atrás el pasado, dejar descansar a los muertos y seguir adelante sin ellos. Eso era lo que estaba haciendo Earl Ouellette. Él pensaba hacer lo mismo, aunque haría una última parada antes de marcharse. Una parada rápida en el lugar donde la habían enterrado, para decirle hola y adiós y lo siento.

«Lo siento, Lizzie».

Atravesó la estancia, pasó junto al pequeño frigorífico y se fijó por última vez en la postal, en las fotos.

—Cuídate, Earl —le dijo, pero detuvo la mirada en la foto de la boda de Lizzie. Mirando por encima del hombro, con los labios entreabiertos, como si la hubieran pillado por sorpresa.

Su expresión era de cautela, pero sus ojos azules aparecían claros y desafiantes. Parecía consciente, despierta, viva, y entonces algo se activó en los confines de su memoria. Algo que le resultaba familiar. Una sombra en forma de mujer. Con el pelo recogido en lo alto de la cabeza y el rubor del ejercicio en las mejillas. Pero se alejaba de él, se desvanecía. Un espectro. El fantasma de un fantasma.

—Cuídese usted también —respondió Earl. La puerta crujió al abrirse.

Bird atravesó el umbral, regresó al calor de la tarde y por un instante sintió que tenía una pregunta sin respuesta en la punta de la lengua. Algo que se quedaba sin decir, quizá incluso algo importante. Pero ya era demasiado tarde: la puerta ya se había cerrado a su espalda y el sol, ardiente, brillante y cegador, le hizo sentir que tenía ganas de estornudar. Entornó los párpados, resopló y bajó las escaleras hasta su coche. Abrió la puerta y puso en marcha el motor. Giró a la izquierda al salir del camino de la entrada, después otra vez a la izquierda para entrar en la calle principal del pueblo y entonces aceleró. Pasó frente a la heladería de Copper Falls, donde una mujer de cara agria aceptaba pedidos a través de la ventanilla. Dejó atrás el edificio municipal, frente al que se hallaba el *sheriff* Ryan, que le saludó con la mano al pasar. Dejó atrás la iglesia de la colina, con el cementerio al lado. Y, aunque había planeado pararse allí, no lo hizo. De pronto le pareció innecesario detenerse junto a la tumba de Lizzie Ouellette. Un gesto vacío, llamar a la puerta de una casa cuando ya sabías de antemano que no había nadie. Decidió que le bastaba con haberlo pensado, después el coche patrulla ganó velocidad. Y se alejó.

«Lo siento, Lizzie».

Le sucedió solo una vez más mientras salía de Copper Falls: la sensación fugaz, casi imperceptible, de que quizá se le había olvidado algo. Pero, al inspeccionar en su mente el lugar donde se había activado ese recuerdo, fuera lo que fuera, descubrió que no había nada en absoluto.

AGRADECIMIENTOS

Gracias a los amigos y compañeros escritores que leyeron los primeros borradores, me ofrecieron valiosos consejos, apoyo moral y mucho ánimo mientras trabajaba en este libro: Leigh Stein, Julia Strayer, Sandra Rodriguez Barron, Phoebe Maltz Bovy, Amy Wilkinson, Katie Herzog, Jesse Singal y Nick Schoenfeld.

Gracias a mi madre, Helen Kelly, la lectora de prueba más entusiasta del mundo.

Estoy en deuda con estos expertos en diferentes materias: Lennie Daniels, policía estatal jubilado de Nueva York, que respondió a mis preguntas sobre investigaciones criminales y procedimientos legales en enclaves rurales. Andrew Fleischman, abogado defensor y gran hallazgo de Twitter, me proporcionó su experiencia legal (incluyendo la mejor frase de Kurt Geller). Joshua Rosenfield (también conocido como mi padre) lo completó con sus conocimientos médicos. Cualquier imprecisión o libertad creativa es cosa mía, no de ellos.

Gracias a Margaret Garland por ponerme en contacto con Lennie.

Estoy extremadamente agradecida a Yfat Reiss Gendell por ser mi agente durante siete años, múltiples géneros, dos Comic Con y una pandemia global.

Fue un privilegio increíble trabajar con Rachel Kahan, cuyas opiniones y entusiasmo mejoraron esta historia. Gracias también al increíble equipo de William Morrow, que convirtió este desordenado manuscrito en un libro.

Gracias a mi hermano, Noah Rosenfield (a quien está dedicado este libro), por estar siempre dispuesto a debatir sobre una idea. Un programa de televisión donde unos perros son agentes de policía y otros son solo perros: ¿esto podría estar bien?

Y, por último, gracias a Brad Anderson, que en absoluto se asemeja a ninguno de los terribles maridos que aparecen en este libro. Salvo por la barba. Te quiero.

Printed in the USA
CPSIA information can be obtained
at www.ICGtesting.com
JSHW082302111023
49943JS00001B/13